Für meine Familie

W0408495

© 2019 Daniela Arnold, 86179 Augsburg

www.daniela-arnold.com
autorin@daniela-arnold.com

Covergestaltung: © ZERO Werbeagentur GmbH, München
Covermotiv: © FinePic / shutterstock.com

Lektorat/Korrektur: http://www.sks-heinen.de
Buchsatz: Die eBook-Manufaktur

ISBN 978-1-09197-938-3

Das Werk einschließlich aller Inhalte ist urheberrechtlich geschützt. Alle Rechte vorbehalten. Nachdruck oder Reproduktion (auch auszugsweise) in irgendeiner Form (Druck, Fotokopie oder anderes Verfahren) sowie die Einspeicherung, Verarbeitung, Vervielfältigung und Verbreitung mithilfe elektronischer Systeme jeglicher Art, gesamt oder auszugsweise, ist ohne ausdrückliche schriftliche Genehmigung des Urhebers untersagt. Alle Übersetzungsrechte vorbehalten.
Trotz sorgfältigem Lektorat können sich Fehler einschleichen. Die Autorin ist deshalb dankbar für diesbezügliche Hinweise.
Jegliche Haftung ist ausgeschlossen, alle Rechte bleiben vorbehalten.
Dies ist ein fiktives Werk. Ähnlichkeiten mit lebenden oder verstorbenen Personen sind nicht beabsichtigt und rein zufällig.

Daniela Arnold

DORNENBRUT

Thriller

Prolog

2005

Niemals hätte er es für möglich gehalten, einem anderen Menschen gegenüber gleichzeitig solch vollkommen gegensätzliche Gefühle zu empfinden.

Da waren Abscheu, Verachtung ... beinahe Hass auf der einen Seite. Und dann Vertrautheit, Mitleid und Sorge auf der anderen.

Er hatte sie schon von Weitem erkannt. Ihre klapperdürre Statur, die fettigen und in Strähnen herabhängenden blonden Haare, die verschlissene und vollkommen verdreckte Hippie-Kleidung, die sie auch damals schon bevorzugt hatte, weil sie sich nicht dem Mainstream der Modewelt beugen wollte. Und dann zu allem Übel noch ihre unterwürfige Körperhaltung, wenn sie auf die Passanten zuging, um an deren Mitgefühl oder vielmehr Überlegenheit zu appellieren und ihnen somit ein wenig Kleingeld aus der Hüfte zu leiern.

Er fragte sich, was passiert sein mochte, dass sie ihr Leben auch heute noch nicht im Griff zu haben schien. Ein Typ mit kahl rasierter rechter Schädelhälfte bog um die Ecke und torkelte geradewegs auf sie zu, umfasste sie mit beiden Händen und küsste sie.

Man konnte selbst auf die Entfernung erkennen, dass er entweder völlig zugedröhnt oder schlichtweg stockbesoffen war.

Was zum Geier wollte sie von einem Typen wie ihm?

Wie sollte sie es an seiner Seite jemals zu etwas bringen?

Als sie sich umdrehte und mit dem Abschaum an ihrer Seite in seine Richtung lief, schoss bittere Galle aus seinem Magen in seinen Rachen. Er schluckte gegen den Brechreiz an und starrte benommen auf den gewaltigen Bauch, den sie vor sich hertrug. Dann wanderte sein Blick auf die halb gerauchte Kippe zwischen ihren Fingern.

Der Anblick änderte alles.

ALLES!

Verzweifelt kämpfte er dagegen an, doch es gelang ihm nicht, all diese Bilder auszublenden.

Plötzlich sah er SIE vor sich. Die Frau, die aus ihm gemacht hatte, was er heute, in genau diesem Augenblick, war.

Eine gebrochene Seele, ein Wrack, nur mehr der Schatten seiner selbst.

Innerhalb von Sekundenbruchteilen wandelte sich das Gefühlschaos in seinem Innern zur Gewissheit.

Frauen wie sie hatten es nicht verdient, alt zu werden. Sie hatten es nicht verdient, eine zweite Chance vom Leben zu bekommen oder wie in ihrem Fall eine dritte oder gar vierte Chance.

Und noch viel weniger durften Frauen wie sie zu Müttern werden.

Er kämpfte gegen die Übelkeit an, als er sah, mit welcher Selbstverständlichkeit sie ihren monströsen Wanst vor sich her trug, in dem ein unschuldiges Leben heranwuchs, und gleichzeitig immer wieder gierig an ihrer Zigarette zog.

Nicht, dass er Raucher verurteilte, um Himmels willen, gelegentlich genehmigte er sich auch eine Genusszigarette, doch in ihrem Fall stand der Glimmstängel für alles, was er an ihr verachtete.

Und für mehr.

Als beide an ihm vorbeigezogen waren, ohne ihn hinter der Windschutzscheibe seines alten BMW zu bemerken, wendete er seinen Wagen und fuhr beiden in Schrittgeschwindigkeit hinterher.

Er zuckte zusammen, als beide plötzlich aus dem Nichts herauszuschreien und zu toben begannen, sie schließlich mit Fäusten auf ihn einschlug.

Keine Sekunde später wusste er auch, warum. Beide waren vor einem heruntergekommenen Haus stehen geblieben, über dessen mit Graffiti besprühter Tür ein Schild hing, welches verriet, dass es sich um einen Pub handelte. Noch immer keifend versuchte sie, ihren Begleiter davon abzuhalten, im Innern des Hauses zu verschwinden.

Fast war er versucht, eine Wette mit sich selbst abzuschließen, wer von beiden diesen ungleichen Kampf wohl gewinnen mochte.

Schließlich vernahm er ein lautes Klatschen durch den Schlitz der heruntergelassenen Seitenscheibe, dann ein Brüllen.

Er grinste, als er sah, dass sie sich heulend die Wange hielt und eine wegwerfende Handbewegung machte, während sie ihren Kerl hinter der verlotterten Tür verschwinden sah.

Schluchzend setzte sie ihren Weg allein fort, stieß dabei immer wieder wilde Flüche aus.

Als sie in eine dunkle Seitenstraße einbog, formierte sich ein Gedanke in seinem Kopf. Ein Gedanke, der so grauenvoll war, so furchtbar, dass er für einen Moment an seiner Menschlichkeit zweifelte.

Durfte er so etwas tun?

Wieder schossen diese Bilder durch seinen Kopf.

Ein kleines Kind, fast noch ein Baby, von oben bis unten mit Exkrementen beschmutzt. Das Kind weinte … nein, es kreischte voller Verzweiflung, weil es nicht verstehen konnte, weshalb niemand kam, um seinen Hunger und Durst zu stillen oder um ihm ein klein wenig Trost zu spenden.

War es so gewesen?

Er schluckte.

Hob dann die Schultern.

Er wusste es nicht.

Das Einzige, an das er sich erinnerte, waren die Schläge von IHM und sein dreckiges Lachen angesichts des Schmerzes und der Qualen, die er verursachte.

Doch was wirklich wehtat, auch heute noch, war die Tatsache, dass SIE ihm nicht geholfen und sich nur betreten weggedreht hatte, während er litt.

Etwas in ihm brach bei der Erinnerung.

Er sah zu der schluchzenden jungen Frau hinüber, fixierte ihr verhärmt aussehendes Gesicht, registrierte, wie ihre Züge sich auf wundersame Weise veränderten und sie zu der Person wurde, die er so sehr hasste, dass er sicher war, dass dieser Hass bis über seinen Tod hinaus reichen würde.

Selbstverständlich wusste er, dass dieses Bildnis von ihr nur seinem Unterbewusstsein entsprang, seiner gepeinigten Seele, und doch konnte er rein gar nichts dagegen tun.

Er zog sich die Kapuze seines Sweaters tief ins Gesicht, atmete durch.

Sollte er wirklich …?

Plötzlich hatte er ihren Bauch genau vor Augen, obwohl er hinter ihr her fuhr und diesen eigentlich gar nicht sehen konnte.

Ihm wurde klar, dass er gar keine andere Wahl hatte.

Er musste verhindern, dass noch ein unschuldiges Kind durchlitt, was er viele Jahre ertragen hatte.

Er trat das Gaspedal durch, genoss das Aufheulen des Wagens, ihren erschrockenen Schulterblick.

Als er bemerkte, dass sie ihren Schritt beschleunigte, lachte er.

Dachte sie etwa ernsthaft, ihm entkommen zu können?

Erneut trat er das Gaspedal durch, ließ ihr einen kleinen Vorsprung, spürte eine Woge der Erregung, als er begriff, dass sie Angst hatte.

Nein!

Keine Angst.

Das, was diese Frau antrieb, war etwas anderes, etwas weitaus Größeres, das wurde ihm jetzt klar.

Als sie weit genug von ihm entfernt war, fuhr er langsam an, trat dann das Gaspedal bis zum Anschlag durch, bis die Reifen quietschten und der Motor kreischte.

Er spürte, wie sein Atem nur noch stoßweise ging, als er schneller und immer schneller auf sie zuraste.

Ein Schrei brach aus ihm hervor, als die Stoßstange seines Wagens ihren zierlichen Körper seitlich erfasste und ihn ein paar Meter weit durch die Luft wirbeln ließ.

Er hielt an, schloss für einen wundervollen Moment die Augen, wartete, bis sie auf dem Boden aufschlug, dann ließ er die Seitenscheibe ganz hinunterfahren, um nur ja keinen einzigen ihrer Jammerlaute zu verpassen.

Als sie schließlich gurgelnd verstummte, grinste er zufrieden, beobachtete, wie sie sich aus letzter Kraft ein paar Zentimeter kriechend fortzubewegen versuchte und schließlich reglos liegen blieb.

Er vergewisserte sich durch einen Blick in den Rückspiegel, dass niemand in der Nähe war, stieg schließlich neben ihr aus, drehte ihren bewusstlosen Körper um.

Er zog sein Klappmesser aus der Hosentasche, das eigentlich nur seiner Selbstverteidigung dienen sollte, ließ es aufschnappen.

Seine andere Hand strich sanft über ihren Bauch, versuchte zu fühlen, ob das verletzliche Wesen in seinem Innern überhaupt noch am Leben war.

Er seufzte, als er das sanfte Zappeln unter seiner Handfläche spürte. Eine zögerliche Bewegung wie der Flügelschlag eines Schmetterlings.

Er schluckte trocken.

»Es ist besser so«, flüsterte er schließlich mit Tränen in den Augen, aber voller Überzeugung und hackte mehrere Male hintereinander fest mit der Klinge auf Brust und Leib der Frau ein.

»Niemand verdient ein solches Leid, wie sie dir hätte zufügen können«, flüsterte er, als er fertig war und das Blut der Frau – oder war es das des Babys? – an deren Jacke abwischte.

Kapitel 1

München
2010

Sofia hasste nichts mehr, als belogen und betrogen zu werden. Schon gar nicht von ihrem Freund. Von Lukas. Seit Monaten versprach er ihr, endlich clean zu werden. Sich nicht mehr täglich einen Joint reinzuziehen. Keinen Alkohol mehr zu trinken. Zumindest nicht bis zur völligen Besinnungslosigkeit. Und er hatte ihr hoch und heilig versichert, dass er endlich die Finger von anderen Frauen lassen wollte. Und dann das …

Es war schon fast zehn Uhr gewesen, als sie ihn gestern Abend in seiner Stammkneipe gefunden hatte. Seine Pupillen waren geweitet gewesen, seine Augen gerötet, sein Atem hatte nach Wodka gestunken. Aber das alles hätte sie noch wegstecken können, wäre da nicht sie gewesen.

Hanna.

Diese Schlampe hatte schon seit Monaten ein Auge auf Lukas geworfen. Sie umgarnte ihn bei jeder sich bietenden Gelegenheit. Lachte über jeden noch so beschissenen Witz von ihm, versuchte, ihn mit ihrem Schlampen-Outfit zu reizen – und hatte Erfolg damit. Sofia hatte beide überrascht, als sich Lukas' Hand gerade unter Annas hautengem Shirt zu schaffen gemacht hatte, er mit seinen Fingerspitzen ihre Brustwarze befummelte. Sie hatte ihren Kopf in den Nacken gelegt, ein lustvolles Stöhnen von sich gegeben. Beiden war es egal gewesen, dass Leute um sie herum standen und sich über ihr wildes Gefummel lustig machten. Sofia war zu ihnen hingegangen, hatte Lukas eine schallende Ohrfeige gegebenen.

Hanna hatte sie mit einer Mischung aus Belustigung und Mitleid angesehen. Das war das Schlimmste gewesen. Ihre Blicke hatten so wehgetan.

Viel mehr als sein scheinheiliges Entschuldigungs-Gestammel.

Natürlich war er ihr nachgelaufen. Hatte Hanna zurückgelassen.

Trotzdem hatte sie in diesem Moment kapiert, dass dies das Ende war.

Er würde sich niemals ändern.

Würde niemals aufhören, ein Kind im Körper eines 22-jährigen Mannes zu sein.

Sie hatte ihm den Schlüssel zu ihrer kleinen Wohnung abgenommen. Ihm klipp und klar gesagt, dass sie ihn niemals wieder sehen wollte.

Dass er keinerlei Anspruch auf ihr gemeinsames Kind habe. Dass sie lieber eine alleinerziehende Mutter sein würde, als an seiner Seite Tag für Tag Höllenqualen durchzumachen.

Als ihm klar wurde, dass sie es diesmal ernst meinte, hatte er sich torkelnd umgedreht und war davongetrottet. Besonders enttäuscht oder traurig hatte er dabei nicht auf sie gewirkt. Stattdessen war es ihr so vorgekommen, als sei ihm eine Last von den Schultern genommen worden.

Und jetzt saß sie hier.

Schwanger im sechsten Monat, ohne Mann, ohne Job, ohne Perspektive.

Sie wusste nicht einmal, wie sie die Miete für dieses Rattenloch von einer Wohnung allein aufbringen sollte.

Der Vermieter – ein älterer Herr um die sechzig – hatte ihr das Appartement zu einem monatlich günstigen Preis überlassen, trotzdem hatte er eine Kaution in Höhe von drei Mieten verlangt, die sie ohne Lukas' Hilfe niemals würde auftreiben können.

Hinzu kam, dass sie diese Wohnung nur so günstig mieten durfte, weil sie sich bereit erklärt hatte, die Renovierungsarbeiten selbst zu übernehmen. Was mangels Mitbewohner nun auch an ihr allein hängen blieb.

Sofia seufzte. Vielleicht sollte sie sich einfach eingestehen, dass sie gescheitert war. Wieder einmal …

Und einfach ihre Sachen packen und nach Hause zurückgehen. Zu ihren Eltern. Ihre Mutter wäre sicher glücklich, sie wieder um sich zu haben. Und bestimmt würde sie sich auch damit arrangieren, bereits mit Anfang vierzig Oma zu werden. Doch was wäre mit Leonhard? Der neue Mann ihrer Mutter hatte sie noch nie leiden können. Und das beruhte auf Gegenseitigkeit.

Sofia hasste diesen Kerl mehr als alles andere auf der Welt. Seine Überheblichkeit. Seine schicken Klamotten. Sein teures Auto. Seine Kohle, mit der er ständig herumprotzte. Sein übertrieben gestelztes Geschwafel, durch das er wohl glaubte, intelligenter zu wirken, als er tatsächlich war. Und zu guter Letzt sein affektiertes Gehabe ihr gegenüber, das sie von Anfang an durchschaute hatte, ihre Mutter jedoch für echtes Wohlwollen hielt.

Leonhard hatte eine Tochter mit in die Ehe gebracht, Lisa, die einige Jahre jünger war als Sofia und ebenso unausstehlich wie ihr Vater.

Der Kloß in ihrem Hals wurde größer, als sie sich vorstellte, wie ihr Stiefvater und dessen Brut sich über ihr Scheitern lustig machten, sie behandelten, als sei sie ein dreckiger Wurm, so wie sie es schon immer getan hatten.

Sie schüttelte den Kopf.

Nein!

Mit eingezogenem Schwanz zu ihnen zurückzukriechen, käme niemals infrage.

Sie musste es aus eigener Kraft schaffen. Allen beweisen, wie stark sie tatsächlich sein konnte.

Doch war sie das auch?

Konnte sie stark sein?

Bereits jetzt haderte sie mit sich, ob es richtig war, einen Schlussstrich unter ihre Beziehung mit Lukas zu ziehen.

Und dann war da noch dieses Ding.

Das Teufelszeug, das beinahe ihr Leben zerstört hätte.

Automatisch heftete sich ihr Blick auf die selbstgedrehte Zigarette vor sich auf dem Wohnzimmertisch, die für all das stand, was sie so sehr an sich hasste. Nach dem Schock im Klub war sie eine Weile ziellos durch die Straßen gelaufen und hatte sich schließlich bei Marvin wiedergefunden. Marvin war ein Lebenskünstler und Dealer, mit dem sie früher für kurze Zeit zusammen gewesen war und der sie zu ihren Hochzeiten als Junkie regelmäßig mit Stoff versorgt hatte.

Außerdem sah Marvin wirklich umwerfend aus, war aber selbst sein bester Kunde, kiffte und kokste rund um die Uhr. Vielleicht war ihm deswegen ihr Babybauch überhaupt nicht aufgefallen. Oder hatte er ihn schlichtweg nicht sehen wollen? Egal wie, letztlich zählte nur, dass er ihr anstandslos ein Gramm seines besten Grases verkauft hatte … Wobei es verkauft nicht wirklich traf. Sofia hatte kaum genug Geld, sich über Wasser zu halten, geschweige denn konnte sie es sich leisten, wertvolle Euros für einen Trip auszugeben.

Wieder glitt ihr Blick zu dem Joint vor sich auf dem Tisch und ihr wurde übel. Sie konnte sich selbst nicht erklären, weshalb sie auch nur in Betracht gezogen hatte, sich trotz des Kindes in ihrem Bauch Drogen reinzuziehen. Am ehesten ließ sich dieses gedankenlose Verhalten wohl mit dem Schock erklären, den sie nach Lukas' erneutem Verrat erlitten hatte. Vielleicht war es der schlichte Wunsch gewesen, für ein paar Stunden allen Widrigkeiten zum Trotz gut drauf zu sein. Einfach mal vergessen zu können, dass sie in weniger als einem halben Jahr Mutter sein würde und Verantwortung für ein unschuldiges Kind übernehmen musste.

Am Ende hatte sie sich mit Marvin geeinigt und mit ihm geschlafen.

Das war eine Bezahlung, mit der sie zwei Fliegen mit einer Klappe geschlagen hatte. Zum ersten hatte es sich ein bisschen so angefühlt, als zahle sie Lukas seinen Verrat an ihr heim. Und zum zweiten war der Sex mit Marvin wirklich gut gewesen. Er hatte sie für einen Augenblick vergessen lassen, dass sie im Grunde abserviert worden war, ausgetauscht gegen eine schlanke, nicht schwangere Bitch, während sie selbst jede Woche fetter und unansehnlicher wurde.

Bei der Erinnerung an die vergangene Nacht zog sich Sofias Unterleib zusammen. Marvin kannte ihren Körper in- und auswendig, wusste, wie und wo er sie berühren, sie lecken und an ihr saugen musste, damit sie abhob wie eine Rakete. Das Koks in seinem Blut und ihre paar Züge von seinem Joint hatten dann sein Übriges getan. Sie hatte sich einfach fallen lassen, sich ihrer Lust hingegeben, keinen Gedanken an das Kind in ihr, an ihrer beider Zukunft verschwendet. Hinzu kam, dass sie, seit sie schwanger war, den Sex viel intensiver spürte, schneller und um einiges heftiger zum Orgasmus kam. Marvin war durch ihre Hemmungslosigkeit immer wilder geworden, hatte sie die ganze Nacht hindurch und den darauffolgenden Tag immer wieder lange und heftig gefickt, dass sie vorhin Mühe gehabt hatte, sich noch aufzuraffen und nach Hause zu fahren.

Sofia sah auf die Uhr und seufzte.

Was hatte ihr der Gynäkologe neulich ans Herz gelegt? Viel Schlaf, gesundes Essen, kein Alkohol oder Nikotin!

Und was tat sie?

Aß billige und ungesunde Lebensmittel, weil sie sich gesunde Sachen nicht leisten konnte und zu stolz war, ihre Familie um Hilfe zu bitten.

Schlug sich die Nacht um die Ohren, hurte herum, konsumierte Drogen.

Bei dem Gedanken an die paar Züge von Marvins Joint wurde ihr übel.

Seit zwei Wochen konnte sie ihr Baby spüren, doch seit sie vor zwanzig Minuten nach Hause gekommen war, herrschte Ruhe in ihrem Leib.

Musste sie sich Sorgen machen? Es hieß doch, dass Sex wehenfördernd sei. Hatte sie es mit Marvin übertrieben? Doch da waren keine Wehen, kein aufgeregtes Gestrampel, kein gar nichts. War sie dabei, ihr Baby zu verlieren?

Denn so sehr sie diese Schwangerschaft auch aus der Bahn geworfen haben mochte, sie sich ihretwegen vor Angst verrückt machte, konnte sie es sich doch nicht vorstellen, jemals wieder ohne dieses Kind zu sein. Entschlossen stand sie auf, nahm den Joint vom Tisch, ging damit zum Mülleimer in der Küche. Dort zerrupfte sie ihn in winzige Einzelteile, warf alles in den Müll.

Ging im Kopf die Liste durch, die fortan und bis zur Geburt ihren Alltag bestimmen würde.

Sie musste zum Amt gehen und um finanzielle Hilfe ersuchen. Ihre Wohnung herrichten, damit das Leben in ihrem Bauch wenigstens ein kindertaugliches Zuhause erwartete, wenn es zur Welt kam. Auf dem Weg zurück in ihr Wohn- und Schlafzimmer hörte sie ein leises Klopfen an der Tür.

Ihr Herzschlag beschleunigte sich, denn natürlich hoffte ein winziger Teil von ihr noch immer, dass es Lukas wäre, der endlich begriffen hatte, dass er nur sie wollte und ihr fortan beweisen würde, wie ernst er es meinte.

Sie ging zur Tür, unterdrückte das aufgeregte Stolpern ihres Herzens, entriegelte das Schloss, öffnete.

Doch es war nicht Lukas. Natürlich war er es nicht.

Stattdessen sah sie sich einem dunklen Schatten gegenüber. Einem Schatten, der einen dunkelblauen Hoodie trug und sich die Kapuze tief ins Gesicht gezogen hatte. Sofia erkannte sein Gesicht nicht, trotzdem kam ihr der Mann vage bekannt vor.

Doch noch ehe sie schalten, geschweige denn zurückweichen oder schreien konnte, war er bereits bei ihr, presste ihr einen erbärmlich stinkenden Lappen aufs Gesicht.

»Sag *Tschüss Baby*«, wisperte er belustigt und kicherte boshaft.

Sie erschauderte, schickte ein stilles Stoßgebet zum Himmel, dass jemand sie erhören und wenigstens ihr Kind retten würde.

Die Gewissheit fühlte sich an, als reiße ihr jemand die Eingeweide bei lebendigem Leibe heraus.

Niemand würde kommen und ihr zu Hilfe eilen.

Und es gab auch keine Zukunft für ihr Baby.

Dann versank sie im Nichts.

Kapitel 2

Berlin
Juli 2018

Das Wimmern ließ sie aus dem Schlaf hochfahren. Benommen sah sie sich um, dann seufzte sie und stand auf. Leise tapste sie durch die Dunkelheit aus dem Zimmer, lief über den Gang zur Tür nebenan.

Erst als sie bereits im Kinderzimmer stand, wurde ihr bewusst, dass die Laute verstummt waren. Irritiert schaltete sie das kleine Nachtlicht an, um sich zu vergewissern, dass mit ihrem kleinen Sonnenschein alles in bester Ordnung war. Und tatsächlich – Paul schlief selig in seinem Bettchen, atmete gleichmäßig. Hatte sie sich das Weinen eingebildet? Nur geträumt? Möglich wäre es, denn seit der Geburt ihres Sohnes hatte sich ihr Schlafverhalten verändert. Die Qualität ihres Nachtschlafs war etwas schlechter geworden, weil sie nicht mehr tief genug schlief, bei jedem Geräusch sofort wach war, quasi immer ein Ohr nebenan hatte. Doch war das auch der Grund für das heutige Erwachen? Wie es aussah, schlief der Kleine tief und fest, nichts deutete darauf hin, dass er noch vor wenigen Sekunden wach oder unruhig gewesen war.

Warum also war sie es?

Taria seufzte. Seit Pauls Geburt waren die Albträume zurückgekehrt, hielten sie fest im Klammergriff und sie beschränkten sich nicht mehr nur auf die Nächte, sondern waren auch tagsüber immer wieder präsent.

Dann lief plötzlich aus heiterem Himmel ein Film vor ihrem inneren Auge ab.

Ein Film von Verzweiflung und Tod, denn obwohl sie sich an das Vorgefallene nicht direkt erinnern konnte, entwarf ihr Unterbewusstsein jedes Mal aufs Neue eine Variante, wie es gewesen sein könnte. In solchen Momenten konnte sie sogar die Schreie hören. Die Schreie ihres sterbenden Mannes und ihrer kleinen Tochter, die zum Zeitpunkt des Unfalls genauso alt gewesen war wie Paul jetzt.

»Kannst du wieder nicht schlafen?«

Die Stimme klang sanft und liebevoll, trotzdem wirbelte sie erschrocken herum, sah sich ihrem Lebensgefährten Max gegenüber. Er sah verschlafen aus, die hellen Haare standen in allen Richtungen vom Kopf ab, sogar sein Hipster-Bart wirkte auf liebenswerte Weise zerzaust und ein kleines bisschen ungepflegt. Sie lächelte.

»Ich dachte, ich hätte Paul weinen gehört, aber das hab ich mir wohl nur eingebildet«, erklärte sie und tapste hinter ihm her, zurück ins Schlafzimmer. Dort schlüpfte sie unter die Decke, kuschelte sich an Max' festen Körper, ignorierte seine Hand, die über ihrem Shirt zu ihrer Brust wanderte, diese sanft streichelte.

»Ich liebe dich, meine Schöne«, murmelte Max, dann wurde sein Atem immer gleichmäßiger.

Nach einer Weile spürte sie, wie Max' Körper erschlaffte und kurz darauf ein leises Schnarchen ertönte.

Erleichtert schob sie seine Hand weg, rückte ein Stück von ihm ab, schloss die Augen. Doch so sehr sie auch versuchte, sich zu entspannen, damit sie wieder einschlief – es klappte nicht. Kaum, dass sie zur Ruhe kam, befand sie sich wieder in ihrem Auto, dem BMW, den sie gefahren hatte, als ihre Tochter und ihr Mann noch am Leben gewesen waren.

Bei der Erinnerung an die beiden ehemals wichtigsten Menschen in ihrem Leben zogen sich Tarias Eingeweide zusammen.

Zwar erinnerte sie sich nicht an den Tag des Unfalls oder den Unfallhergang selbst, geschweige denn an die Tage davor, ansonsten waren die Bilder von ihrem Mann und ihrem kleinen Engel jedoch recht lebendig. Die Geburt ihrer Tochter war der glücklichste Augenblick ihres Lebens gewesen. Abgesehen von jenem Moment, als sie ihren Mann und Vater der Kleinen geheiratet hatte.

Sie war so glücklich gewesen. Hatte es geliebt, Mutter und Ehefrau zu sein, für ihre beiden Lieblingsmenschen zu sorgen. Ihr Leben war einfach perfekt gewesen, umso unverständlicher waren ihr die Tage, Wochen und Monate nach dem Unfall vorgekommen, als ihr klar geworden war, dass man sie für die Unfallverursacherin hielt und sogar von einem Suizidversuch ausging. Grund dafür waren die Aussagen von Freunden und Bekannten, sogar von ihrer Familie, die behaupteten, dass ihr Verhalten in der Zeit vor dem Unfall seltsam gewesen sei. Angeblich habe sie fahrig gewirkt, niedergeschlagen und hoffnungslos, teilweise sogar abwesend, wie jemand, der unter starken Stimmungsschwankungen litt.

Und dann hatte man eine Diagnose in den Raum gestellt: postnatale Depression. Die Frage war nur – warum erinnerte sie sich nicht daran?

Soweit sie ihr Leben nach der Geburt beurteilen konnte, war sie glücklich gewesen, so glücklich wie noch nie zuvor in ihrem Leben. Warum also behauptete ihr Umfeld etwas derart Ungeheuerliches? Schließlich hatte man sie, als die Ärzte im Krankenhaus nach dem Unfall grünes Licht gegeben hatten, sofort von der Klinik in der Sicherheitsverwahrung untergebracht, wo sie bis zur Verhandlung ausharren und sich den unzähligen Fragen und Tests der Psychiater stellen musste. Letztendlich hatte man ihr nicht nachweisen können, dass tatsächlich eine Selbsttötungsabsicht hinter dem Unfall steckte, auch wenn Augenzeugen berichteten, dass sie den Wagen direkt auf den Baum zugesteuert hatte, obwohl weit und breit kein Hindernis zu sehen war.

Die Staatsanwaltschaft hatte sie mangels Beweisen für ihre angebliche Schuld freigesprochen, doch angesichts ihres Verlusts und ihres seelischen Zustands nach dem Unfall hatte Taria zugestimmt, sich für eine Zeit lang in professionelle Hände zu begeben. Am Ende war den langen Monaten der Sicherheitsverwahrung noch ein knappes halbes Jahr in der Klinik gefolgt, wo sie Max – einen der Pfleger – kennengelernt hatte.

Max hatte seine Stelle in der Klinik angetreten, als sie bereits seit zwei Monaten dort untergebracht war. Sie beide hatten sich auf Anhieb verstanden, sie hatte ihn in ihr Herz geschlossen, weil er, anders als die anderen Pflegekräfte, nicht kühl und distanziert zu den Patienten war, sondern herzlich, hilfsbereit und offen.

Bei ihm hatte sie sich von Anfang an geborgen gefühlt, sicher und respektiert – trotz der Tatsache, dass sie freiwillige Insassin einer psychiatrischen Einrichtung war.

Als er sie zwei Monate nach ihrer Entlassung um ein Date gebeten hatte, war Taria versucht gewesen, abzulehnen, doch am Ende war es die Einsamkeit gewesen, diese niederschmetternde Verzweiflung in ihrem Innern, die Hilflosigkeit, die sie nach diesem einzigen Strohhalm hatte greifen lassen.

Nach dem Tod ihres Mannes und ihrer kleinen Tochter hatten sich so viele Menschen von ihr distanziert. Und das, obwohl selbst das Gericht ihre angebliche Schuld niemals hatte beweisen können. Das Problem war nur, dass auch Taria selbst sich nicht davon abbringen konnte, sich für die Mörderin ihrer Familie zu halten. Denn was sagte das Urteil des Gerichtes in ihrem Fall schon aus? Dass man eben nicht hatte beweisen können, was tatsächlich geschehen war. Es gab keine Arztberichte, die aussagten, dass Taria an einer psychischen Erkrankung gelitten hatte, keine Medikamente im Haus, das die Polizei nach dem Unfall auf den Kopf gestellt hatte. Auch wies die Leiche ihrer Tochter – unabhängig vom Unfall selbst – keine älteren Verletzungen oder gar Schäden auf, die auf das Münchhausen-Stellvertreter-Syndrom hindeuteten oder eben auf eine Depression ihrerseits. Trotzdem hatten ihre Freunde und Nachbarn sie seither gemieden, jeglichen Kontakt zu ihr abgebrochen, selbst ihr Vater hatte seit der Verhandlung keine drei Worte mit ihr gewechselt. Die einzige Person, die nach wie vor hinter ihr stand, war ihre Mutter. Und auch die war bis heute nicht sicher, ob es nicht doch so gewesen war, wie noch immer getuschelt wurde. Dass Taria Wilhelm alles hatte und trotzdem verrückt wurde, ihre Familie deswegen sterben musste.

War das der Grund, weshalb sie sich am Ende doch auf Max eingelassen hatte? Weil er von ihrer Unschuld überzeugt war? Sie nicht verurteilte, sondern an sie glaubte und sie trotz allem respektierte? Ihr all das gab, was sie sich selbst nicht geben konnte?

Möglich.

Denn eines war Fakt – sie liebte Max nicht und war sicher, dass sie das auch niemals tun würde. Warum also blieb sie dennoch bei ihm?

Nach ihrer Entlassung hatte sie sich geschworen, nie wieder einen Mann in ihr Herz zu lassen, sich nie wieder der Liebe hinzugeben, nie wieder ein Kind zur Welt zu bringen, nie wieder echtes Glück zu empfinden. Es sollte sowohl eine Art Selbstschutz sein, um nicht noch einmal miterleben zu müssen, alles zu verlieren, als auch eine Bestrafung dafür, was sie möglicherweise getan hatte. Doch nachdem Max hartnäckig blieb, ihr seine Liebe gestanden und gesagt hatte, dass er geduldig sei und warten könne, hatte sie sich schließlich doch breitschlagen lassen. Sie waren ein paar Mal ausgegangen und zum ersten Mal seit Langem hatte Taria sich wieder wie ein Mensch gefühlt. Wie eine Frau.

Aus einem Date waren mehrere geworden, dann hatte er zum ersten Mal bei ihr übernachtet und es war schön gewesen. Als sie schließlich trotz der Pille schwanger geworden war, stand sie kurz davor, erneut die Nerven zu verlieren, und wieder war es Max gewesen, der sie liebevoll auf den Boden zurück geholt und ihr versichert hatte, dass alles gut werden würde. Dass das Leben ihr eine zweite Chance gegeben hatte und sie nur zugreifen brauchte.

Er hatte sich so über ihre Schwangerschaft gefreut, dass sie es nicht über sich gebracht hatte, an Abtreibung zu denken. Obwohl mit der Schwangerschaft die Schuldgefühle schier übermächtig wurden, alles wieder hochkam.

Und jetzt, über ein Jahr später, hatte Taria endlich begriffen, dass er recht hatte. Es war tatsächlich so, dass das Leben ihr eine zweite Chance bot. Eine zweite Chance, die sie mit beiden Händen ergreifen und nie wieder loslassen sollte. Das war auch der Grund gewesen, weshalb sie sich erneut Hilfe gesucht hatte. Eine Psychotherapeutin, die sich auf Traumabewältigung spezialisiert hatte und von der sie hoffte, dass sie ihr helfen konnte. Sofern sie sich irgendwann dazu durchringen und einen Termin vereinbaren würde.

Warum also fühlte sich auch jetzt noch alles so falsch für sie an?

Als sie Paul zum ersten Mal gestillt hatte, war da dieses Glücksgefühl gewesen, das sie nach einem Höhenrausch derart niedergeschmettert hatte, dass sie bereits am dritten Tag zu Hause beschlossen hatte, auf Fläschchennahrung umzusteigen.

Wenn sie am Morgen ins Kinderzimmer gekommen war und von ihrem selig strahlenden Baby erwartet wurde, hatte sie gespürt, wie sich ihr Hals verengte, sie keine Luft mehr bekam.

Es war, als habe sie um sich herum einen Schutzwall errichtet, der keinerlei Emotion aus ihr heraus oder zu ihr hinein ließ.

War das der Grund, weshalb auch Paul mittlerweile oft weinte, wenn sie ihn auf dem Arm hatte?

Spürte er ihre innere Zerrissenheit?

Deutete er sie am Ende falsch?

Ein Stich durchfuhr ihr Innerstes.

Bei allem, was ihr widerfahren war, wollte sie eines am allerwenigsten: dass ihr Sohn unter ihrer Vergangenheit zu leiden hatte.

Und doch kam sie nicht umhin, zuzugeben, dass ihr komplettes Gefühlschaos von ihr selbst ausging. Nicht ihr Sohn war das Problem. Und auch nicht ihr Lebensgefährte.

Tatsache war, dass sie sich für alles, was passiert war, die Schuld gab. Dass sie glaubte … nein überzeugt davon war, was man ihr damals im Krankenhaus und vor Gericht vorgeworfen hatte. Dass sie den Wagen aus freien Stücken gegen den Baum gelenkt und somit den Tod ihrer Familie verursacht hatte. Ganz egal, ob man jemals Beweise für ihre Schuld finden würde, für sie stand fest, dass es so gewesen war. Dass es so gewesen sein musste, weil alles andere einfach keinerlei Sinn ergab. Sie war die Irre, die nach der Geburt ihres ersten Kindes verrückt geworden und schlussendlich ausgerastet war. Sie war die Frau, die ihre Liebsten auf dem Gewissen hatte.

Taria schlug die Decke zurück und stand auf, ging leise ins Badezimmer, schloss die Tür hinter sich, schaltete das Licht an. Vor dem Spiegel atmete sie tief ein.

»Du hast es nicht verdient, Mutter zu sein«, schleuderte sie ihrem Spiegelbild entgegen. »Und Max hast du auch nicht verdient.«

Sogar optisch gesehen hatte sie sich verändert. Sie war hager geworden, fast dürr. Ihr Gesicht war blass, die Augen milchig trüb und von dunklen Schatten umgeben, der Mund zu einem Strich zusammengepresst. Hatte sie in letzter Zeit überhaupt einmal gelächelt? Sie wusste es nicht. Und was sie auch nicht wusste, war, warum ein Mann wie Max jemanden wie sie wollte.

Früher war sie einmal ansehnlich gewesen, beinahe hübsch mit ihren langen roten Locken, den stechenden grau-grünen

Augen, ihrem strahlenden Lächeln, mit dem sie Leute reihenweise um den Finger wickeln konnte. Heute war von der Frau, die sie einst gewesen war, kaum mehr als ein Schatten übrig. Selbst ihre Haarpracht hatte den leuchtenden Glanz von früher verloren, hing kraftlos und strähnig um ihr Gesicht herum. Sie seufzte, drehte den Wasserhahn auf, trank ein wenig von der eiskalten Flüssigkeit.

Als sie wieder aufsah, wich sie vor ihrem eigenen Spiegelbild zurück.

Hatte es jemand wie sie überhaupt verdient, jemals wieder ein wenig Glück zu empfinden?

Geliebt zu werden oder selbst zu lieben?

Sie trat näher zum Spiegel, sah sich direkt in die Augen. Dann schüttelte sie den Kopf, musste sich beherrschen, nicht in Tränen auszubrechen.

Nein.

Ihr Mann war tot.

Ihr Kind ebenfalls.

Und je länger sie darüber nachdachte, umso sicherer wurde sie, dass es die falschen getroffen hatte.

Sie hätte es sein müssen, die jetzt in der Erde begraben auf dem Friedhof lag.

Nicht ihr Mann.

Nicht ihr Kind.

Deswegen war die Antwort auf die Frage in ihrem Innern – NEIN.

Nein, sie hatte es nicht verdient, jemals wieder glücklich zu sein.

Doch warum war es dann genau das, was sie sich aus tiefster Seele und mehr als alles andere auf der Welt wünschte?

Sie zuckte zusammen, als sie an der Tür ein leises Klopfen vernahm.

»Warum weinst du?«, fragte Max mit verschlafener Stimme.

Erst jetzt bemerkte sie ihr nasses Gesicht, die rot verweinten Augen, ihre verquollene Haut.

Sie seufzte.

Es war nicht das erste Mal, dass sie sich in ihrem eigenen Körper fremd fühlte … beinahe surreal, auf angstmachende Weise emotionslos und starr, dass sie sich selbst nicht spürte. Nicht wusste, was sie tat.

So wie jetzt, in genau diesem Moment.

Max rüttelte mittlerweile an der Tür, rief lauter nach ihr. Sie öffnete ihm, ließ sich in seine Arme sinken, obwohl sie viel lieber alleine geblieben wäre.

»Lass mich nicht mehr los«, murmelte sie leise und genoss seine Wärme, sein beruhigendes Streicheln über ihren Rücken, seinen gleichmäßigen Atemfluss.

Sie hatte Glück, einen Mann wie ihn an ihrer Seite zu haben, das wusste sie.

Aber sie wusste auch, dass er vergebens hoffte, dass sie eines Tages offen für eine neue Liebe sein und sich ihm vollkommen öffnen würde. Deswegen sollte sie eigentlich so fair sein und ihn gehen lassen. Ihm eine Liebe zu einer Frau ermöglichen, die er verdient hatte. Die ihn glücklich machte und nicht nur ihren seelischen Ballast bei ihm ablud.

Sie drückte ihre Nase in die Kuhle oberhalb seines linken Schlüsselbeins, genoss den süßlich herben Geruch, spürte, wie ihre Tränen langsam versiegten.

Sie wünschte, sie wäre stark genug, ihn loszulassen.

Ihn und auch den kleinen Paul, den sie nie hatte haben wollen und den sie jetzt so sehr liebte, obwohl sie es nicht zeigen konnte. Nicht zeigen durfte.

»Kommst du wieder mit ins Bett?«

Max hob ihr Kinn mit seinen Fingern ein wenig an, betrachtete sie forschend, dann verzog er sein Gesicht zu einem Lächeln.

»Du musst dringend ein wenig schlafen, dann sieht die Welt morgen früh wieder freundlicher aus.«

Und so gern Taria ihm auch glauben wollte, wusste sie doch, dass er in diesem Fall unrecht hatte.

Morgen früh mochte sie sich vielleicht tatsächlich besser fühlen, die Hoffnung gewinnen, dass irgendwann doch wieder alles gut würde, doch tief im Innern wusste sie, dass Hoffnung manchmal auch vergebens sein konnte. Vor allem für Menschen, die etwas derart Schreckliches getan hatten wie sie.

Kapitel 3

München
2011

»Oh mein Gott«, murmelte Hauptkommissarin Ute Eberhard und schlug sich die Hand vor den Mund.

Benommen starrte sie ihn an und schüttelte den Kopf. »Hast du so was schon mal gesehen?«

Oberkommissar Clemens Gottlieb schluckte, trat dann näher zu der Leiche, ignorierte ihre Frage. Schließlich ging er direkt vor der Toten in die Hocke, sah sich das Drama aus der Nähe an. Die junge Frau war allerhöchstens zwanzig Jahre alt, sofern sie überhaupt schon erwachsen war. Ihr Haar war blond gesträhnt, hing in fettigen Strähnen um ihr schmales und blasses Gesicht, die hellblauen und blutunterlaufenen Augen starrten durch ihn hindurch ins Nichts. Sein Blick wanderte von ihrem Gesicht auf ihre linke Armbeuge, die von zahllosen Vernarbungen verunstaltet war.

Er drehte sich zu seiner Kollegin um. »Ein Junkie.« Er seufzte, hörte, wie Ute näher kam. Sie ging neben ihm in die Hocke, starrte ebenfalls auf den Arm der Toten, nickte.

Clemens bemerkte, wie Ute ein paar Mal tief ein- und wieder ausatmete, als wolle sie innerlich Kraft sammeln, für das, was sie erwartete, wenn sie ihren Blick auf den Leib der Frau richtete.

»Ich denke, dass sie im achten, vielleicht sogar schon im neunten Monat war.« Sie räusperte sich betreten.

Clemens sah sie an, nickte. Dann sahen sie gemeinsam auf den nackten Unterleib der Frau, aus dem ein langer und dünner

Metalldraht ragte. Der Boden, auf dem die Tote saß, war voller getrockneter Blutlachen.

»Ich denke, dass sie seit zwei Tagen tot ist«, fuhr Ute fort. »Besser gesagt, tot sind ...« Sie seufzte leise. »Denn dass das Baby noch am Leben ist, dürfte nahezu ausgeschlossen sein.«

»Und wie es aussieht, hat sie das selbst getan«, setzte Clemens hinzu. Er deutete auf die Innenfläche ihrer rechten Hand, die von tiefen roten Druckstellen und Kratzern übersät war.

Ein Klopfen ließ sie zusammenfahren. Clemens drehte sich um und sah den jungen Kollegen an, der betroffen auf die Leiche starrte.

»Was gibt's?«, fragte er schließlich ungeduldig.

»Der Name der Frau lautet Jessica Schilling«, der junge Beamte machte eine Kopfbewegung in Richtung der Leiche. »Sie war erst neunzehn Jahre alt und hatte bereits ein beachtliches Vorstrafenregister. Prostitution, Diebstahl, Beihilfe zu Raubüberfällen, Jugendknast. Sie hat keine Familie mehr, wuchs in Heimen auf, tauchte dann unter, lebte von ihrem zwölften bis fünfzehnten Lebensjahr auf der Straße. Der Knast hat sie gerettet. Sie wurde mit siebzehn als clean entlassen.« Er schluckte trocken, starrte auf die frischen, blutig krustigen Einstiche inmitten der alten Narben ihrer Armbeuge.

»Wie es aussieht, ist sie rückfällig geworden.« Er schüttelte den Kopf, sah erst Clemens und dann Ute an. »Wenn nichts anderes ansteht, mach ich mich wieder an die Arbeit.«

Wieder allein in dem muffig, schmutzigen Badezimmer sah Clemens seine Kollegin zweifelnd an. »Irgendwas gefällt mir hier nicht.« Er verstummte, sah Ute ernst an. »Warum sollte eine junge Frau als clean aus dem Knast kommen und dann, obwohl sie hochschwanger ist und kurz davor steht, ihr erstes Kind zur Welt zu bringen, wieder rückfällig werden?« Er zog sich ein Paar Einmalhandschuhe an, griff nach dem Arm der Toten. »Alle Narben sind gut verheilt, was dafür spricht, dass sie tatsächlich clean aus dem Jugendgefängnis entlassen wurde. Und diese frischen Narben sind nicht viel älter als ein paar Tage, ich würde ja meinen Arsch drauf verwetten, dass sie zum Zeitpunkt des Todes der Frau passen.« Er brach ab, sah Ute an, deren Gesicht einen zweifelnden Ausdruck angenommen hatte. »Siehst du das etwa anders?«

Sie nickte langsam. »Mit ehemaligen Junkies verhält es sich ähnlich wie mit trockenen Alkoholikern. Ein Ex-Alki wird immer ein trockener Alkoholiker bleiben. Einen Rückfall und er ist wieder richtig dabei. So ist es auch bei ehemaligen Junkies. Und mal ehrlich … Warum sollte sich eine Frau, nur weil sie schwanger ist, von Drogen fernhalten? Weißt du, wie viele Säuferinnen es gibt, die weiter trinken, obwohl sie schwanger sind? Und Raucherinnen, die qualmen, obwohl sie wissen, dass jeder Zug ihrem Baby schadet?«

»Das stimmt natürlich alles«, warf Clemens ein und unterbrach damit Utes wütenden Redefluss.

»Dennoch habe ich ein ungutes Gefühl bei dieser Sache. Alles hier deutet auf den ersten Blick darauf hin, als handle es sich um eine Frau, die rückfällig wurde und im Drogenrausch eine Abtreibung bei sich selbst vornehmen wollte.« Er hielt inne, ließ seine Worte wirken. »Doch ergibt das irgendeinen Sinn für dich? Ich meine, wenn sie das Kind nicht wollte, dann gäbe es auch andere Möglichkeiten. Adoption zum Beispiel. Oder einen legalen Abbruch der Schwangerschaft bis zur Vollendung des dritten Monats. Warum also gerade jetzt? Und warum auf diese grauenvolle Art und Weise?«

Ute verzog das Gesicht.

»Dafür fallen mir auf Anhieb mehrere Gründe ein.« Sie holte tief Luft. »Sie könnte sich nach der Entlassung aus dem Knast wieder ihrem alten Freundeskreis angeschlossen haben. Oder sie hatte einen Freund, der sie verlassen hat, was sie angesichts der besonderen Umstände vollkommen aus der Bahn warf. Sie besorgte sich Stoff, weil sie nicht mehr ein noch aus wusste und Peng – wir stehen vor dem Ergebnis dieses ersten Trips nach langer Zeit.«

Clemens starrte seine Kollegin nachdenklich an und stieß dann die Luft aus. So ungern er es auch zugab, was sie gesagt hatte, konnte zutreffend sein.

Er räusperte sich, straffte die Schultern. »Dennoch werden wir in mehrere Richtungen ermitteln und auch Mord in Betracht ziehen.« Er sah Ute fest an, die den Mund zu einem Grinsen verzog. »Keine Widerrede«, donnerte er. »Irgendwas sagt mir, dass bei diesem Fall etwas ganz und gar nicht stimmt.«

Als Clemens am Abend nach der Obduktion zurück ins Büro kam, setzte er sich Ute gegenüber an deren Schreibtisch, sah seine Kollegin nachdenklich an. »Der Pathologe ist fast durch mit unserer Leiche. Die junge Dame ist verblutet, weil durch den Draht die kompletten oberen Geschlechtsorgane zerfetzt worden sind. Das Baby selbst hatte ebenfalls leichte Verletzungen durch den Draht, erstickte aber mehr oder weniger im Mutterleib. Dr. Dressel sagt, dass solche Verletzungen unglaubliche Schmerzen verursachen und dass er sich nur schwer vorstellen kann, dass Heroin – was sie definitiv im Blut hatte – diese erträglicher machen können.«

Ute schüttelte den Kopf. »Im Grunde könnte es auch so gewesen sein, dass sie im Drogenrausch die Kontrolle verlor, ihr bewusst wurde, dass sie das Kind nicht will, und deswegen anfing, sich selbst zu verletzen. Als ihr dann klar wurde, dass sie zu weit gegangen ist – beispielsweise weil sie sich durch all das Blut erschreckt hat –, war es aber schon zu spät.«

»Wieso hat sie dann nicht wenigstens versucht, Hilfe zu holen?«

Ute hob die Schultern. »Vielleicht wollte sie das ja, doch

die Blutung ließ sie schnell viel zu schwach werden, um noch reagieren zu können.«

»Sie hätte schreien können«, gab Clemens zu bedenken. »Dann wären die Nachbarn vielleicht aufmerksam geworden, man hätte sie retten können.«

Ute seufzte. »Oder sie wollte einfach sterben und weil sie ihr Kind nicht allein zurücklassen wollte, entschied sie sich für diesen Weg.«

Clemens kratzte sich am Kopf, räusperte sich. »Ich hab ein paar Leute losgeschickt, sich das Umfeld der Frau mal vorzuknöpfen. Unter anderem will ich den Gynäkologen sprechen, vielleicht weiß er, in welcher Beziehung sie zu dem Ungeborenen stand. Und ich will die Erzieher des Heims sprechen, in dem sie aufwuchs, Freunde von früher, Nachbarn. Irgendjemand muss doch wissen, ob sie Probleme hatte, die zu so einer Handlung passen.«

Ute grinste. »Einen Teil davon hab ich erledigt, während du dir in der Pathologie frischen Wind um die Nase hast wehen lassen.« Sie grinste ihn provokativ an, doch Clemens war heute nicht danach, auf ihren Scherz einzugehen, ihr Kontra zu geben.

»Und hast du was herausgefunden?«

Ute nickte. »Jessica stammt aus einer Alkoholiker-Familie. Ihr Vater starb, als sie noch ein Baby war, der Mutter wurde alles zu viel, deswegen gab sie das Kind in ein Heim. Es sollte nur vorübergehend sein, doch als sie an Bauchspeicheldrüsenkrebs erkrankte und auch starb, wurde aus dem vorübergehenden ein dauerhafter Aufenthalt. Das Mädchen fiel früh durch aggressives Verhalten auf, geriet oft in Konflikte mit Erziehern und anderen Heimbewohnern. Als es zu ersten und sehr heftigen Handgreiflichkeiten kam, wurde sie in einem Heim für verhaltensauffällige Jugendliche untergebracht, wo strenge Regeln zur Tagesordnung gehörten. Dort kam sie noch viel weniger zurecht, haute schließlich ab. Eigentlich stammte sie aus der Gegend um

Dresden, keine Ahnung, weshalb es sie ausgerechnet nach Bayern verschlug. Ich hab versucht, weitere Angehörige ausfindig zu machen, doch es scheint tatsächlich keine zu geben. Allerdings hab ich eine ihrer Freundinnen gefunden, mit der sie früher um die Häuser gezogen ist, bevor sie einwandern musste.«

»Und?«, fragte Clemens neugierig.

»Sara ist Russin und hatte keinen Kontakt mehr zu Jessica, weil diese das nach der Entlassung aus dem Knast nicht wollte. Sara ist ebenfalls clean, hat sogar einen Job und ihr Leben in den Griff gekriegt, trotzdem hat Jessica jeden Kontakt zu ihr verweigert, weil sie fest entschlossen war, sich etwas Neues aufzubauen, ganz von vorn anzufangen.«

»Und genau das passt nicht zu dem, was du über Jessica denkst«, fiel Clemens ihr ins Wort. »Jemand, der alle Brücken zu seinem Vorleben einreißt, wird wohl kaum an Suizid denken, wenn er eigentlich nur auf die Füße kommen will.«

Ute nickte. »Natürlich hast du recht, das dachte ich bis zu meinem Gespräch mit der Gynäkologin nämlich auch. Die hatte übrigens ein gutes Verhältnis zu Jessica und war absolut davon überzeugt, dass das Mädchen gewillt war, ihr Leben in den Griff zu bekommen, eine gute Mutter zu werden.«

Clemens verzog bei den Worten seiner Kollegin den Mund zu einem Grinsen, doch sie schüttelte schnell den Kopf, was wohl bedeutete, dass sie noch nicht fertig war und er weiter zuhören sollte.

»Dr. Fiedler sagte, dass Jessica in den ersten Monaten der Schwangerschaft vollkommen glücklich und zufrieden wirkte, stabil zu sein schien. Doch je größer ihr Bauch wurde, desto realer wurde wohl auch das Wissen um die baldige Verantwortung, die es zu übernehmen galt. Der Vater des Babys – ein One-Night-Stand – stand außerdem von Anfang an nicht zu Jessica und dem Baby, also fällt eine Trennung als Auslöser für einen eventuellen Rückfall schon mal weg.«

»Hat sie versucht, Kontakt zu ihm aufzunehmen?«, wollte Clemens wissen. »Denn falls ja, dann wäre das ein eventuelles Motiv für einen Mord an Mutter und Kind.«

Ute sah ihn zweifelnd an. »Niemand hätte ihn zwingen können, Vater zu werden.«

»Das nicht, aber vielleicht war er ja auch nicht gewillt, für ein paar Minuten Spaß viele Jahre lang bezahlen zu müssen.«

»Okay, diese Möglichkeit habe ich bisher nicht in Betracht gezogen.« Ute schluckte. »Laut Gynäkologin hat Jessica sogar mehrmals versucht, Kontakt zu ihm aufzunehmen, doch er hat sie jedes Mal abgewiesen, wollte nichts mit all dem zu tun haben. Ich hab keine Ahnung, wer der Mann ist, aber vielleicht finden die Techniker oder die Recherche ja etwas, das uns zu ihm führt. Sobald wir ihn haben, knöpfen wir ihn uns vor, dann sehen wir ja, wer von uns beiden den richtigen Riecher hat.«

»Dann denkst du noch immer, es war die Angst vor der Zukunft, die sie hat ausflippen lassen?«

Ute sah ihn an, nickte dann, wirkte allerdings nicht mehr ganz so selbstsicher wie noch vor ein paar Minuten. »Alles scheint irgendwie zusammenzupassen. Die Nachbarn haben ausgesagt, dass sie sie fast nie mit Freunden gesehen haben, sie mehr oder weniger auf sich allein gestellt zu sein schien. Sie lebte in einer Bruchbude und quasi von dem, was das Amt ihr bezahlte, war vom Staat abhängig. Ich schätze, dass sie keinen Lichtblick mehr gesehen und kalte Füße bekommen hat. Stell dir doch mal vor, du müsstest so leben. Alleinerziehend, ohne Perspektive, ein Kind an der Backe, von einem Menschen, der nichts von dir oder dem Baby wissen will. Allein die Vorstellung ist niederschmetternd.«

»Es gibt immer einen Ausweg«, erklärte Clemens. »Sie hätte nur wollen müssen. Dann hätte sie die ersten drei Jahre nach der Geburt eben vom Staat gelebt, doch dann hätte sie eine Ausbildung machen und das Kind in die Kita geben können. So was machen Hunderte junger Mütter jeden Tag, wieso also nicht auch Jessica?«

Ute sah ihn betreten an. »Vielleicht weil Jessica zu denen gehörte, die sich nichts zutrauten? Vielleicht hat sie aufgehört, an sich selbst zu glauben? Deswegen hat sie die Drogen gekauft, um sich den Abgang zu erleichtern. So was passiert doch im Grunde jeden Tag, überall auf der Welt. Dass Menschen aufgeben, weil sie niemanden haben, der ihnen sagt, dass es nie zu spät ist, wieder aufzustehen.«

Kapitel 4

Berlin
Juli 2018

Erschrocken stach Taria aus dem Schlaf hoch. Sie sah sich um, fragte sich, wie es sein konnte, dass es bereits so hell war. Das Shirt klebte ihr feucht am Körper, im Schlafzimmer waren es gefühlte 30 Grad. Als ihr Blick auf den Wecker glitt, setzte ihr Herzschlag für einen Augenblick aus. Es war fast elf und eigentlich hätte Paul sich spätestens gegen acht Uhr melden müssen, weil das die Zeit für sein Fläschchen war. Sie schlug die Decke zurück und stand auf, lief nach nebenan. Doch wo sie ein quengelndes Baby hätte erwarten müssen, war nur ein leeres Bettchen.

Tarias Herz setzte einen Schlag aus. Was war hier los? Wo war ihr Sohn?

Dann vernahm sie ein munteres Giggeln aus der Küche und das Scheppern von Geschirr.

Erst jetzt nahm sie wahr, dass es in der Wohnung nach frisch aufgebrühtem Kaffee und Waffeln roch – ihrem Lieblingsfrühstück.

Sie lief zurück ins Schlafzimmer, zog sich ihren Morgenmantel über, putzte sich im Bad die Zähne und machte sich dann auf den Weg in die Küche.

Sie fragte sich, ob sie etwas falsch verstanden hatte, denn eigentlich sollte Max um diese Zeit schon seit Stunden in der Arbeit sein.

Sie betrat die Küche und fand ihren Lebensgefährten vor dem Waffeleisen vor, wie er gerade dabei war, eine Portion des fluffigen Teiges auf die Eisen zu geben. Augenblicklich bekam sie einen Bärenhunger. Sie ging zu ihrem Sohn, der in seinem Babystuhl saß und mit einem Holzkochlöffel immer wieder auf die Ablage klatschte und einen Riesenspaß dabei zu haben schien. Sie küsste ihn auf die Stirn, dann umschlang sie Max, der sie noch nicht bemerkt hatte, von hinten, küsste ihn ebenfalls.

»Na, du Schlafmütze«, foppte er sie und grinste. Dann verzog er besorgt die Stirn. »Geht es dir etwas besser?«

Sie nickte betreten. »Du bist wegen mir hiergeblieben?«

Er räusperte sich. »Ich hatte noch was gut bei einer Kollegin und hab den Gefallen in Form eines freien Tages eingefordert. Ich dachte, es könne nicht schaden, dich ein bisschen ausschlafen zu lassen.«

Taria schluckte. Sie wusste, Max hatte es nur gut gemeint, doch sie kam nicht dagegen an, dass sie sich plötzlich seltsam nutzlos und noch unzulänglicher fühlte.

Doch als sie seinen arglosen und liebevollen Gesichtsausdruck sah, entspannte sie sich ein wenig.

»Willst du Waffeln?«, fragte Max und schob sie auf den Stuhl neben Paul.

Sie nickte lächelnd. Keine Minute später stellte Max einen Teller mit zwei leckeren Waffeln vor ihr hin, die mit frischen Erdbeeren und einem Klecks Sahne garniert waren.

Sie schnitt sich ein großes Stück ab, schob es sich in den Mund, verdrehte genießerisch die Augen. »Womit hab ich das nur verdient?«, fragte sie schmunzelnd, spürte kurz darauf einen Stich in ihrem Innern.

Ja, das war wirklich eine sehr gute Frage. Womit hatte sie es verdient, dass Max sich so rührend um sie sorgte, wo sie ihn doch schon so oft vor den Kopf gestoßen hatte?

Als er sich mit ebenfalls einem vollen Teller neben sie setzte, schob sie die trüben Gedanken beiseite, genoss einfach nur das Essen.

»Ich muss mal etwas mit dir besprechen«, sagte Max und räusperte sich.

Taria zuckte zusammen. Wenn Max ein Gespräch so begann, konnte nichts Gutes daraus entstehen.

»Es geht um meine Wohnung.«

Tarias Magen zog sich schmerzhaft zusammen, ihr Appetit verflog. Seufzend schob sie ihr nicht einmal zur Hälfte aufgegessenes Frühstück beiseite. »Ich hab dir doch gesagt, dass es noch zu früh ist«, begann sie, doch Max unterbrach sie.

»Unsere Ausgaben sind zu hoch.« Er ließ die Worte wirken, schob sich einen Bissen in den Mund, schluckte, dann sah er Taria an.

»Ich verdiene zwar nicht schlecht in der Klinik, doch du bekommst nur ein bisschen Erziehungsgeld. Das zusammen reicht hinten und vorne nicht, um drei Leute zu versorgen und zwei Mieten zu bezahlen.«

»Ich habe noch genügend finanziellen Spielraum durch den Erlös des Hauses«, erklärte sie. »Außerdem hatte …«, sie schluckte schwer, brach ab.

»Ich weiß, dass dein Mann eine Lebensversicherung hatte, die du ausbezahlt bekommen hast, und außerdem über ein gut gefülltes Bankkonto verfügte. Aber ich will nicht vom Geld meines toten Vorgängers leben. Und ich will nicht von dir abhängig sein, verstehst du? Ich will meine Familie selbst versorgen können, doch das geht nicht mit nur einem Gehalt und zwei Wohnungen.«

»Ich bezahle diese Wohnung hier selbst«, gab Taria zurück und wusste jetzt schon, dass das die falsche Antwort gewesen war.

Max' Gesicht fiel zusammen, dann wurde er blass. Sie wusste, dass sie ihn verletzt hatte, wieder einmal, und doch konnte sie einfach nichts dagegen tun, dass es immer wieder passierte.

Max holte tief Luft und sah Taria an. »Was wäre denn so schlimm daran, wenn ich meine Wohnung aufgebe und ganz hierher ziehe? Ich meine, ich bin doch sowieso schon jeden Tag hier bei dir, seit Paul auf der Welt ist. Außerdem finde ich es unmöglich, dass wir, obwohl wir ein gemeinsames Kind haben, weiterleben, als wären wir nicht viel mehr als ein Paar, dem es nicht sonderlich ernst miteinander ist.«

Taria erkannte, in welche Richtung dieses Gespräch verlaufen würde.

Denn auch wenn er es nicht aussprach, standen wieder all ihre abgelehnten Heiratsanträge im Raum.

»Max … ich«, sie suchte nach Worten, drängte die aufsteigenden Tränen zurück. »Du weißt, dass ich das nicht kann. Jetzt noch nicht.«

»Wirst du das jemals können?« Seine Tonlage war sanft und leise, doch Taria hörte dennoch die Anklage dahinter heraus.

»Wirst du mich jemals so lieben können, wie du ihn geliebt hast?«

Tarias gesamter Körper versteifte sich.

Sie war unfähig, Max anzusehen, wusste, wie ihre Körpersprache auf ihn wirken musste. »Das alles ist erst vier Jahre her«, brachte sie mühsam hervor. »Damals verlor ich meinen Mann und meine Tochter, beide am selben Tag durch einen Unfall, den vielleicht ich selbst verursacht habe.«

Aus dem Augenwinkel sah sie, dass Max den Kopf schüttelte und aufgebracht wirkte. »Es war glatt und neblig an jenem Tag und es handelte sich um einen Straßenabschnitt, an dem schon viele Unfälle passiert sind. Was man dir vorgeworfen hat, konnte nie bewiesen werden. Und nur weil du an den Tagen vor dem Unfall anders warst als sonst, ist das noch lange kein Grund, anzunehmen, dass du den Unfall provoziert hast.«

»Trotzdem bin ich gefahren«, schleuderte Taria ihm entgegen.

»Und dennoch war es nur ein bedauerlicher Unfall. Du bist gefahren, hast die Kontrolle über den Wagen verloren. Die Polizei konnte keine Geschwindigkeitsübertretung feststellen.«

»Aber Augenzeugen haben ausgesagt, dass ich, obwohl es an der Stelle glatt und rutschig war, nicht langsamer geworden bin.«

»Du hast die Gefahr eben falsch eingeschätzt«, erklärte Max fest. »Das hätte jedem passieren können. Glaubst du nicht, dass du verurteilt worden wärst, wenn auch nur die Möglichkeit zur Option stünde, dass es doch Absicht oder Fehlverhalten gewesen sein könnte?«

»Immerhin saß ich ein knappes halbes Jahr in der Sicherheitsverwahrung fest.«

»Das war aber nicht deine Schuld«, sagte Max voller Inbrunst. »Die Gesetzesmühlen mahlen langsam und du warst eines ihrer Opfer.«

Sie sah ihn an, lächelte dankbar, griff über den Tisch nach seiner Hand. »Danke, dass du das sagst.«

»Es ist die Wahrheit«, erklärte er. »Etwas anderes zu sagen, wäre falsch.«

Sie seufzte. »Die Antwort auf deine Frage ist, dass ich es nicht weiß, so leid es mir auch tut.«

Max nickte, verzog aber keine Miene.

»Das hab ich mir schon gedacht«, gab er schließlich leise zurück. »Aber weißt du was? Eine meiner Stärken ist Geduld, wie du sicher schon mitbekommen hast. Irgendwann wirst du mich genauso lieben wie ich dich – da bin ich sicher. Deswegen macht es auch keinen Unterschied, ob wir gleich heiraten oder eben später. Ich finde nur, wir sollten es zumindest in Erwägung ziehen – Paul zuliebe. Er und auch du solltet abgesichert sein, im Falle, dass mir etwas zustößt.«

»Wenn es ums Geld geht …« Taria brach ab, als sie Max' Gesichtsausdruck sah. »Entschuldige bitte«, setzte sie schnell hinzu, doch es war zu spät. Max war bereits aufgesprungen, starrte sie wütend an. »Ich weiß, dass du im Falle meines Todes nicht darauf angewiesen bist, Witwenrente zu bekommen.«

Er war laut geworden, strich sich eine Strähne seines blonden Haars aus der Stirn.

Wie auf Befehl fing Paul an zu weinen.

Hilflos wanderte Tarias Blick zwischen beiden hin und her.

»Es wäre nur schön gewesen, wenn du einmal darauf verzichten könntest, mich jedes Mal aufs Neue darauf hinzuweisen.«

Als Taria eine knappe Stunde später bei ihrer Freundin Amelie in der Küche saß, fühlte sie sich so schäbig, wie noch nie zuvor in ihrem Leben. Nach ihrem Streit vorhin hatte Max Paul geschnappt, um sich – wie er ihr entgegengeschleudert hatte – ein wenig abzukühlen. Sie wusste, dass diese Redewendung nicht auf die Hitzewelle in der Hauptstadt anspielen sollte, sondern ihrer Meinungsverschiedenheit galt. Max wollte mit Paul einen Spaziergang unternehmen, um auf andere Gedanken zu kommen.

Sie hatte es nicht über sich gebracht, sich zu entschuldigen, hatte ihn einfach gehen lassen, was ihr jetzt noch mehr zu schaffen machte.

Nachdem sie Amelie alles erzählt hatte, zog sie die Schultern nach oben, in Erwartung einer verbalen Zurechtweisung ihrer besten und nebenbei bemerkt einzigen Freundin. Amelie war vor knapp sechs Monaten in die Wohnung nebenan eingezogen und sie beide hatten sich schon ein paar Tage später angefreundet, als Amelie bei ihr geklingelt und sich vorgestellt hatte.

Taria erinnerte sich noch genau an ihr Erstaunen, als die schwarzhaarige Frau mit den unzähligen Piercings und Tätowierungen vor ihrer Tür gestanden und sich als die neue Nachbarin vorgestellt hatte. Und obwohl Amelie rein äußerlich nicht gerade seriös oder vertrauenerweckend wirkte, hatte sich Taria auf Anhieb mit ihr verstanden, sich ihr gegenüber sogar seltsam vertraut gefühlt.

Amelie war wie ein offenes Buch, ging sehr offen mit ihrer traurigen Vergangenheit um. Taria wusste, dass sie irgendwo aus Bayern stammte, nach einem schrecklichen Trauerfall die letzten Jahre aber in Dresden gelebt hatte, mit einem Mann, den sie über alles geliebt, der sie aber dennoch ständig betrogen hatte. Als er eines Tages mit der Sprache herausgerückt war und ihr gestanden hatte, sich in seine Affäre verliebt zu haben, diese andere Frau außerdem schwanger von ihm war, hatte Amelie ihre Zelte in Sachsen abgebrochen, um in Berlin neu durchzustarten.

Angesichts Amelies trauriger Vorgeschichte hatte sich Taria anfangs gescheut, ihr Paul vorzustellen, doch die Freundin hatte ihr versichert, dass sie mit dem Kinderthema ihren Frieden geschlossen und sich fortan auf ihre Karriere als freie Grafikerin konzentrieren wollte.

Zwar hatte Taria ihr gesagt, dass es heutzutage auch mit Ende dreißig kein Problem mehr sei, erstmals Mutter zu werden, woraufhin die Freundin erwidert hatte, dass sie keine Lust habe, sich wegen ihrer tickenden Uhr wieder dem Falschen an den Hals zu werfen. Das konnte Taria natürlich nachvollziehen, umso mehr freute es sie, dass die Freundin Paul sofort in ihr Herz geschlossen hatte und wann immer notwendig auch mal als Babysitter einsprang.

»Hast du keine Angst, dass Max irgendwann so verletzt sein könnte, dass er geht?«, wollte Amelie wissen, als Taria ihren Bericht über den heutigen Vormittag beendet hatte.

Sie zuckte zusammen, sah die Freundin alarmiert an. »Hat er etwas in dieser Richtung verlauten lassen?« Amelie und Max verstanden sich ebenfalls ziemlich gut und Taria konnte sich lebhaft vorstellen, dass auch Max Amelies Gabe – zuhören zu können – hin und wieder für seine Zwecke nutzte.

Doch die schüttelte den Kopf. »Männer reden nicht gern über Gefühle, schon gar nicht mit Außenstehenden. Allerdings ist

Max ein offenes Buch für mich. Man sieht ihm seinen Kummer an, leidet mit ihm.«

Beschämt senkte Taria den Blick. Wie hatte sie auch nur denken können, dass Max, ihr loyaler, aufrichtiger und absolut vertrauenswürdiger Lebensgefährte auch nur ein Wort hinter ihrem Rücken über ihre Beziehungsprobleme herauslassen würde?

»Glaubst du eigentlich wirklich, was du zu ihm gesagt hast?«, fragte Amelie und sah Taria schmunzelnd an.

»Was meinst du?«

Das Gesicht der Freundin wurde ernst. »Dass du nicht weißt, ob du Max jemals wirklich lieben kannst.«

Taria sog die Luft scharf ein. »Ich weiß im Grunde nicht einmal, ob ich überhaupt noch imstande bin, aufrichtig zu lieben. Das hat nicht einmal etwas mit Max zu tun.«

»Du liebst Paul«, warf Amelie ein. »Das kann ein Blinder sehen.«

»Das ist etwas anderes«, gab Taria zurück. »Welche Mutter würde ihr Kind nicht lieben? Und trotzdem ist es bei auch Paul anders, als es damals bei meiner Tochter war.«

Amelie nickte wissend. »Deine Kleine ist noch immer in deinem Herzen, wo sie einen besonderen Platz hat. Niemand sonst wird je an ihre Stelle rücken können, auch Paul nicht, das verstehe ich. Aber du kannst auch deinen Sohn nicht mit deiner Erstgeborenen vergleichen. Das wäre selbst dann unmöglich, wenn sie noch am Leben wäre.«

So hatte Taria diese Sache noch gar nicht gesehen. Sie überlegte kurz, nickte dann. »Wenn ich beide Kinder getrennt voneinander betrachte, fallen mir die Unterschiede erst so richtig auf. Marlene war ein Schreibaby, sehr fordernd und anstrengend, trotzdem würde ich die Zeit mit ihr niemals missen wollen. Paul hingegen ist ruhig, verschlafen und ein kleiner Träumer – das merkt man jetzt schon.« Sie lächelte, als ihr bewusst wurde, dass sie zum allerersten Mal über ihre tote Tochter hatte sprechen können, ohne in Tränen auszubrechen. »Je mehr ich darüber nachdenke, umso klarer wird, dass ich beide gleichermaßen liebe.«

Amelie stand auf, nahm Taria in die Arme. »Siehst du«, murmelte sie dicht an ihrem Ohr. »Und wenn ihr wirklich füreinander bestimmt seid – wovon ich fest ausgehe –, wirst du eines Tages erkennen, dass du Max für immer an deiner Seite willst. Dass du ihn liebst und mit ihm alt werden möchtest.«

Zurück in ihrer Wohnung waren Max und Paul noch immer nicht zurück. Taria spürte, wie die Enttäuschung in ihr Oberhand gewann. Sie hätte zu gern mit Max gesprochen, sich für ihr Verhalten am Vormittag entschuldigt, doch scheinbar nahm er ihr das alles doch viel übler, als angenommen. Schlug er sich die Stunden in der Hitze ihretwegen um die Ohren? Weil er sie schmoren lassen wollte? Oder hatte er über das schöne Wetter hinaus die Zeit vergessen. Als sie bemerkte, dass ihr Handy blinkte, spürte sie, wie ihr Herz sich beschleunigte. Hatte er ihr geschrieben? War etwas passiert? Sofort zog sich ihr Inneres zusammen, verkrampfte richtiggehend. Doch als sie ihre WhatsApp öffnete, sah sie, dass es nur ihre Mutter war, die geschrieben hatte.

»Max ist hier bei uns, nur damit du Bescheid weißt«, stand dort geschrieben und ein Zwinkersmiley dahinter. Ihre Mutter wusste also, dass es Streit zwischen ihnen gegeben hatte. »Ist er noch da?«, fragte sie zurück.

»Ja, aber ich weiß nicht, wie lange noch«, folgte umgehend die Antwort. Ohne groß darüber nachzudenken, wollte sie gerade nach ihrem Wagenschlüssel greifen und aufbrechen, um ihn zu überraschen, als ihr einfiel, dass Max ja mit dem Kinderwagen unterwegs war und sicherlich auf Spazierengehen eingestellt war. Kurzerhand rief sie sich ein Taxi und legte den Schlüssel wieder weg. Die ersten drei Jahre nach dem Unfall war sie in kein Auto mehr gestiegen, erst in der Schwangerschaft mit Paul hatte Max sie dazu überredet, es doch wenigstens einmal zu versuchen, weil man gerade mit Baby gut daran tat, mobil zu sein. Am Ende hatte sie sich überzeugen lassen und es tatsächlich geschafft, eine Runde um die Häuser zu fahren. Seither nutzte sie ihren Wagen zwar nicht oft, aber doch hin und wieder, was sie Max zu verdanken hatte, weil er so hartnäckig geblieben war.

Max … Ungeduldig sah sie auf ihre Uhr, seufzte erleichtert auf, als es an der Tür klingelte.

Im Taxi auf dem Weg zu ihren Eltern überlegte Taria, was sie tun konnte, um ihren Fehler bei Max wiedergutzumachen. Vielleicht schaffte sie es, über ihren Schatten zu springen und heute Abend einmal aus dem Haus zu gehen und auf glückliche Familie zu machen? Max wäre sicher begeistert, wenn sie ihm vorschlug, irgendwo nett essen zu gehen.

Sie suchte im Internet einen Italiener in der Nähe ihrer Wohnung und reservierte einen Tisch für achtzehn Uhr, hoffte, dass Max ihr Friedensangebot annahm. Vor dem Reihenhaus ihrer Eltern angekommen, gab Taria dem Taxifahrer ein großzügiges Trinkgeld und machte sich auf den Weg zur Tür. Ihre Mutter öffnete bereits nach dem ersten Klingeln, was bedeutete, dass sie sie gesehen zu haben schien.

»Du hast ihn knapp verpasst«, sagte sie mitleidig und nahm Taria in die Arme. »Ich hab kurz überlegt, ob ich ihm sage, dass du vielleicht kommst, doch nachdem du dich nicht mehr gemeldet hast …«

In Gedanken verfluchte Taria sich, dann atmete sie tief durch. »Ist jetzt auch schon egal, bekomme ich trotzdem einen Kaffee?«

In der Wohnküche ihrer Eltern spürte Taria, wie alle Anspannung von ihr abfiel. Die Anwesenheit ihrer Mutter hatte schon immer eine beruhigende Wirkung auf sie gehabt.

Das sah bei ihrem Vater ganz anders aus.

»Ist er da?«, fragte Taria daher flüsternd.

Ihre Mutter nickte. »Er sitzt im Wohnzimmer und schaut Fußball. Lass ihn jetzt besser in Ruhe.«

»Hat Max was gesagt?«

Ihre Mutter verneinte, lächelte aber. »Allerdings waren dein Vater und ich auch mal jung und können uns daher denken, was es zu bedeuten hat, dass dein Freund ohne dich herkommt und wie ein geprügelter Hund dreinblickte. Hast du wieder mal einen Antrag abgelehnt?«

Taria verzog das Gesicht. »Es ist noch zu früh«, erklärte sie schließlich leise. »Es fühlt sich für mich noch nicht richtig an. Nichts von alledem, was mein Leben in diesem Augenblick ausmacht, fühlt sich richtig an.«

Ihre Mutter nahm ihre Hände in die ihren, drückte sie sanft. »Was du durchmachen musstest, ist das Allerschlimmste, was ein Mensch nur ertragen kann, sogar schlimmer als der Tod selbst.« Sie ließ ihre Worte wirken, sah Taria währenddessen forschend an. »Und jeder geht mit einem solchen Schmerz eben anders um. Wie auch immer du dich entscheiden wirst, was Max angeht, es ist allein deine Sache, weil du es bist, die mit dieser Entscheidung den Rest ihres Lebens leben muss.«

Taria zuckte zusammen, als plötzlich ihr Vater vor ihr stand und sie anfunkelte. Einen unerträglichen Moment lang sagte er keinen Ton, dann schüttelte er langsam den Kopf. »Im Prinzip hat deine Mutter vollkommen recht, nur sieht die Sachlage bei dir ein kleines bisschen anders aus.« Er räusperte sich, presste seine Lippen dann zu einem harten Strich zusammen, was wohl ausdrücken sollte, was er von seiner durchgeknallten Tochter hielt. Schließlich stieß er die Luft aus, schluckte trocken. »Du kannst froh sein, dass da überhaupt noch jemand ist, der so viel Vertrauen in dich setzt, dass er eine feste Beziehung mit dir eingehen will.« Er holte tief Luft, sah sie finster an. »Tu dir selbst einen Gefallen und mach das nicht auch noch kaputt!«

Kapitel 5

München
2012

»Hast du einen Moment Zeit?«, fragte Ute und sah ihn ungeduldig an. Oberkommissar Clemens Gottlieb nickte. »Ich wollte gerade die Akte des U-Bahn-Toten fertig machen und mich dann an diese Raubmord-Serie setzen.«

Ute schüttelte den Kopf. »Das muss warten«, erklärte sie und seufzte. »Gerade kam ein Anruf rein. Eine ältere Dame aus Milbertshofen. Sie sagt, dass sie ihre Nachbarin jetzt schon seit mehreren Tagen nicht gesehen hat. Sie macht sich wohl große Sorgen.«

Clemens runzelte die Stirn. »Und was geht uns das an? Vielleicht will die Frau ja einfach nur ihre Ruhe haben und geht der Alten aus dem Weg. Ich hab jetzt wirklich keine …«

»Die Nachbarin ist hochschwanger«, unterbrach Ute ihn. »Und wie die ältere Dame mir erklärte, haben sie und die schwangere Nachbarin ein sehr gutes Verhältnis zueinander. Es sei besorgniserregend, dass sie das Mädchen jetzt schon seit Tagen nicht zu Gesicht bekommen hat.«

Clemens stieß die Luft aus und sah Ute an. »Eine Schwangere also?«

Sie nickte düster.

Clemens klappte stöhnend seine Akte zu, stand auf. »Dann sehen wir uns das wohl besser mal genauer an.«

Im Hausgang des Wohnblocks roch es nach einer Mischung aus Urin und frisch gekochtem Sauerkraut, eine Mischung, die Clemens sofort auf den Magen schlug. Er hatte es heute Morgen nicht geschafft, etwas zu essen, und das kleine Stück Kuchen in der Kantine am Vormittag war mit Sicherheit längst durchmarschiert, sodass er diesen Geruch jetzt quasi auf leeren Magen ertragen musste. Er schluckte gegen die Übelkeit an, verfluchte sich in Gedanken selbst, dass er nicht wie Ute vorhin ebenfalls eine Leberkäsesemmel gegessen hatte.

»Ist Scheiße, auf Diät zu sein«, sagte seine Kollegin wie auf Befehl und warf ihm einen amüsierten Blick über die Schulter zu. Clemens verzog das Gesicht und schwieg. Seit er im letzten Winter einen Anfall von Vorhofflimmern erlitten hatte, waren sowohl sein Hausarzt als auch Anna davon überzeugt, dass er dringend abspecken musste. Außerdem schlug ihm fettes Essen von jeher auf den Magen, sodass er auch deswegen lieber zu gesünderen Alternativen greifen sollte, anstatt zu fettigem Leberkäse.

»Mindestens zehn Kilo«, hatte Doktor Friedrich verlangt und seine Frau hatte für alle Vorsicht noch fünf weitere obendrauf geschlagen. Deswegen hatte er vorhin auf seinen Vormittagssnack verzichtet und sich, anstatt eine Semmel zu essen, mit einem Kaffee begnügt – den er übrigens auch nicht trinken durfte, aber irgendwo hatte der Spaß mal ein Loch …

Clemens schnaufte, als er Stockwerk für Stockwerk nach oben stieg, und fragte sich, warum zum Geier in einem Haus mit vier Stockwerken keine Sau an einen verdammten Aufzug gedacht hatte. Wie zur Hölle schaffte es die besorgte alte Frau, jeden Tag all diese Stufen nach oben zu steigen?

Ute drehte sich zu ihm um, grinste. »Für heute hast du deinen Sport schon hinter dir, wenn deine Frau es dir nicht glaubt, sag Bescheid, dann helfe ich dir.« Er winkte ab, sah seine Kollegin böse an. Seit sie wusste, dass er aus medizinischen Gründen gezwungen war, aktiver zu werden und gesünder zu essen, foppte sie ihn bei jeder sich bietenden Gelegenheit. Und animierte ihn, selbst im Präsidium, wo es einen Aufzug gab, die Treppen zu nehmen.

Als sie schließlich vor der Tür von Frau Segmiller standen, hatte er alle Hände voll zu tun, seine Atmung unter Kontrolle zu bringen.

Meine Güte, dachte er säuerlich, *ein paar lächerliche Treppen und ich pfeife wie ein Dampfkessel.*

Die Tür ging auf und heraus trat eine Frau um die siebzig, hager und vollkommen ergraut, mit wachen hellblauen Augen, die zuerst ihn und dann seine Kollegin besorgt ansahen.

»Sie haben uns angerufen?«, vergewisserte Ute sich.

Die Frau nickte und sah dabei besorgt auf die Tür schräg gegenüber. »Der Name meiner Nachbarin lautet Jana Milic. Sie ist gerade erst zweiundzwanzig Jahre jung, hat aber schon Schlimmes durchgemacht«, erklärte die Frau. »Jana und ich stehen uns nahe, fast als wäre sie meine Enkelin. Sie kauft für mich ein, hilft mir hin und wieder im Haushalt und im Gegenzug koche ich für sie mit, damit sie wenigstens ab und zu etwas Gesundes isst.« Die Frau lächelte warmherzig. »Die jungen Leute haben doch so seltsame Essgewohnheiten. Nur Fast Food und so was. Und weil Jana schwanger ist, dachte ich, es schadet nicht, wenn sie dem Baby und sich etwas Gutes tut.«

»Dann haben Sie beide sich in der Vergangenheit täglich gesehen?«, wollte Clemens wissen.

Die Frau nickte besorgt.

»Was meinen Sie damit, dass Jana Schlimmes erlebt hat?«

Die Frau sah unschlüssig von ihm zu Ute.

»Ich weiß nicht, ob ich …« Sie schien mit sich selbst zu hadern, atmete dann tief durch. »Sie sind ja von der Polizei«, sagte sie letztendlich, als müsse sie sich erst selber bestätigen, dass es okay war, Einzelheiten aus dem Leben der Nachbarin preiszugeben.

»Sie stammt aus Kroatien, ist aber schon einige Zeit in

Deutschland. Sie war lange mit einem Mann zusammen, der sie geschlagen hat«, erzählte die alte Dame traurig. »Der Kerl war irgend so ein Drogenhersteller, der etwas gekocht hat, von dem die Leute sehr schnell abhängig werden. Er hat die arme Jana gezwungen, für ihn zu arbeiten, hat sie ebenfalls abhängig gemacht, damit sie bei ihm bleibt, doch am Ende hat sie es geschafft, sich aus seinen Fängen zu befreien, clean zu werden, kam hierher nach München.« Die alte Frau sah zuerst Ute, dann ihn betrübt an. »Sie tat sich so schwer, eine anständige Arbeit zu finden, konnte sich nur schwer über Wasser halten. Dann wurde sie krank, die ganzen Drogen, die furchtbaren Erinnerungen – all das forderte wohl seinen Tribut.«

Clemens schüttelte verständnislos den Kopf. »Was meinen Sie damit?«

»Das arme Ding litt unter schlimmen Panikattacken und Depressionen, konnte nicht mehr arbeiten, war gezwungen, sich Hilfe vom Staat zu holen. Dann lernte sie einen netten Mann kennen, ebenfalls einen Kroaten und alles schien gut. Bis das mit dem Unfall passierte …«

Clemens sog die Luft ein. Er ahnte Fürchterliches.

»Der arme Kerl hatte kein Auto, war immer mit dem Rad unterwegs und eines Tages, da …« Sie stockte.

»Er ist verunglückt?«, fragte Ute behutsam.

Nicken. »Es war dunkel und rutschig, als er stürzte und sich das Genick brach.«

»Und danach stellte Jana fest, dass sie schwanger von ihm ist?«

Die Augen der alten Dame schwammen in Tränen.

»Genauso war es. Zuerst wollte sie das Baby gar nicht, dachte sogar an Abtreibung, weil sie Angst hatte, sie würde damit nicht fertig werden, doch dann besann sie sich Gott sei Dank eines Besseren. Trotzdem ging es seit dem Unfall bergab mit ihr.«

»Die Depressionen kamen zurück?«

»Ja«, sagte die Frau bestätigend. »Und schlimmer als jemals zuvor. Jana aß kaum noch etwas, verlor an Gewicht, obwohl sie wegen der Schwangerschaft eigentlich hätte zunehmen sollen. Und sie konnte nicht mehr schlafen, fand einfach keine Ruhe.«

»Hat sie Medikamente gegen die Depression genommen?«

Die alte Frau verneinte. »Ihr Arzt hat gesagt, dass vor allem diese Medikamente dem Baby schaden könnten und sie es deshalb ohne oder nur mit etwas Pflanzlichem versuchen soll. Ich glaube, das Zeug heißt Johanniskraut.«

»Also nahm sie doch etwas dagegen ein«, stellte Ute fest.

Wieder ein Kopfschütteln vonseiten der Frau. »Das schon, geholfen hat es allerdings nicht. Sie konnte nach wie vor kaum etwas essen, schlief trotzdem so gut wie gar nicht, war traurig wie eh und je.«

»Die Wirkung von Johanniskraut braucht bis zu acht Wochen, bis sie eintritt«, bemerkte Clemens und sah, wie Ute ihn erstaunt musterte.

Er straffte die Schultern, sah die alte Frau ernst an, holte tief Luft. »Frau Segmiller, Sie müssen mir jetzt eine ehrliche Antwort geben: Glauben Sie, dass Jana suizidgefährdet ist?«

»Sie meinen, ob sie sich umbringen will?«

Er nickte.

Die alte Dame schluckte trocken, schien mit den Tränen zu kämpfen. Schließlich räusperte sie sich. »Ja, das halte ich für möglich«, sagte sie dann und fing an zu weinen.

Ute schnappte nach Luft, als sei ihr gerade etwas Wichtiges eingefallen. »Wenn Jana und Sie sich so nahe standen, warum haben Sie dann keinen Schlüssel von ihrer Wohnung?«

Die alte Frau verzog beschämt das Gesicht. »Jana hat natürlich einen Schlüssel von mir«, erklärte sie. »Weil ich seit einiger Zeit häufig sehr schusselig bin, alles Mögliche verlege oder sogar verliere. Deswegen hab ich Jana auch ihren eigenen Schlüssel zurückgegeben, damit sie ihn jemand Vertrauenswürdigerem geben konnte.«

»Und wissen Sie, wem sie den Schlüssel anvertraut hat?«

Die Frau überlegte, dann schüttelte sie den Kopf. »Ehrlich gesagt bin ich nicht sicher. Möglicherweise einem der anderen Nachbarn im Haus. Im Erdgeschoss lebt ein junges Paar, das erst kürzlich Eltern wurde, die Frau ist fast immer beim Baby zu Hause. Ich könnte mir vorstellen, dass Jana ihr ihren Ersatzschlüssel gegeben hat.«

Insgesamt dauerte es über eine Stunde, ehe sie es geschafft hatten, sich Zutritt zu Milics Wohnung zu verschaffen. Die junge Frau im Erdgeschoss bestätigte zwar, dass Jana sie tatsächlich um Verwahrung ihres Ersatzschlüssels gebeten, sie ihr diesen Wunsch jedoch abgeschlagen hatte. Am Ende mussten sie auf die Hausverwaltung ausweichen und darum bitten, dass man ihnen auch ohne gerichtliche Anordnung die Tür aufschloss.

Ute wies die aufgeregte Frau Segmiller an, in ihrer eigenen Wohnung zu warten, während sie bei Jana nach dem Rechten sahen. Und schon wenige Sekunden später stellte sich diese Anweisung als absolut richtig heraus.

»Scheiße«, murmelte Clemens und hielt instinktiv die Luft an. Ein süßlich beißender Geruch lag in der Luft, vermischt mit dem Gestank von altem Blut.

»Ich ahne Böses«, stieß Ute aus, die vor ihm ging, ihre Hand vorsichtshalber am Holster positioniert hatte.

Sie sahen zuerst in der Küche nach, anschließend im Wohn-Schlafzimmer und zu guter Letzt im Bad, wo sie ein Anblick erwartete, der sie beide entsetzt nach Luft schnappen und zurückweichen ließ.

Clemens fasste sich zuerst, kratzte sich erschüttert am Kopf, sah seine Kollegin an, die leichenblass geworden war und stocksteif dastand, es augenscheinlich nicht schaffte, ihren Blick von dem entsetzlichen Bild, das sich ihnen bot, loszureißen.

Eine leblose junge Frau, mit aufgeschnittenem Bauch, aus dem ihr ebenfalls totes Baby halb herausragte … Es sah aus, als säße der Fötus im Innern des Körpers seiner Mutter und habe seinen Kopf nur zum Ausruhen auf ihrem Bauch abgelegt.

»Hast du schon jemals zuvor so etwas Furchtbares gesehen?«, fragte Ute ihn, schien jedoch keine Antwort zu erwarten.

Er räusperte sich, riss ein Paar Einmal-Füßlinge und -Handschuhe aus seiner Jackentasche, zog beides über, trat in das Badezimmer. Als er unmittelbar vor der am Boden liegenden Leiche stand, ging er in die Hocke, starrte betreten auf den zerfetzten Leib der jungen Frau, dessen Anblick so entsetzlich war, dass Clemens sich einen Moment lang fragte, ob er nicht doch einen Albtraum hatte.

Hinter ihm raschelte es, dann bemerkte er einen Windhauch im Rücken und Ute trat zu ihm.

Geschockt zog sie die Luft ein. »Warum hat sie das nur getan?«, flüsterte sie und schluckte hart.

Clemens riss den Kopf herum, starrte seine Kollegin überrascht an. »Du denkst, sie war das selbst?« Er brach ab, suchte nach Worten. »Diese Frau soll sich selber den Bauch aufgeschnitten und ihr Baby herausgeholt haben?«

Ute hob die Schultern. »Sie war früher Crystal Meth abhängig. Wir wissen beide, was für ein Teufelszeug das ist, dass es die Menschen paranoid macht. Vielleicht war sie, weil ihr Arzt ihr nichts gegen die Depressionen aufschreiben wollte, so verzweifelt, dass sie rückfällig geworden ist. Schließlich gibt es keine Einbruchsspuren an der Tür oder in den Räumen.« Sie sah Clemens an, verzog das Gesicht. »Eins und eins ergibt zwei – das ist nun mal Fakt.«

Er schüttelte den Kopf, winkte ab. »Wir können so viel spekulieren, wie wir wollen. Ohne die Obduktion kommen wir nicht weiter.«

Ute stand auf, zog ihr Handy aus der Tasche, informierte den diensthabenden Arzt, damit dieser den Totenschein ausstellen konnte, und danach die Kollegen der Spurensicherung.

»Du ziehst tatsächlich Mord in Betracht?«, fragte sie ihn, legte den Kopf schief.

Er sah sie an, schwieg.

»Du denkst dabei an den Fall des Mädchens von 2010?« Ute überlegte, sog dann die Luft scharf ein. »Wie war ihr Name noch gleich …«

»Sofia«, sagte Clemens wie aus der Pistole geschossen, denn obwohl der Fall mittlerweile über drei Jahre zurücklag, erinnerte er sich noch immer so detailgetreu daran, als habe er erst vorhin vor der Leiche des Mädchens gestanden. »Ihr Name lautete Sofia und es stellte sich heraus, dass es der Exfreund gewesen ist, Lukas Jahnke, ein Säufer und Exjunkie mit beachtlichem Vorstrafenregister, der sie so zugerichtet hat.« Er sah Ute an. »Allerdings dachte ich außerdem noch an Jessica.«

»Die Kleine von 2011? Die so mit Drogen vollgepumpt war, dass sie sich einen Draht unten reingeschoben hat, um ihr Baby abzutreiben?«

»Genau die meine ich«, gab er vage zurück. »Kommt es dir nicht auch seltsam vor, dass wir seit 2010 schon drei tote Schwangere haben, die alle auf ähnliche Weise ums Leben kamen?«

Ute stieß ein Grunzen aus. »Jahnke sitzt wegen dieser Tat in der psychiatrischen Sicherheitsverwahrung. Er ist von einem Gericht verurteilt worden, weil er zugegeben hat, dass sein Alibi gelogen war, er in Wahrheit nicht wusste, was er zum Zeitpunkt des Todes seiner Ex getan hat. Er war ebenfalls mit Drogen vollgepumpt, total besoffen und Nachbarn fanden ihn mit Sofias Blut besudelt in ihrem Badezimmer vor.«

»Er könnte den Schlüssel von ihr gehabt und sie bereits tot aufgefunden haben.«

Ute stieß ein Lachen aus. »Du willst ernsthaft einen abgeschlossenen Fall wieder aufrollen? Einen Fall, der so glasklar war, dass weder die Staatsanwaltschaft noch das Gericht Zweifel hatten?«

Er nickte entschlossen, ignorierte Utes Argumentation, ging im Kopf blitzschnell die Optionen durch. Je mehr er darüber nachdachte, desto sicherer wurde er. »Ich will außerdem, dass wir auch Jessicas Fall noch mal ganz von vorne aufrollen.« Er brach ab, sah seine Kollegin fest an. »Überleg doch mal, Ute. Wir haben drei schwangere Frauen, fast noch Mädchen, die in der Zeit vor ihrem Tod ähnlich problembehaftet waren. Alle drei hatten mit Drogen, teilweise sogar mit Prostitution oder anderen Straftaten zu tun, waren entweder vorbestraft oder zumindest polizeibekannt. Außerdem lebten alle drei mehr oder weniger allein und am Existenzminimum, teilweise sogar ganz von der Stütze, waren im Großen und Ganzen auf Sozialleistungen angewiesen. Wie kann all das und die ähnliche Art und Weise, wie all die Frauen zu Tode kamen, noch Zufall sein?«

Ute sah zu Boden, nickte. Als sie wieder aufblickte, hatte sich ihr Gesichtsausdruck verändert. »Du denkst also, wir haben es mit einem Serientäter zu tun, der Schwangere und ihre unschuldigen Babys tötet?«

Clemens streckte sein Kreuz durch, schüttelte dann entschieden den Kopf. »Ich denke es nicht nur, ich weiß es!«

Kapitel 6

Berlin
Juli 2018

Als sie einen Blick in den Rückspiegel wirft, zieht sich ihr Innerstes zusammen. Es fühlt sich an wie ein süßer Schmerz. Niemals hätte sie es für möglich gehalten, dass Liebe körperliche Schmerzen verursachen könnte, doch der Anblick des Maxicosis auf dem Rücksitz belehrt sie eines Besseren.

Sie spürt die Blicke ihres Mannes auf sich und sieht ihn kurz an. »Die Kleine ist okay«, sagt er lächelnd und streicht ihr beruhigend über den Oberschenkel. Der Kloß in ihrem Hals wird größer, es rührt sie tief in ihrer Seele, wie gut er sie doch zu kennen scheint.

»Es ist, weil ich sie nicht sehen kann, nicht weiß, ob sie wach ist oder schläft«, erklärt sie ihm, obwohl klar ist, dass er sie längst durchschaut hat.

»Sie schläft bestimmt«, gibt er zurück. »Sonst hätten wir doch schon ein Mordsgezeter.«

Den Blick auf die Fahrbahn gerichtet, hängt sie ihren Gedanken nach, fragt sich – nicht zum ersten Mal übrigens –, wie es sein kann, dass sie ein solches Glück hat. Wie sie die Liebe ihres Lebens finden konnte, der ihr als Krone des Ganzen noch das perfekte Kind geschenkt hat. In Gedanken geht sie durch, was sie für das kommende Wochenende geplant hat. Ein paar schöne Stunden auf dem Sofa mit ihrem Traummann, gemeinsam kuscheln und Filme schauen, ausschlafen und Spaziergänge mit der Kleinen im Wald.

Sie sieht ihn viel zu spät …

Den Baum, der näher und immer näher kommt. Verzweifelt tritt sie auf die Bremse, doch anstatt langsamer wird der Wagen immer schneller, fängt an zu schlingern.

Was macht sie falsch?

Dann das Kreischen.

Der Knall.

Ein Splittern.

Können brechende Knochen und reißendes Fleisch einen solchen Lärm verursachen?

Die plötzliche Stille im Innern des Wagens schnürt ihr die Luft zum Atmen ab.

Sie hat keine Schmerzen, doch wo kommt das ganze Blut her?

Und dann ist da plötzlich die Gewissheit.

Das alles nur eine Illusion ist.

Das Gefühl von Friede in ihrem Innern.

Die Zuversicht.

Das ganz große Glück.

Panisch sieht sie ihren Mann an, doch da, wo sein Gesicht sein müsste, ist nur eine blutig fleischige Masse, die sie vorwurfsvoll anstarrt.

Der Maxicosi auf dem Rücksitz ist verschwunden. Was geht hier nur vor? Sie spürt, wie der Wagen durch die Luft gewirbelt wird, sich dabei ein paar Mal um die eigene Achse dreht und schließlich mit einem lauten Knirschen auf dem Dach landet.

Dann wird es Nacht.

Taria war atemlos und schweißgebadet, als sie aus dem Schlaf erwachte. Das Shirt klebte ihr unangenehm am Oberkörper fest, ließ sie frösteln. Benommen starrte sie auf den Wecker auf ihrem Nachttisch, begriff, dass sie gerade erst eine knappe Stunde geschlafen hatte.

Ihr Atem ging noch immer stoßweise, als sie sich zurück in ihr

Kissen sinken ließ und die Augen schloss. Doch bereits Sekunden später wurde ihr klar, dass an Schlaf so schnell nicht mehr zu denken war. Frustriert stand sie auf, ging ins Bad, um sich ein wenig frisch zu machen, achtete darauf, Max nicht zu wecken.

Nachdem sie ihn bei ihren Eltern nicht mehr erwischt hatte, war sie wieder nach Hause gefahren, um sich mit ihm auszusprechen. Am Ende hatte Max zugegeben, sie bedrängt zu haben, und ihr versprochen, ihr künftig mehr Zeit zu geben.

Sie selbst hatte Max erklärt, dass sie daran arbeiten wollte … nein sogar musste, Gefühle zuzulassen, ihn ganz in ihr Leben und in ihr Herz zu lassen, was ihn nicht nur besänftigt, sondern sehr glücklich gemacht hatte. Sie waren gemeinsam essen gegangen, hatten einen schönen Abend zu dritt verbracht, deswegen war es ihr umso unverständlicher, weshalb sie sich jetzt derart mies und unruhig fühlte, sogar wieder einen ihrer schrecklichen Träume gehabt hatte.

Sie tappte leise zurück ins Schlafzimmer, als sie plötzlich ein seltsames Gefühl beschlich. Ihr Herzschlag beschleunigte sich, als sie über den Gang ins Kinderzimmer lief und dem Atemfluss ihres Babys lauschte. Sie wusste nicht, was es war, doch etwas in ihr zwang sie dazu, das Licht einzuschalten und näher zum Bett zu treten.

Ihre Bewegungen waren wie ferngesteuert, als sie das Kind aus dem Bett hob und zum Wickeltisch trug, den Kleinen aus seinem leichten Sommerschlafsack befreite.

Als sie darunter den knallroten Strampler mit der Entenfamilie darauf erblickte, erstarrte sie. Ein gellender Schrei durchbrach die Stille und erst als plötzlich Max neben ihr stand, abwechselnd sie und das mittlerweile weinende Baby ansah, wurde ihr bewusst, dass sie selbst es war, die geschrien hatte.

Taria schnappte nach Luft, brach dann in Tränen aus. »Das ist ihrer«, stieß sie hervor und sah Max an. Dann wurde ihr schwindelig und sie sackte zusammen.

Als sie wieder zu sich kam, blickte sie in das Gesicht eines fremden Mannes, der sich gerade an ihrem Oberarm zu schaffen machte.

»Der Blutdruck ist ziemlich niedrig«, erklärte er und stellte sich Taria als Rettungssanitäter vor. Neben ihm stand eine Frau mittleren Alters, die sie mit besorgtem Gesichtsausdruck musterte. »Ich bin Doktor Edelmann. Geht es Ihnen besser?«

Verwirrt sah Taria die beiden fremden Rettungskräfte an, dann Max.

»Du bist umgekippt«, erklärte er und sah sie entschuldigend an. »Ich hab versucht, dich wieder auf die Füße zu bringen, doch du warst wie weggetreten, obwohl dein Puls raste wie verrückt. Ich wollte kein unnötiges Risiko eingehen, deswegen dachte ich, es sei besser, wenn ich Hilfe hole.«

»Das Baby?«, brachte Taria mühsam hervor. »Wo ist der Kleine?«

»Es geht Paul gut«, sagte Max sofort und ging neben ihr in die Hocke, strich ihr besänftigend über die Wange. »Er schläft wieder, aber du hast ihm wohl auch einen ganz schönen Schrecken eingejagt.«

Plötzlich fiel ihr alles wieder ein und sie bäumte sich auf. »Der Strampler«, rief sie. »Er müsste im Keller sein. In einer der Kisten, die ich dort aufbewahre. Es ist ihrer, verstehst du, er dürfte ihn gar nicht anhaben.«

Max sah sie verständnislos an, dann drehte er sich hilfesuchend zu der Ärztin um.

»Ich bin nicht verrückt«, herrschte Taria ihn an. »Ich weiß genau, dass ich Paul gestern Abend seinen blauen Eisenbahn-Strampler angezogen habe. Deswegen verstehe ich nicht, wieso er plötzlich den meiner Tochter anhat.«

Max ging aus dem Zimmer, kam wenig später mit dem Baby auf dem Arm zurück. Der Schreck des Kleinen über ihr Gebrülle saß wohl noch tief, denn er sah sie verunsichert an – und trug einen … blauen Strampler mit einem Bild von Thomas, der Lokomotive darauf.

Benommen sah sie von ihrem Sohn zu Max, dann suchte sie den Blick der Ärztin. »Ich bin nicht verrückt«, stammelte sie erneut. »Er hatte vorhin etwas anderes an.«

»Vielleicht irrst du dich«, versuchte Max, sie zu beruhigen. »Es könnte doch sein, dass du noch müde warst und dir den roten Strampler nur eingebildet hast.«

In Taria kochte die Wut hoch. »Ich weiß, was ich gesehen habe. Nämlich ein Kleidungsstück, das eigentlich im Keller sein sollte. Und da ich es nicht war, die diesen Strampelanzug hoch geholt hat, musst wohl oder übel du es gewesen sein!«

Max sah sie verletzt an, kratzte sich betreten am Kopf. Dann sah er verunsichert zu der Ärztin.

»Sollen wir Sie lieber doch mitnehmen? Sie scheinen mir sehr aufgebracht zu sein«, wollte diese wissen.

Taria seufzte.

»Ich bilde mir das nicht ein«, sagte sie. »Ich habe meinem Sohn vor dem Schlafengehen seinen eigenen Strampelanzug angezogen und als ich ihn vorhin wickeln wollte, trug er den von meiner toten Tochter.«

»Aber jetzt hat der Kleine ja wieder den an, den Sie ihm angezogen hatten«, beschwichtigte die Ärztin.

Taria wollte etwas darauf erwidern, erkannte aber am Blick der Frau, dass diese sie gar nicht mehr für voll nahm.

»Vielleicht hatte ich auch einfach nur einen Tagtraum«, erklärte sie schließlich matt und stieß die Luft aus. In ihrem Innern brodelte es, die Gedanken wirbelten wild durcheinander.

Sie wartete ab, bis die Rettungskräfte ihre Utensilien zusammengepackt hatten und gingen, ehe sie sich aufsetzte und Max wütend anfunkelte.

»Du hältst dich wohl für ziemlich clever«, zischte sie leise, um Paul nicht zu erschrecken, der im Arm seines Vaters eingeschlafen war. Max gab ihr ein Zeichen, dass er ihn zuerst zurück in sein Bettchen legen wollte, bevor sie darüber sprachen, was vorgefallen war.

»Ich weiß genau, dass es der rote Entenstrampler war, wegen dem ich umgekippt bin«, schleuderte sie Max entgegen, kaum dass er zurück im Wohnzimmer war. »Und jetzt hat er wieder den mit der Eisenbahn an. Findest du das etwa witzig?« Sie war so wütend wie noch nie zuvor in ihrem Leben, doch dann brach sie seltsamerweise in Tränen aus. »Warum tust du mir das an?«, schluchzte sie. »Niemand darf an die Kisten. Niemand außer mir.«

»Und ich war auch nicht dran«, beschwor Max sie und ging vor ihr in die Hocke, zog ihr die Hände vorm Gesicht weg, zwang sie so, ihn anzusehen. »Ich habe weder in deinen Kisten rumgestöbert, noch Paul irgendwelches Zeug von deiner Kleinen angezogen. Das würde ich niemals tun und das weißt du auch!« Sein Blick glitt forschend über ihr Gesicht, dann seufzte er. »Hattest du wieder einen Albtraum?«, wollte er wissen.

Taria nickte.

»Und du hältst es trotzdem für unwahrscheinlich, dass du dir das alles nur eingebildet hast, weil der Traum dich erschreckt und durcheinandergebracht hat?«

Unsicherheit nagte an ihr.

Könnte es so gewesen sein?

Möglich.

Soweit sie sich erinnerte, hatte Paul nicht geweint, sondern selig geschlummert, als sie ihn aus seinem Bettchen gehoben und aus dem Schlafsack befreit hatte. Hatte sie sich den Rest nur zusammenfantasiert?

Und falls ja, welche Konsequenzen sollte sie daraus ziehen?

»Es wird wieder schlimmer«, sprach Max aus, was sie in genau diesem Augenblick dachte.

Sie nickte betrübt.

»Was hältst du davon, wenn ich bei Dr. Gässler anrufe und sie frage, ob sie dich morgen für einen Notfalltermin einschieben kann?«

Doktor Gässler war Psychiaterin und arbeitete auf derselben Station wie Max. Beide verstanden sich blendend, außerdem wusste Dr. Gässler, was geschehen war und wie sie mit Taria umgehen musste.

»Vielleicht könnte sie dir ein Schlafmittel verschreiben, durch das du endlich wieder zur Ruhe kommst. Wenn du mal ein paar Nächte richtig gut geschlafen hast, geht es dir vielleicht besser und alles renkt sich wieder ein.« Wenn Max das sagte, hörte es sich so einfach an und ein Teil von Taria wünschte, dass es auch so einfach wäre, doch die Realität sah eben so aus, dass diese Träume wahrscheinlich den Anfang eines neuen Schubs ihrer Depressionserkrankung darstellten. Ging wirklich alles wieder von vorne los? Und wenn ja, wie sollte sie das nur ertragen?

Als Taria am späten Vormittag in den Keller kam, um sich umzusehen, sah sie auf Anhieb, dass die Kartons und Kisten noch genauso aufgestapelt herumstanden wie an dem Tag, als sie zuletzt hier unten gewesen war. Trotzdem wuchtete sie entschlossen einige der Kisten herum, bahnte sich einen Weg in dem Chaos, bis sie vor dem Karton stand, auf dem in ihrer Handschrift stand, dass sich Babysachen darin befanden. Sie öffnete ihn, zog ein Teil nach dem anderen heraus, bis sie den Strampelanzug ihrer Tochter in den Händen hielt. Sie drückte ihre Nase in den weichen Nickistoff, atmete tief ein. Der Strampler roch genauso, wie ein Kleidungsstück roch, das seit Jahren im Keller aufbewahrt wurde. Hätte Paul es letzte Nacht tatsächlich getragen, müsste es dann nicht nach ihm riechen? Ihre Hände zitterten und ihr Magen schmerzte, als sie den Strampler zurücklegte, alles wieder aufräumte und sich auf den Weg nach oben machte.

Sie hatte gerade die Tür hinter sich geschlossen, als sie ein leichtes Klopfen wahrnahm.

Als sie öffnete, sah sie Amelie vor sich stehen, Paul auf dem Arm. »Und? Wie war es in der Klinik?«, wollte die Freundin wissen und drückte ihr den vor sich hin brabbelnden Paul in die Arme, sah sie mit einer Mischung aus Neugier und Besorgnis an. »Hat sie dir was aufgeschrieben, damit du besser schlafen kannst?«

Taria führte sie in die Küche, wo sie Paul in seinen Stuhl setzte und den Kaffeeautomaten anschaltete. Als zwei Tassen Kaffee durchliefen, drehte sie sich zu ihrer Freundin um. »Ich hab es zwar bis zur Klinik geschafft, bin aber nicht reingegangen«, gab sie schließlich zu. »Ich konnte einfach nicht, das wäre dann ja wie ein Eingeständnis gewesen, dass mit mir tatsächlich etwas nicht stimmt.«

Amelie stieß die Luft aus. »Süße, mit dir stimmt auch etwas nicht«, sie atmete tief ein, wehrte Tarias bösen Blick ab. »Damit meine ich nicht, dass du irre bist, sondern, dass du ein Päckchen mit dir herumschleppst. Du solltest eine Therapie machen und unbedingt etwas einnehmen, das dich zur Ruhe kommen lässt.«

Taria spürte, wie ihr die Tränen kamen.

»Ich hab Max angerufen und ihm gesagt, dass ich unten stehe und es nicht schaffe, hochzukommen … aber«, sie brach ab.

»Ist er wütend geworden?«

Taria schüttelte den Kopf. »Er war einfach nur enttäuscht, weil ich kneife und ihm wieder misstraue. Bestimmt dachte er, dass ich nicht rauf komme, aus Angst, man würde mich dabehalten, so wie damals. Seine Kollegin hat ihm schließlich eine Empfehlung gemacht, wo ich ansonsten hingehen könnte. Einen ehemaligen Kollegen von ihr, der hier ganz in der Nähe seine Praxis hat.«

»Und wirst du dort hingehen?«, fragte Amelie.

Taria hob die Schultern. »Von wollen kann keine Rede sein«, erklärte sie schließlich. »Aber wenn ich irgendwann mal wieder ein normales Leben führen möchte, sollte ich zumindest in Betracht ziehen, eine Therapie zu machen. Allerdings hab ich mir bereits selbst jemanden aus dem Internet rausgesucht.«

»Dann versprichst du, dass du einem Therapeuten die Chance gibst, dir zu helfen?«

Taria nickte.

»Und was das Schlafen angeht, was willst du da machen? Du kannst nicht noch tagelang so weitermachen, dann drehst du irgendwann ganz sicher durch.«

»Max bringt mir was von der Arbeit mit«, erklärte sie. »Er hat seiner Kollegin geschildert, wo genau meine Probleme liegen, und sie quasi angefleht, mir etwas aufzuschreiben.«

Amelie sah sie forschend an. »Und du wirst diese Medikamente auch tatsächlich einnehmen?«

Ein Lächeln huschte über Tarias Gesicht.

»Ich bin zwar ein Feigling, deswegen weiß ich aber dennoch, was gut für mich ist. Und glaube mir, ein wenig mehr Schlaf, vor allem den von der erholsamen Sorte, brauche ich wirklich dringend.«

»Ich hätte da auch noch eine verrückte Idee«, sagte Amelie, verstummte aber, als sei ihr dieser Vorschlag herausgerutscht, ehe sie darüber nachdenken konnte. Schnell schüttelte sie den Kopf, winkte ab. »Vergiss es einfach.«

Taria sah sie an. »Nun rück schon damit raus. Ich sehe doch in deinem Gesicht, dass da etwas ist, das du mir sagen willst.«

Amelie atmete tief durch. »Ich will aber keinen Stress mit Max.«

Taria verschränkte die Arme vor der Brust, grinste. »Du machst mich nur noch neugieriger.«

Amelie seufzte tief, dann räusperte sie sich. »Meiner Familie gehört ein Ferienhäuschen auf der Insel Usedom, das sie über die Saison vermietet. Innerhalb der nächsten zwei Wochen steht es leer, weil die Urlauber, die es reserviert hatten, abgesagt haben und ich so schnell keinen Ersatz finde. Was hältst du davon, wenn du diese Zeit nutzt, um dir ein wenig frischen Wind um die Nase wehen zu lassen und zur Ruhe zu kommen.«

Als sie Tarias verhaltenen Gesichtsausdruck sah, brach sie ab, hob beschwichtigend die Hände. »Du hast selbst gesagt, dass du einen Neuanfang willst, dir ein normales Leben wünschst. Da passt ein kurzzeitiger und klärender Ortswechsel doch ganz gut rein. Zum einen, um etwas Abstand zum Alltag und zu Max zu kriegen. Und zum anderen, um dich die Antworten auf ein paar wichtige Fragen finden zu lassen. Vielleicht wird dir auf der Insel ja erst so richtig bewusst, was du an ihm hast und du nimmst anschließend endlich seinen Antrag an – wer weiß das schon?«

Taria entspannte sich ein wenig, brachte sogar ein kleines Schmunzeln zustande. »Kann es sein, dass du versuchst, sowohl mir als auch Max diese ganze Sache schönzureden?«

Amelie lächelte sie liebevoll an. »Klappt es denn?«

Taria schluckte trocken, hob dann die Schultern. »Einen Versuch wäre es auf alle Fälle wert.«

Amelie stieß einen Jubelruf aus und kam zu ihr, um sie in die Arme zu nehmen. »Du wirst sehen, das wird fabelhaft, auch wenn du mir ziemlich fehlen wirst.« Amelie löste sich von ihr, schob sie eine Armesbreite von sich weg, sah sie warmherzig an. »Ich meine das übrigens völlig ernst: Schnapp dir dein Baby und ein paar gute Bücher und mach dich auf den Weg auf die Insel. Ein Strandspaziergang bei steifer Meeresbrise hat schon so manchen Leuten ihren Kopf frei gepustet. Das Haus gehört dir für die nächsten zwei Wochen – betrachte es als Geschenk und als Zeichen dafür, wie viel du mir bedeutest.«

Taria stiegen die Tränen in die Augen. »Ich hab keine Ahnung, wie ich mich jemals dafür revanchieren kann.«

Wie auf Befehl begann Paul fröhlich zu giggeln, fast, als hätte er verstanden, dass seine Mutter sich gerade dazu entschlossen hatte, einen Ausflug ans Meer mit ihm zu unternehmen. Sie drehte sich zu ihm um und wollte gerade zu ihm hingehen und ihn aus seinem Stuhl heben, als sie in der Bewegung innehielt. Entsetzt starrte sie auf den kleinen Hasen, den ihr Sohn in seinen Händen hielt, starrte auf das zusammengenuckelte Ohr des Plüschtiers, das sie so sehr an ihre Tochter erinnerte, dass es wehtat. *So wahr ich hier in dieser Küche stehe,* dachte sie im Stillen, *dieser Hase müsste sich in einer der Kisten im Keller befinden. Nicht hier. Nicht in Pauls Händen.*

In ihrem Kopf drehte sich alles.

Hatte sie das Spielzeug selbst mit nach oben gebracht?

Es ihrem Sohn selbst gegeben?

Nein!

Schnell verwarf sie den Gedanken wieder.

Sie war absolut sicher, dass sie vorhin nur die Klamottenkiste durchwühlt, den Hasen weder gesehen noch in Händen gehalten hatte.

Oder?

In ihrem Innern tobte das Chaos.

»Wo hat er das her?«, brachte sie mühsam beherrscht hervor und sah Amelie schockiert an.

»Was meinst du?«

»Das Plüschtier, wo hat es Paul her?«

Amelie schüttelte verständnislos den Kopf. Die Freundin wirkte, als wisse sie nicht, wie sie mit dieser Situation umgehen sollte. »Süße«, begann sie schließlich mit sanfter Stimme und trat einen Schritt auf Taria zu, »den Hasen hattest du vorhin in der Hand, als du uns aufgemacht hast. Du hast ihn Paul selbst gegeben, weißt du das denn nicht mehr?«

Kapitel 7

München
2012

»Wie weit sind wir mit dem Mordversuch an dem Tankstellenwart?«, fragte Ute und sah ihn neugierig an.

Clemens sah auf. »Die Techniker werten gerade die Überwachungsvideos aus und lassen die Ergebnisse anschließend durch die internen Datenbanken laufen. Ich schätze, bis heute Abend haben wir die Täter ausfindig gemacht. Ich kann mir nämlich nicht vorstellen, dass sie sauber und nirgends vermerkt sind.«

Ute nickte und verzog dann das Gesicht.

Clemens wusste genau, was seine Kollegin in diesem Moment dachte.

Wenn doch nur alle Fälle so komplikationslos aufgelöst werden könnten …

Er seufzte innerlich.

Dass dem nicht so war, hatten sein Team und er in den letzten Jahren schmerzlich miterleben müssen. Sie waren, was die toten schwangeren Frauen anging, noch immer keine Spur weitergekommen. Stattdessen lief dieser Wahnsinnige noch immer frei draußen herum, sodass sie jederzeit mit einer weiteren Leiche rechnen mussten.

Clemens wusste auch gar nicht, wo er ermittlungstechnisch noch ansetzen konnte, denn im Grunde hatten sie alle Möglichkeiten bereits abgehakt.

Sie hatten weder in den Wohnungen der drei toten Frauen etwas Relevantes gefunden, noch hatten Technik und Rechercheabteilung etwas ausfindig machen können, das ihnen weiterhalf.

Außerdem hatten sie den Fall der ersten Leiche, Sofia, noch einmal ganz neu aufrollen und somit auch die Verhaftung samt Verurteilung ihres Exfreundes neu überdenken müssen. Denn wenn tatsächlich er Sofia getötet hatte, dann ergab zumindest der letzte Mord keinen Sinn, denn einen Mord aus dem Gefängnis heraus zu planen, war ein kompliziertes Unterfangen, das Clemens diesem Kerl keinesfalls zutraute. Außerdem hatten sie den Jungen mehrmals verhört und ihm Bilder der anderen toten Frauen vorgelegt. Die Reaktion des Inhaftierten auf diese Bilder hatte sowohl Clemens als auch Ute davon überzeugt, dass er die Mädchen nicht gekannt hatte. Am Ende war Clemens gezwungen, der Staatsanwaltschaft ein Protokoll vorzulegen, in dem er die Richtigkeit des Urteils gegen den jungen Mann anzweifelte.

Zwar saß der auch heute noch hinter schwedischen Gardinen, doch spätestens wenn sie den wahren Täter hatten, würden sie ihn gehen lassen und wahrscheinlich für die ungerechtfertigte Haft entschädigen müssen.

Clemens erinnerte sich an die erste Vernehmung des Mannes, nachdem sie Sofia gefunden hatten. Er hatte geschockt gewirkt, doch sowohl auf Ute als auch auf ihn hatte seine Reaktion aufgesetzt gewirkt. Seine Tränen hatten wie Krokodilstränen ausgesehen, seine Trauer nicht echt gewirkt. Und tatsächlich hatte sich wenig später herausgestellt, dass Sofia nicht die einzige Frau im Leben von Lukas gewesen war. Außerdem hatten sich Bekannte erinnert, ihn sagen gehört zu haben, dass es ihm gegen den Strich gehe, die nächsten Jahre für ein Kind bezahlen zu müssen, das er niemals hatte haben wollen.

Lukas' Kumpel hatte sogar ausgesagt, dass Lukas Sofia sehr lange bezüglich einer Abtreibung bedrängte und sie schließlich fallen ließ, als diese sicher war, das Baby behalten zu wollen.

Das alles hatte Clemens letztendlich dazu bewogen, den jungen Mann in Untersuchungshaft zu stecken.

Erst dort war ihm wohl so richtig bewusst geworden, was ihm nun bevorstand, denn von da ab war er tatsächlich gewillt, mit der Kripo zusammenzuarbeiten. Am Ende hatte er zugegeben, am Abend des Todes seiner Exfreundin unter Drogen gestanden zu haben und stark alkoholisiert gewesen zu sein und sich an so gut wie nichts mehr erinnern zu können. Alles, was er wusste, war, dass er sich schließlich in Sofias Bude wiedergefunden hatte, mit ihrem Blut überall an seiner Kleidung.

Clemens zog die Akte der jungen Frau aus dem Stapel auf seinem Schreibtisch und schlug sie auf. Als er das Foto ihrer übel zugerichteten Leiche in der Hand hielt, sog er die Luft scharf ein.

Anfangs waren sie davon ausgegangen, dass Sofia diese Tat aus Verzweiflung und im Drogenrausch auch selbst begangen haben könnte, doch als man in ihrem Blut nicht die geringste Spur an Rauschmitteln hatte nachweisen können, waren sie zum Umdenken gezwungen worden und zu dem Schluss gekommen, dass Rache als Motiv infrage kam. Rache dafür, dass die junge Frau ihrem Ex ein Kind anhängen wollte.

Clemens räusperte sich. Er mochte den jungen und polizeibekannten Mann nicht, so viel stand fest. War das der Grund, weshalb er sich damals dazu hatte hinreißen lassen, ihn bei den Verhören derart unter Druck zu setzen, bis Lukas am Ende eingeknickt war und zugegeben hatte, dass er es gewesen sein könnte, weil er so wütend auf Sofia war?

Wieder starrte er auf das Bild in seiner Hand.

Dann schoss ein Stromschlag durch sein Innerstes.

Warum war ihm das nicht gleich aufgefallen?

Seine Hände zitterten, als er die Nummer der Pathologie wählte und sich mit der Gerichtsmedizinerin verbinden ließ, die sowohl Sofia als auch Jessica obduziert hatte.

Als sich Dr. Wendel am anderen Ende der Leitung meldete, ging Clemens blitzschnell alle Fragen durch, die er der Ärztin stellen musste.

»Entschuldigen Sie die Störung«, erklärte er ohne großartige Begrüßungsfloskeln. »Haben Sie die Fälle der toten schwangeren Frauen auf dem Schirm?«

Die Frau am anderen Ende der Leitung schien einige Sekunden zu überlegen, bejahte dann seine Frage.

»Die Schnittwunden am Bauch von Sofia und Jana sind sehr gerade«, begann Clemens. »Halten Sie es dennoch für möglich, dass man dies genau so bewerkstelligen könnte, wenn man Drogen im Blut hat?«

Die Ärztin räusperte sich. »Das kommt auf die Art der Droge an«, erklärte sie. »Mit Heroin sicherlich nicht, aber unter Crystal Meth oder Kokain unter Umständen schon.«

Clemens schluckte trocken. Genau das hatte er sich schon gedacht. »Und was sagen Sie dazu, dass der Täter bereits beim ersten Schnitt genau die Stelle gefunden hat, an der sich die Gebärmutter befindet?«

Am anderen Ende der Leitung klackerte es, dann hörte er ein scharfes Atemgeräusch. »Sie haben recht«, sagte Dr. Wendel schließlich. »Bei beiden Opfern war es jeweils nur ein Schnitt in der oberen Hautschicht und durch das Fettgewebe hindurch. Das deutet schon darauf hin, dass da jemand wusste, wo genau sich die Gebärmutter befindet. Allerdings …« Die Ärztin hüstelte betreten. »Innen sieht es jedoch ganz anders aus, falls Sie darauf hinauswollen, ob der Täter über medizinisches Fachwissen verfügt. Es handelt sich ganz sicher um keinen professionellen Kaiserschnitt, falls Sie darauf hinauswollen.«

Clemens schüttelte den Kopf. Es dauerte einen Augenblick, ehe er registrierte, dass die Ärztin das ja gar nicht sehen konnte. »Darum ging es mir auch nicht«, sagte er. »Das wäre Ihnen dann außerdem schon bei der Obduktion selbst aufgefallen. Worauf ich vielmehr hinauswill, ist etwas anderes. Männer, vor allem junge Männer wissen oftmals nicht, wo genau sich die Klitoris einer Frau befindet, müssen sich das von ihren Freundinnen erst zeigen lassen. Also woher weiß unser Mann so genau, wo sich die Gebärmutter befindet?«

»Übers Internet vielleicht oder aus einschlägiger Fachliteratur«, erwiderte Dr. Wendel.

Clemens dachte einen Augenblick darüber nach, schüttelte den Kopf. »Das glaube ich nicht«, sagte er dann nur.

Ein leises Lachen am anderen Ende der Leitung. »Wollen Sie etwa andeuten, dass es sich auch um eine Täterin handeln könnte? Um eine Frau, die anderen Frauen ihre Babys nicht gönnt?«

Am Nachmittag dachte Clemens noch immer über diese Möglichkeit nach. Konnte ihr gesuchter Mann tatsächlich eine Frau sein?

Doch welches Motiv hätte sie dann für diese Taten?

Warum sollte eine Frau einer anderen das Baby nehmen?

Was für ein Ungeheuer musste man sein, um eine derart abscheuliche Tat zu begehen?

Eine Möglichkeit, die noch immer im Raum stand, war der eventuelle Drogenkonsum des Täters oder der Täterin.

Doch selbst wenn er die Umstände aller drei Opfer bedachte, das Umfeld der Frauen, ihre Vergangenheit sowie die Zukunftsaussichten, musste Clemens zugeben, dass er daran nicht so recht glaubte. Stattdessen vermutete er, dass das Tatmotiv etwas zutiefst Traumatisches barg, etwas, das in der Lage war, aus einem Menschen ein Monster zu machen. Und vielleicht aus einer Frau eine Bestie …

Er stand auf, ging zu Ute nach nebenan, erzählte ihr im Schnelldurchlauf, was er herausgefunden hatte.

Doch seine Kollegin schüttelte zweifelnd den Kopf. »Also ich halte das ja für sehr weit hergeholt«, sagte sie schließlich. »Es gibt sicherlich Männer, die sehr genau wissen, wo sich die inneren weiblichen Geschlechtsorgane befinden. Und im Gegenzug gibt es sicherlich auch Frauen, die ihren eigenen Körper so wenig kennen, dass sie das eben nicht wissen.«

Clemens verzog das Gesicht. »Lukas hat weder einen Schulabschluss noch eine Berufsausbildung. Alles, was er im Kopf hat oder zumindest damals hatte, war, wo er sich das nächste Mal besaufen kann und wo er die Kohle für seinen nächsten Trip herbekommt. Wieso also sollte er über derart spezifische Kenntnisse des weiblichen Körpers verfügen? Ich meine, wer auch immer Sofia das angetan hat, wusste ganz genau, wo er schneiden muss.«

Ute sah ihn zweifelnd an. »Sofias Bauch war schon ziemlich beachtlich. Der Täter hatte also zumindest schon mal das Baby selbst als Anhaltspunkt, wo er schneiden muss.«

Clemens runzelte die Stirn. »Du verstehst einfach nicht, worauf ich hinauswill«, murrte er dann. »Die Gebärmutter ist ja im Unterbauch und der Täter oder die Täterin wusste das. Lukas ist ein Säufer und Junkie – wie konnten wir ihm überhaupt eine solche Tat zutrauen, unabhängig davon, dass er hier und heute wegen der Ähnlichkeit zu Janas Ermordung sowieso als Täter aus dem Raster fällt?«

»Dass Lukas nichts mit den Morden zu tun hat, dürfte inzwischen allen klar sein«, bestätigte Ute. »Vor allem, weil er in Haft saß, als die beiden anderen Frauen starben. Wobei wir noch immer nicht wissen, ob Jessica auch zu dieser Reihe gehört, weil es bei ihr ein Draht im Unterleib war und kein Schnitt, außerdem war sie vollgepumpt mit Drogen. Und was Lukas angeht – den Fehler haben wir nun mal gemacht und müssen ihn bereinigen. Doch dass wir ihn überhaupt dem Kreis der Verdächtigen zugeordnet und ihn letztendlich verhaftet haben, kannst du uns wirklich nicht als Fehler ankreiden. Bis auf seine mangelnde Intelligenz passte ansonsten alles zusammen. Er hätte unser Mann in Bezug auf Sofias Tod sein können. Er selbst war ja überzeugt davon, dass er es theoretisch gewesen sein könnte.«

Clemens sah sie düster an.

»Und was sagst du zu der Möglichkeit, dass es sich um eine Frau als Täterin handeln könnte?«

Seine Kollegin verzog das Gesicht zu einem Grinsen. »Natürlich könnte es auch eine Frau sein«, erklärte sie dann. »Jeder Irre da draußen, den wir suchen und noch nicht gefunden haben, könnte theoretisch auch eine Frau sein. Allerdings nicht nur deswegen, weil Frauen besser wissen, wo sich welches Organ im menschlichen Körper befindet.«

Clemens winkte ab. »Wie schön, dass du dich über meine Gedankengänge amüsieren kannst«, schnauzte er.

Sie hob die Schultern. »Ich bin sowieso der Meinung, dass wir uns baldmöglichst jemanden von der OFA ins Boot holen sollten. Jemanden, der uns ein professionelles Täterprofil, vielleicht sogar ein Opferprofil erstellt und dabei helfen kann, herauszufinden, ob Jessica tatsächlich Teil unserer Mordserie ist.«

Er war gerade auf dem Rückweg in sein Büro, als sein Handy in der Tasche zu vibrieren begann. Er zog es hervor, sah, dass es die Zentrale war, die ihn wahrscheinlich wegen seines Besuchs bei Ute nicht in seinem Büro erreicht hatte. Er ging dran, blieb dann wie elektrisiert stehen, als er hörte, was die Telefonistin ihm zu sagen hatte. Das durfte doch nicht wahr sein! Er strich sich geschockt die Haare aus der Stirn, spürte, wie sein Appetit auf einen Kaffee verpuffte. Stattdessen hatte er plötzlich das Verlangen nach einer Zigarette, obwohl er bereits vor mehr als zehn Jahren mit dieser ungesunden Angewohnheit gebrochen hatte. Nachdem er das Telefonat beendet hatte, machte er auf dem Absatz kehrt, ging zu Ute zurück.

Er klopfte kurz, streckte dann seinen Kopf zur Tür herein, sah sie finster an. »Was immer du da gerade machst – es wird warten müssen.«

Seine Kollegin wandte den Blick vom Bildschirm ab und sah ihn neugierig an. Als sie seinen Gesichtsausdruck bemerkte, seufzte sie.

»Lass mich raten – wir haben wieder eine Leiche?«

Er nickte betrübt. »Eine junge Frau, hochschwanger und mit aufgeschnittenem Bauch.«

Kapitel 8

Berlin / Korswandt auf Usedom
Juli 2018

»Seid ihr jetzt beide total irre geworden?«, rief Max und sah aufgebracht von Amelie zu Taria. »Zwei Ausraster hintereinander und ihr denkt tatsächlich darüber nach, ob ein Ortswechsel helfen könnte?«

»Na, überleg doch mal«, fiel Amelie ihm ins Wort. »Tarias Unfall ist hier in Berlin passiert, ihre Familie liegt hier begraben, alles Unheil, das über sie hereingebrochen ist, geschah in Berlin. Wieso sollte ihr also eine Luftveränderung nicht helfen?«

Max schüttelte den Kopf. »Ich krieg jetzt aber nicht frei«, sagte er schließlich ergeben. »Wegen der Hitze haben sich in der letzten Zeit schon etliche Kollegen krankgemeldet, alle leiden an Kreislaufproblemen, die Station ist sowieso unterbesetzt. Wenn ich jetzt Urlaub beantrage, tritt mir meine Chefin in den Arsch.«

»Ehrlich gesagt dachte ich auch eher daran, dass sie alleine fährt. Einfach mal die Ruhe genießen. Ich hab ihr angeboten, mich um den Kleinen zu kümmern, damit sie so richtig runterkommen kann, doch das wollte sie nicht.«

»Auf keinen Fall lasse ich meinen Sohn hier«, schaltete Taria sich in das Streitgespräch ein. »Ich denke, dass ich mich auch erholen kann, wenn mein Kind bei mir ist.«

»Dann ziehst du das also wirklich in Betracht?«, wollte Max wissen. Er sah verletzt aus.

Taria senkte den Blick, seufzte innerlich. Als sie wieder aufsah, nickte sie. »Vielleicht stimmt es ja, dass es an Berlin selbst liegt, an dem, was ich mit der Stadt verbinde, mit der Verknüpfung meiner Erinnerungen an früher und dem, was passiert ist. Vielleicht ist es ja tatsächlich so, dass ich woanders abschalten kann, mich von allem löse und zur Ruhe komme. Es quasi endlich schaffe, die Vergangenheit zu verarbeiten und mich auf die Zukunft zu konzentrieren.«

»Zu diesem Zweck solltest du ein Gespräch mit meiner Kollegin in Erwägung ziehen oder mit einem Therapeuten deiner Wahl und nicht vor allem weglaufen«, herrschte Max Taria an. »Stattdessen bist du einfach nicht zum Termin gekommen, ziehst es vor, irgendwelche Medikamente gegen die Schlaflosigkeit in dich reinzustopfen.« Er zog ein Pillenröhrchen aus seiner Hosentasche, reichte es ihr. »Meine Kollegin sagt, du sollst eine halbe Stunde vor dem Schlafengehen eine nehmen. Aber eine Dauerlösung ist das auch nicht.«

Sie nickte. Dann sah sie ihn fest an. »Ich weiß, dass du dir Sorgen machst. Und ich weiß auch, dass du furchtbar enttäuscht von mir bist. Aber ich muss es einfach versuchen, verstehst du? Ich möchte nach jedem Strohhalm greifen, wenn es darum geht, meine Vergangenheit zu bewältigen. Nicht nur für mich, sondern vor allem auch für Paul und dich.«

Als sie zwei Tage später auf der Verbindungsstraße vom Festland auf die Insel fuhr und dabei entzückende kleine Ortschaften passierte, spürte sie, wie ein kleiner Teil der Anspannung, welche in Berlin zu ihrem täglichen Begleiter geworden war, von ihr abbröckelte. Allerdings wusste sie nicht, ob es an der Distanz lag, die sie zwischen sich und die Stadt gebracht hatte, in der das größte Unglück ihres Lebens geschehen war, oder einfach daran, dass niemand mehr um sie war, der sie dazu drängte, zu lieben, sich zu öffnen oder einfach nur zu reden.

Taria vermutete, dass es eine Mischung aus beidem war, denn Max – das musste sie unumwunden zugeben, konnte schon anstrengend sein, wenn es darum ging, sie dazu zu bringen, ihn in ihr Herz zu lassen oder überhaupt Nähe zu akzeptieren.

Vielleicht gelang es ihr auch, hier, in der Abgeschiedenheit Klarheit darüber zu gewinnen, wer genau Max für sie war, ob, was und wie viel sie für ihn empfand.

Was Taria verwunderte, war, dass sie bereits in Berlin gewusst hatte, dass es ihr schwerfallen würde, wenn nicht gar unmöglich war, ohne ihr Kind zu verreisen. Allerdings sah diese Sache Max betreffend ganz anders aus. Müsste er ihr nicht eigentlich schon jetzt fehlen? Immerhin war er der Vater ihres Kindes, der Mann, mit dem sie an mindestens fünf Tagen die Woche Tisch und Bett teilte. Warum zur Hölle empfand sie nichts als pure Erleichterung, jetzt, wo mehrere Hundert Kilometer zwischen ihnen beiden lagen?

Als sie das Ortsschild des Dörfchens passierte, in dem sich Amelies Ferienhaus befand, drosselte sie das Tempo auf beinahe Schrittgeschwindigkeit. Erst jetzt wurde ihr bewusst, dass sie die gesamte Fahrt hinweg zwar an Max und ihre Beziehung, oder was auch immer dies darstellte, gedacht hatte, nicht jedoch an den Unfall. Sie hatte – außer in den ersten Minuten ihrer Fahrt hierher – nicht das Verlangen gehabt, anzuhalten und auszusteigen, hatte keinen Moment die Kontrolle verloren, war sicher gefahren, ohne Angst, ohne Hintergedanken.

Wenn sie das schaffen konnte – ging es ihr durch den Kopf –, weshalb bekam sie es dann nicht auch hin, ihr Gedankenkarussell zu stoppen, damit sie nachts in den Schlaf finden konnte? Warum fiel es ihr so schwer, einen klaren Schnitt zwischen der Vergangenheit und dem Hier und Jetzt zu machen, sich mit offenen Armen in die Zukunft zu stürzen?

Natürlich würde sie niemals ihren toten Mann vergessen, niemals ihre Tochter, doch sagten nicht immer alle, dass man zwar niemals vergaß, aber dennoch irgendwann mit dem Schmerz und dem Verlust zu leben lernte?

Warum also lernte sie nicht?

Was war mit ihr los?

Als das Navi anmerkte, dass sie ihr Ziel erreicht habe, wischte sie alle Gedanken beiseite, parkte den Wagen in der Einfahrt des Hauses, stieg aus.

Sprachlos sah sie sich um. Das Häuschen war ein Einfamilienhaus mit Reetdach und hübschen dunkelbraun umrahmten Kassettenfenstern, umgeben von einem riesengroßen Grundstück.

Erst jetzt nahm sie das beständige Rauschen wahr, die frische Brise, die in ihr Haar fuhr und es aufwirbelte, ihren von der Berliner Hitze noch immer erwärmten Körper sanft herunterkühlte. Sie ging zum Auto zurück, vergewisserte sich, dass sie auch tatsächlich richtig war, befreite Paul aus seinem Sitz.

Der Kleine hatte die komplette Fahrt hindurch geschlafen, sah sie jetzt dementsprechend munter und ausgeruht an, verzog seinen winzigen Mund zu so etwas wie einem angedeuteten Grinsen.

Sie erinnerte sich, dass sie dahingeschmolzen war, als ihre Tochter sie auf diese Weise angesehen hatte.

Als das Gesicht ihrer Tochter vor ihrem inneren Auge aufblitzte, hatte sie das Gefühl, ihre Beine würden unter ihrem Körper wegsacken. Deswegen zwang sie sich, das geliebte Bild aus ihrem Kopf zu verbannen, sich auf Paul zu konzentrieren. Doch seltsamerweise löste sein Lächeln keines dieser wunderbaren Glücksgefühle in ihr aus. Sie schluckte hart, machte sich auf den Weg ums Haus herum, um herauszufinden, woher genau das nahe Rauschen des Meeres kam. Wäre es nicht toll, wenn sie von einem Zimmer des Hauses oder von der Terrasse aus den Ozean sehen könnte?

Plötzlich stockte sie, blieb stehen, starrte auf das Bild, das sich ihr bot.

Der verwilderte Garten hinter dem Haus war eine wahre

Pracht an wild wuchernden Büschen und Bäumen, wirkte wie ein verwunschener Ort aus längst vergangener Zeit. Selbst die Holzterrasse, auf der eine Hollywoodschaukel zum Verweilen einlud, sah trotz ihres von der salzigen Luft verwitterten Zustands einfach zauberhaft aus.

Und dann sah sie es.

Das Meer!

Der hintere Teil des Gartens ging nahezu übergangslos in die Dünenlandschaft über, von der aus man weit über die Ostsee blicken und das Salz in der Luft quasi auf der Zunge schmecken konnte.

Selbst Paul schien der Anblick zu faszinieren, denn er gab ein fröhliches Giggeln von sich und klatschte ihr seine kleine klebrige Hand an die Wange. *Eigentlich der perfekte Moment,* dachte Taria bei sich, warum also empfand sie plötzlich eine solche Traurigkeit, dass es ihr beinahe den Atem nahm?

Sie holte Luft, hörte tief in ihr Innerstes. Mit ihrem Mann war sie nur selten im Urlaub gewesen, selbst auf Hochzeitsreise hatten sie nicht fahren können, weil er quasi rund um die Uhr gearbeitet oder sich fortgebildet hatte. Sein Ziel war es, sich etwas aufzubauen, der Familie alles bieten zu können, genau wie seine Familie es früher für ihn getan hatte.

Und so war ihre kleine Tochter in der kurzen Zeit ihres Lebens niemals in den Genuss gekommen, das Meer zu sehen und die salzige Meeresbrise auf der Zunge zu schmecken, so wie ihr Halbbruder Paul in genau diesem Augenblick.

»Kann ich Ihnen irgendwie helfen?« Die Stimme drang wie aus der Ferne an ihr Ohr, riss sie aus der Vergangenheit mit Rekordgeschwindigkeit zurück in die Gegenwart. Sie sah sich um, bemerkte erst jetzt, dass sie sich auf die Knie hatte fallen lassen und ihr Gesicht mit Tränen bedeckt war. Paul starrte sie aus weit aufgerissenen Augen an, schien wohl zu überlegen, wie er es finden sollte, dass seine Mutter sich derart seltsam verhielt.

Sie sah sich um, fragte sich, ob sie sich diese Stimme nur eingebildet hatte, doch dann sah sie ihn. Einen Mann mit halblangen dunkelblonden Haaren, der außerhalb des Gartens in den Dünen stand, einen kleinen Hund an der Leine mit sich führte und sie besorgt ansah.

Schnell stand sie auf, drückte Paul fest an sich, sah an sich hinab, bemerkte, dass sie sich ihre Hose schmutzig gemacht hatte. Wie mochte sie auf diesen Mann wirken? Sie spürte, wie ihr Gesicht knallrot anlief und ihr der Schweiß ausbrach.

Bestimmt dachte er, er hätte eine Irre vor sich, zumindest entnahm sie das seinem verwirrten Gesichtsausdruck.

»Ich … wir haben dieses Haus quasi gemietet«, stammelte sie. »Es gehört der Familie meiner Freundin und deswegen …« Als sie sein Grinsen sah, brach sie ab. Sie fühlte sich unter seinen Blicken unwohl und merkwürdig befangen, empfand sogar etwas wie Scham wegen ihres Benehmens.

Doch dann ging ein Ruck durch ihren Körper.

Was machte sie hier eigentlich? Sie musste sich doch nicht vor einem Fremden rechtfertigen.

Auch dann nicht, wenn der sie im Dreck sitzend und heulend wie ein Schlosshund vorgefunden hatte. Genau deswegen war sie doch aus Berlin weggefahren. Weil sie zu sich selbst finden und sich der Vergangenheit stellen wollte. Und wenn es dazu eben nötig war, dass sie sich am helllichten Tag vor einem unbekannten Typen zum Kasper machte, dann war das eben so. Sie warf dem Mann einen letzten Blick zu und versuchte, Haltung zu bewahren, als sie durch den Garten zurück zu ihrem Auto lief.

Ein paar Stunden später hatte sie sowohl den Wagen ausgeladen und alles in die Schränke geräumt als auch Paul gefüttert und bettfertig gemacht. Außerdem hatte sie die Küchenschränke durchsucht und erschrocken festgestellt, dass nichts im Haus war, außer etwas Kaffee, Zucker und Mehl. Jetzt überlegte sie, wie sie es anstellen sollte, an etwas zu essen zu kommen, ohne aus dem Haus zu müssen. Zwar hatte sie an die Milch und Tee für ihr Baby gedacht, sich selbst aber nicht einmal ein paar Kekse oder Cola eingepackt. Sie kam um vor Hunger und Durst, entschloss sich kurzerhand, etwas Geld in den Lieferdienst zu investieren. Sofern das Internet an diesem Ort funktionierte. Sie zog ihr Handy aus der Tasche, loggte sich bei Lieferando ein und suchte nach einem Pizzaservice in der Umgebung von Korswandt. Ein erleichtertes Seufzen entglitt ihr, als sie es eine knappe Viertelstunde später tatsächlich geschafft hatte, sich Wein und alkoholfreie Getränke für den heutigen Abend sowie Pizzabrot und Salat zu bestellen. Zum Einkaufen würde sie eben morgen fahren, wenn sie sich von der Fahrt ausgeruht und im Ort orientiert hatte.

Sie wollte sich gerade auf das Sofa setzen, als ein Knarzen sie zusammenzucken ließ.

Ein kalter Schauer lief ihr den Rücken hinab, trotzdem stand sie auf, trat aus dem Wohnzimmer in den Gang hinaus, sah sich um.

Nichts!

Außer Paul und ihr war niemand hier. Sie hatte vorhin schließlich jeden Raum im Haus sorgfältig inspiziert, auch den Schuppen und den kleinen Anbau nicht außen vor gelassen.

Sie ging zurück ins Wohnzimmer, setzte sich wieder, versuchte, sich in eines der Bücher, das Amelie ihr aufgequatscht hatte, zu vertiefen.

Fünf Minuten später legte sie es entnervt beiseite. Sie fand einfach nicht die notwendige Ruhe, um zu lesen.

Außerdem ging ihr das Knarzen nicht aus dem Sinn. Sie stand auf, ging zum Fenster, von dem aus man in den Garten hinaus sehen konnte, doch es war bereits dunkel geworden, sodass sie sich schwertat, etwas zu erkennen. War da draußen jemand und beobachtete sie? Der Kerl vom Nachmittag fiel ihr ein. Stand er wieder in den Dünen und starrte sie an? Taria verfluchte sich innerlich, nicht zumindest gefragt zu haben, wer er war. Mit diesem Wissen würde es ihr jetzt deutlich besser gehen.

Sie spürte ein inneres Kribbeln und fragte sich, ob sie nun auch noch paranoid wurde, dann stieß sie ein entnervtes Lachen aus und zog den Vorhang zu.

»Stell dich nicht so an«, flüsterte sie wie ein Mantra vor sich hin, doch es half alles nichts. Ihre Nerven lagen blank und jetzt, in genau dem Moment fragte sie sich, ob ihre Entscheidung, hierherzukommen, nicht doch die falsche gewesen war. Wie auf Befehl piepte ihr Handy. Es zeigte eine Nachricht von Amelie an, die die Freundin mit einem Zwinkersmiley versehen hatte. »Hast du schon einen Inselkoller?«, wollte sie wissen.

Taria wollte gerade antworten, als eine weitere Nachricht aufploppte.

»Ich hab dir ja gesagt, dass sich die Stille dort gerade am Anfang fast erdrückend anfühlen kann.«

Taria lächelte, seufzte erleichtert auf. Das musste es sein. Als Großstadtpflanze musste sie sich erst an die Ruhe gewöhnen.

Schnell schrieb sie ihrer Freundin zurück, bedankte sich überschwänglich für alles, setzte sich wieder.

Nun war sie eben hier und musste das Beste daraus machen. Nach einem guten Essen und etwas Schlaf sah die Welt morgen früh sicher wieder ganz anders aus.

Und wenn Paul es schaffte, sich innerhalb kürzester Zeit an die neue Umgebung zu gewöhnen, dann musste sie es zumindest versuchen und diesem Experiment eine Chance geben.

Zumindest das war sie Max und ihrem Sohn, doch vor allem sich selbst einfach schuldig.

Kapitel 9

München
2012

Clemens sah seine Kollegin düster an, als sie vor dem leblosen Körper der jungen Frau standen. Ihrem Bauchumfang zufolge war sie sicherlich im letzten Monat ihrer Schwangerschaft gewesen, als sie dem Täter zum Opfer gefallen war. Er hatte ihr den Bauch und die Gebärmutter aufgeschnitten, den Fötus herausgeholt und ihn ihr in eine Decke gehüllt in die Arme gelegt. Das Gesicht des Babys war dunkelrot, fast blau, beinahe könnte man meinen, es schliefe selig.

»Es handelt sich bei dem Opfer um Bianca Dreher«, erklärte ein junger Polizist, der in einem der Nebenräume die Mitbewohnerin der Toten befragt hatte. »Die junge Frau stammt aus Leipzig und hat hier in München studiert. Ihre Freundin heißt Vanessa Hussel und stammt ebenfalls aus dem Osten Deutschlands. Beide Frauen lernten sich vor drei Jahren an der Uni kennen.«

Ute riss die Augen auf. »Das Opfer ist Studentin?«

Der junge Polizist nickte.

»Soziologiestudentin, um genau zu sein. Dass sie in diesem Haus lebten, hatte wohl mehr oder weniger etwas mit einem Projekt zu tun, an dem die beiden Frauen arbeiteten. So wie die Freundin erzählt, lebten sie erst seit einigen Wochen in diesem Haus, haben eigentlich ein Zimmer im Wohnheim, das sie für den Zeitraum des Projekts untervermietet haben.«

»Was für ein Projekt bringt eine Schwangere dazu, ein leer stehendes Haus zu besetzen und im Dreck zu hausen?«

Der junge Mann hob die Schultern. »Sie wollten versuchen,

einen Monat, vielleicht auch zwei, ohne Geld auszukommen. Sprich in einem leer stehenden Haus zu schlafen, vom Tauschhandel zu leben oder von dem, was Supermärkte so wegwerfen. Hat wohl irgendwas mit der Analyse unserer heutigen Wohlstandsgesellschaft zu tun. Ich denke, dass die Freundin uns da noch mehr erzählen könnte.«

Ute nickte und sah Clemens an. »Soll ich das übernehmen?«

Er nickte abwesend, ging neben der Leiche in die Hocke.

Er schätzte die Tote auf Anfang bis Mitte zwanzig, was sie somit zum bisher ältesten Opfer des Wahnsinnigen machte. Und sie war Studentin, was sie ebenfalls von den bisherigen toten Frauen abgrenzte.

Er zog sich ein Paar Einmalhandschuhe an, betrachtete ihre Arme, stellte fest, dass sie keinerlei Einstichstellen aufwiesen.

Allerdings hatte dies nichts zu sagen, es könnte sich dennoch auch bei diesem Opfer um eine Drogenabhängige handeln, was im Detail hieß, dass sie die Obduktion abwarten mussten.

Plötzlich schoss ein Blitz durch sein Innerstes.

Der Körper der Frau war noch nicht vollständig erkaltet. Beinahe mechanisch berührte er die Wange des Babys. Auch diese wies noch eine Spur Restwärme auf. Er schoss hoch, lief nach nebenan.

Die junge Frau saß in eine Thermodecke des Rettungsdienstes gehüllt auf dem Boden und zitterte. Sie litt allem Anschein nach an den Folgen eines posttraumatischen Schocks, doch darauf konnte er jetzt keine Rücksicht nehmen.

»Können Sie sich noch daran erinnern, wann genau Sie die Leiche Ihrer Freundin entdeckt und die Polizei verständigt haben?«, fragte er sie.

Vanessa sah auf, ihr Blick war trüb, als würde sie ihn gar nicht richtig wahrnehmen.

»Frau Hussel«, drängte er, »es ist wirklich von außerordentlicher Wichtigkeit, dass …«

Ein leises Quietschen ertönte, eigentlich kaum wahrnehmbar, doch Clemens' Sinne waren dermaßen geschärft, dass ihm in diesem Zustand rein gar nichts entging.

Er fuhr herum, rannte nach nebenan.

Erstarrte.

»Ach du Scheiße«, entfuhr es ihm lauthals.

Dann wirbelte er herum. »Ich brauche Hilfe hier drüben. Sofort!«, schrie er.

Ute kam angerannt, sah ihn entgeistert an.

»Das Baby«, stammelte Clemens und schluckte trocken. »Es lebt.«

Als Clemens am nächsten Vormittag ins Besprechungszimmer kam, herrschte bereits rege Betriebsamkeit. Dr. Andreas Uhlemann von der OFA war gerade dabei, sich von Ute auf den aktuellen Stand der Dinge bringen zu lassen.

Wie die gestrige und spät abendliche Obduktion ergeben hatte, war das letzte Opfer zum Zeitpunkt des Eintreffens der Kripo erst knappe zwei Stunden tot gewesen, was bedeutet, dass Vanessa den Täter ganz knapp verpasst oder gar ihn überrascht hatte. Deswegen hatte die Spurensicherung die Nacht durchgearbeitet, in der Hoffnung, dass – sollte Letzteres zutreffend sein – er einen Fehler gemacht und ihnen Hinweise hinterlassen haben könnte.

Leider hatte sich dieser Wunsch bislang nicht erfüllt, es waren weder Fasern noch sonstige Spuren, die auf den Täter hinwiesen, am Ort des Geschehens gefunden worden.

Vanessa hatte großes Glück gehabt, noch am Leben zu sein, denn in einem waren sich Clemens und sein Team sicher – hätte sie den Wahnsinnigen zu Gesicht bekommen, er hätte nicht gezögert, auch sie zu töten, um seine Spuren zu verwischen.

Die Obduktion hatte ergeben, dass Biancas Blutkreislauf

absolut frei von Drogen oder Rauschmitteln war, das Einzige, das sich die junge Frau laut Aussage ihrer Mitstudentin und Freundin hin und wieder auch während der Schwangerschaft gegönnt hatte, war ein pflanzliches Schlafmittel, das weder dem Fötus noch ihr selbst auch nur den geringsten Schaden zufügen könnte.

Was also hatte Bianca an sich gehabt, dass sie ins Beuteschema des Irren oder der Irren fallen ließ?

Noch in der vergangenen Nacht hatte er bei seinem Boss einen schriftlichen Eilantrag auf Aufstockung seines Teams gestellt sowie darum gebeten, die Öffentlichkeit hinzuziehen zu dürfen und für alle Fälle schon mal eine Pressemitteilung sowie einen Aufruf für das Fernsehen vorformuliert.

Nach einigem Hin und Her hatte die Chefetage sich jedoch dagegen entschieden und verlangt, die Presse bis auf Weiteres außen vor zu lassen, um die Ermittlungen nicht zu gefährden oder gar zu erschweren.

Er ging zu Ute und Dr. Uhlemann, stellte sich als Leiter der Ermittlungen vor.

Uhlemann nickte knapp, wedelte mit einer dünnen Mappe. »Ich hab mir das Wichtigste schon mal aus Ihren Akten rauskopieren lassen und hoffe, dass das in Ihrem Sinne war.«

Clemens nickte, sah Ute dankbar an. Nach der langen Nacht im Büro hatte er es sich erlaubt, für zwei Stunden nach Hause zu fahren, um sich zu duschen und eine halbe Stunde auszuruhen, doch genau in dieser Zeitspanne musste Uhlemann hier aufgetaucht sein, was ihm jetzt unangenehm war.

»Wir alle schieben seit Tagen Doppelschichten, um diesem Wahnsinn bald ein Ende bereiten zu können, doch irgendwann haut es selbst die Stärksten mal aus den Latschen«, kam Ute ihm zu Hilfe.

Uhlemann verzog das Gesicht. »Mit dem Täterprofil bin ich noch nicht ganz fertig, kann Ihnen aber schon etwas zu den

Opfern sagen und darüber, was den Täter antreiben und bewogen haben könnte, sich gerade für diese Frauen zu interessieren.« Er sah von Clemens zu Ute, wartete dann, bis diese sich setzten und im Raum absolute Ruhe herrschte.

Als es endlich still war, stellte er sich dem Team vor und Clemens kam nicht umhin, diesen affektierten und arroganten Lackaffen ziemlich unsympathisch zu finden.

»Wie Sie alle wissen«, begann er schließlich und strich sich durch die gegelten dunklen Haare, »haben wir es mit einer Mordserie zu tun, bei der der Täter oder die Täterin schwangere Frauen tötet, indem er ihnen den Bauch aufschneidet oder wie im Fall Jessica für einen Abgang des Fötus sorgt, den auch die Frau nicht überleben kann.« Er räusperte sich, hängte die Fotos der toten Frauen an die Tafel, tippte auf das erste Foto der Leiche von 2010. »Diese junge Dame war das erste Opfer. Er hat sie in ihrer Wohnung besucht, denn überfallen trifft es nicht ganz, sie hat ihm die Tür ja selbst aufgemacht, deswegen fanden sich auch keine Einbruchspuren. Auch bei Jessica und dem dritten Opfer wurden weder Fenster noch Türen beschädigt, was ebenfalls dafürspricht, dass der Täter seine Opfer kannte oder sie ihn und diese ihn einließen. Was schließen wir also daraus?«

Er sah sich in dem Raum um, blieb schließlich an Clemens hängen. »Alle Opfer bis auf das letzte waren gesellschaftlich abgestürzt, aktuell oder ehemals drogensüchtig. Daraus können wir schließen, dass seine Taten keinesfalls sexuell orientiert sind und auch nichts mit Freude am Töten zu tun haben. Stattdessen sieht alles danach aus, als sähe sich unser Täter oder die Täterin als Schutzengel für die ungeborenen Babys. Er oder sie rettet die Kinder quasi, um ihnen ein Leben an der Seite einer Mutter zu ersparen, die er oder sie für unwürdig hält. Alle Opfer lebten am Existenzminimum, weil sie in ihrem bisherigen Leben versagt hatten oder straffällig geworden waren. Ein Opfer hatte sich früher prostituiert, ein anderes kam frisch aus dem Jugendgefängnis. Alle drei lebten von der Stütze, zwei davon wollten ihre neue Chance nutzen, die der Täter ihnen verwehrte. Was Jessica angeht, bin ich nicht ganz sicher, ob sie sich selbst unter Drogen gesetzt hat oder ob es der Täter war. Im Mülleimer eines der anderen Opfer fanden wir Drogen, was dafür spricht, dass das Opfer dabei war, rückfällig zu werden, sich es aber doch wieder anders überlegte und sauber bleiben wollte – wahrscheinlich ebenfalls dem Fötus zuliebe. Ich vermute, dass dem Täter beim letzten Opfer – Bianca – ein großer Fehler unterlaufen ist, weil er sie für jemanden gehalten hat, der sie nicht war. Er wusste weder etwas von dem Projekt noch davon, dass sie Studentin ist und eigentlich ein richtiges Zuhause hat. Was unser Täter oder die Täterin stattdessen wusste, ist genau das, was Bianca alle glauben ließ – nämlich, dass sie abgestürzt sei, von Almosen lebte und von dem, was die Leute ihr spendeten. Er sah in ihr genau das, was er auch in den ersten Opfern gesehen hat – jemanden, der das Glück, ein Baby großzuziehen, nicht verdiente. Jemand, der es nicht wert ist, Mutter zu sein.« Uhlemann stockte kurz, holte tief Luft.

»Was ich damit sagen will, ist, dass Sie mit Ihrer weiteren Ermittlung genau dort ansetzen müssen. Nicht im realen Umfeld der Studentin und deren Mitbewohnerin, sondern in dem Umfeld, in dem sich beide Frauen gezwungenermaßen durch ihr Projekt in den letzten Wochen bewegten. Dazu müssen sie sich von Vanessa Hussel helfen lassen, eng mit ihr zusammenarbeiten, sobald es ihr psychischer Zustand wieder zulässt. Außerdem ist es sehr gut möglich, dass sie dem Täter auf dem Weg sogar begegnet ist, sich nur nicht mehr daran erinnert. Wie wir wissen, war Bianca noch nicht lange tot, als die Polizei am Tatort eintraf. Wenn wir dann noch mit einberechnen, dass sie ihre Freundin nicht sofort gefunden und erst Minuten später die Polizei gerufen hat, können wir noch eine halbe Stunde abziehen. Sie könnte unserer gesuchten Person also tatsächlich unterwegs begegnet sein.«

»Und was ist mit dem überlebenden Kind?«, fragte eine Kollegin des Rechercheteams. »Was hat es damit auf sich?«

Uhlemann hob ratlos die Schultern. »Auf keinen Fall war das vom Täter beabsichtigt«, gab er dann zurück. »Denn sonst hätte er bei den ersten Opfern die Kinder auch versucht zu retten.«

»Die ersten Opfer waren teilweise erst im sechsten Monat, eines im achten Monat«, warf Ute ein. »Selbst wenn er die Babys niemals töten wollte, hätten diese niemals eine Chance gehabt. Schon deswegen nicht, weil die Leichen viel später gefunden wurden.«

Uhlemann räusperte sich. »Deswegen denke ich ja auch, dass dieses Kind einfach großes Glück hatte und es vom Täter nicht beabsichtigt war, dass es überlebt. Vielleicht war er in Zeitnot, wurde von Vanessa überrascht – im Grunde wäre es definitiv möglich, dass er sich noch im Haus befand, als die junge Frau zurückkam.«

Er schüttelte den Kopf, sah Ute an. »Wissen wir eigentlich schon, wie es dem Kind geht?«, fragte er schließlich.

»Es handelt sich um ein Mädchen«, gab Ute zurück. »Und wie es aussieht, könnte die Kleine Glück haben. Bis auf eine Unterkühlung geht es ihr wohl ziemlich gut.«

Uhlemann nickte zufrieden, als sei es einzig sein Verdienst, dass das Baby noch am Leben war. »Was die Wahl der Opfer angeht, habe ich schon eine Persönlichkeitsstruktur unserer gesuchten Person entworfen«, fuhr er endlich fort. »Es handelt sich um eine sehr gestörte Seele, die in der eigenen Kindheit Schlimmes durchlebt hat und sich mit ihren Taten sowohl an den Frauen rächen will als auch die ungeborenen Babys vor deren Müttern beschützen will, was bedeutet, dass er sich in die Position dieser Babys versetzt, weil er oder sie früher selbst keine Hilfe erfahren hat. Er oder sie könnte eine Mutter gehabt haben, die ein Junkie war, sich ebenfalls prostituiert und am Existenzminimum gelebt hat, ihre dürftigen finanziellen Mittel anstatt für Essen lieber für Drogen ausgab, was sowohl zur körperlichen als auch physischen Verwahrlosung des eigenen Kindes – also unserer gesuchten Person – geführt hat. Ich gehe außerdem davon aus, dass er zwar in eine ähnliche Gesellschaftsschicht wie diese Babys geboren wurde, es aber zu etwas gebracht hat – wahrscheinlich zwanghaft. Ihm oder ihr ist es äußerst wichtig, etwas im Leben zu erreichen, niemals selbst so abzustürzen, wie es seiner Mutter passierte. Deswegen verurteilte unsere gesuchte Person diese Frauen, tötete sie, weil sie in ihnen die eigene Mutter sah.«

»Was meinen Sie damit, dass unsere Zielperson es zu etwas gebracht hat?«

»Damit meine ich, dass wir jemanden von hoher Intelligenz suchen, jemanden, der genau weiß, was er tut, wann er es tun muss und vor allem wie. Er oder sie hat vielleicht studiert und ist mittlerweile sehr gut situiert, hält sich aber dennoch gelegentlich im Umfeld der potenziellen Opfer auf – vielleicht, um ihnen näher zu kommen oder um sich ihr Vertrauen zu erschleichen, vielleicht sogar zu erkaufen.«

Eine Kollegin aus der Technik hüstelte, um sich bemerkbar zu machen. »Es könnte auch jemand sein, der mit Leuten arbeitet, die auf der Straße gelebt haben, so was wie ein Betreuer oder Streetworker«, warf sie schließlich ein.

Ute schüttelte den Kopf. »In diese Richtung haben wir bereits unsere Fühler ausgestreckt und sind noch keinen Deut weitergekommen.«

Uhlemann nickte und lächelte Ute an. »Natürlich könnte es trotzdem jemand sein, der sich das Vertrauen dieser Frauen irgendwie erschlichen hat, weil er beispielsweise in einer Suppenküche arbeitet oder bei den Tafeln hilft, er kann sich ja ohne Registrierung dort hineingemogelt haben, als freiwilliger Helfer quasi, ich glaube nicht, dass man jemanden wegschicken würde, nur weil er sich nicht ausweisen mag. Allerdings halte ich es für viel wahrscheinlicher, dass unsere Person sich ihnen verdeckt nähert, sich zum Beispiel als jemand ausgibt, der er gar nicht mehr ist.«

»Indem er vorgibt, einer von ihnen zu sein?«

Uhlemann nickte. »Alle Frauen hatten ihr Leben inzwischen wieder im Griff, waren vorgeprägt, was ein Leben am Abgrund und in Armut angeht. Viele von ihnen haben also besonders großes Mitgefühl, wenn es um Menschen geht, die sich in einer Situation befinden, der sie gerade erst frisch entkommen sind. Und dann kommt dazu, dass sie schwanger waren, emotionaler als sonst, vielleicht sogar einsam. Vielleicht haben sie unserer gesuchten Person einfach nur helfen wollen?«

Clemens sah Ute an, runzelte die Stirn. So ungern er es auch zugab, aber an dieser These konnte tatsächlich etwas dran sein.

Er räusperte sich, hob die Hand. »Was denken Sie in Bezug auf das Geschlecht der gesuchten Person?«

Der Kriminalist seufzte leise, schüttelte dann den Kopf. »Um ehrlich zu sein, dachte ich zuerst auch, dass wir mit hundertprozentiger Sicherheit nach einer Frau suchen, das wäre in Bezug auf die eben in Betracht gezogene Möglichkeit auch am naheliegendsten. Eine Frau hilft einer anderen Frau, nichts ahnend, dass sie einer Irren die Tür öffnet.« Er stockte, sah sich reihum. »Das ergäbe auch in Bezug auf die präzise gesetzten Schnitte an den Opfern Sinn. Eine Frau weiß natürlich, wo genau sich ihre Gebärmutter befindet. Leider ist es nicht ganz so einfach, denn keines der Opfer wurde vor der Tat narkotisiert und es kostet nun mal viel Kraft, jemanden davon abzuhalten, die Nachbarschaft zusammenzubrüllen und um sich zu schlagen, dabei gleichzeitig einen Bauchschnitt vorzunehmen. Eine Frau hätte da sicherlich große Probleme, zumal wir keine Spuren von Betäubungsmitteln im Blut der Opfer gefunden haben – bis auf das Heroin bei Jessica – was sowohl die Ermittlungen als auch das Erstellen eines Täterprofils sehr schwierig macht. Kurzum – ich bin im Augenblick leider noch unsicher, was das Geschlecht der gesuchten Person angeht, habe nur das ungefähre Alter von Mitte zwanzig bis Ende dreißig, mit dem wir arbeiten müssen und eben die Vermutung, dass es sich um jemand Gebildeten handelt, der eventuell über geringe medizinische Fachkenntnisse verfügt.«

Ein Kollege hob die Hand, sah Uhlemann mit gerunzelter Stirn an. »Dass wir nichts im Blut gefunden haben, muss doch nichts bedeuten«, erklärte er und stand auf. »Es gibt durchaus Betäubungsmittel, die sich nicht im Blut oder in den Atemwegen nachweisen lassen.«

Uhlemann sah den Mann ungeduldig an. »Genau das meinte ich. Der Fall ist extrem schwierig gelagert, da es so viele Möglichkeiten gibt. Es könnten selbstverständlich Narkosemittel zum Einsatz gekommen sein, die sich nicht nachweisen lassen – somit wäre erklärbar, warum sich die Frauen nicht wehrten, es keine Fasern unter den Fingernägeln der Opfer gab. Und somit könnte es sich beim Täter sowohl um einen Mann als auch um eine Frau handeln. Letzteres halte ich sogar für einen Tick wahrscheinlicher.«

»Was meinen Sie damit, dass dieser Jemand über geringe medizinische Kenntnisse verfügt?«, wollte Clemens wissen.

Uhlemann ging zur Tafel, tippte auf eines der Fotos, das den Bauch des letzten Opfers in aller Grausamkeit zeigte. »Der Schnitt durch die Bauchdecke ist sehr tief und eigentlich ziemlich präzise. Das war jemand, der ganz genau wusste, wie fest er schneiden muss.«

»Und wie kommt es dann, dass der innere Schnitt das genaue Gegenteil offeriert?«, kam es Clemens über die Lippen, ehe er sich bremsen konnte. »Ich meine, meinem Team und mir ist auch schon aufgefallen, dass diese Schnitte in der Bauchdecke sehr gerade und mit beinahe chirurgischer Genauigkeit ausgeführt wurden, allerdings sieht es nach Betrachtung des Gemetzels im Innern des Körpers nach dem genauen Gegenteil aus.«

Uhlemann schluckte trocken, sah Clemens düster an. »Wie ich schon sagte – wir haben es mit jemandem zu tun, der außerordentlich intelligent ist und schlau genug, uns über Jahre – genauer seit 2010, denn es sitzt ja unter Umständen noch immer ein Unschuldiger für den Mord an Sofia in Haft – nicht ins Netz zu gehen. Jemand, der es schafft, dass wir uns sogar schwertun, sein Geschlecht mit absoluter Gewissheit zu ermitteln. Also lehne ich mich jetzt wohl nicht sehr weit aus dem Fenster, wenn ich sage, dass es sich sowohl um jemanden handeln könnte, der sein Fachwissen nur aus Büchern oder bescheuerten Fernsehserien nimmt, als auch um jemanden, der genau wusste, wie es richtig gemacht wird und uns lediglich an der Nase herumführen möchte.« Uhlemann ließ seine letzten Worte wirken, dann räusperte er sich betreten. »Eines kann ich Ihnen allen aber mit absoluter Gewissheit prophezeien.« Sein Gesicht verdüsterte sich, als er Clemens ansah. »Bianca wird mit Sicherheit nicht das letzte Opfer bleiben …«

Kapitel 10

Korswandt
Juli 2018

Es ist still in der Wohnung. Beinahe beängstigend still, doch dann fällt ihr ein, dass sie ja gar nicht in Berlin ist, sondern auf Usedom, im Haus von Amelies Familie.

Sie schlägt die Bettdecke zurück, steht auf. Erst jetzt bemerkt sie, dass es eiskalt im Haus ist. So kalt, dass sich vor ihrem Gesicht kleine Kondenswölkchen aus der Atemluft bilden, die sie ausstößt. Sie schlüpft in ihren Morgenmantel, macht sich auf den Weg ins Zimmer nebenan, wo Paul selig schläft. Als ihr klar wird, dass es ihr Baby ist, das sie beunruhigt, hält sie inne. Sie ist nicht vom Weinen ihres Sohnes wach geworden. Sie blickt auf die Uhr an ihrem Handgelenk, erkennt, dass es eigentlich Zeit für ihn wäre, sich zu melden, und sei es nur deswegen, einen Schluck Tee zu trinken, sich zu vergewissern, dass seine Mama noch da ist, er nach einem Moment des Kuschelns selig weiterschlummern kann. Als sie die Klinke zum Schlafzimmer des Babys hinunterdrückt, spürt sie sofort, dass etwas nicht in Ordnung ist. Es ist der Geruch im Raum. Süßlich, pudrig und irgendwie … blumig. Ihr Innerstes zieht sich zusammen. Die Angst lähmt sie so sehr, dass sie es kaum schafft, einen Schritt vor den anderen zu setzen. Als sie endlich am Bett des Babys angekommen ist, bricht ein Schrei aus ihrer Kehle hervor. Sie sackt auf die Knie, begreift nicht, was hier vorgeht. In ihrem Kopf dreht sich alles. »Paul«, flüstert sie wieder und immer wieder, versucht, den Schmerz in ihrer Brust einfach wegzuatmen. Ein Schmerz, der so grausam ist und sich anfühlt, als bräche ihr Herz in der Mitte entzwei.

Ihr Blick gleitet über das Gesicht des Babys.

Es lächelt sie an. War es nicht genau dieses Lächeln, von dem sie sich all die Monate hinweg gewünscht hatte, es noch einmal sehen zu dürfen?

Sie schnappt nach Luft.

Natürlich hat sie Gott nach dem Unfall angefleht, sie zu erhören und ihr ihre Tochter wiederzugeben.

Ihre kleine unschuldige Marlene.

Doch dann hatte das Schicksal ihr Max geschickt. Und mit ihm Paul, ihren kleinen Engel. Ihren perfekten kleinen Sohn, an dessen statt jetzt ihre tote Tochter im Bett liegt, sie anlächelt und ihre Ärmchen nach ihr ausstreckt.

Entsetzt weicht sie zurück, den Mund zum Schrei geöffnet.

Das ist alles falsch!

So falsch!

Sie würde nie ein Leben gegen ein anderes eintauschen.

Niemals ein Kind gegen das andere ersetzen wollen!

Doch entsprach das tatsächlich der Wahrheit?

War es wirklich das, was sie wollte?

Paul und nicht Marlene?

Taria war verschwitzt, als sie aus dem Traum hochschreckte. Benommen sah sie sich um, stellte beim Blick auf ihr Handydisplay fest, dass es erst kurz nach Mitternacht war, sie erst eine knappe Stunde geschlafen hatte. Sie sprang auf, rannte ins Zimmer nebenan, seufzte erleichtert auf, als sie Paul friedlich schlummern sah. Sie schloss die Tür leise, ging in die Küche, schenkte sich ein Glas Orangensaft ein und trank. Als sie spürte, dass sie sich ein wenig beruhigt hatte, ging sie zurück ins Schlafzimmer.

Im Bett starrte sie minutenlang in die Dunkelheit, fragte sich, was dieser seltsame Traum zu bedeuten hatte. Was ihr Unterbewusstsein ihr damit sagen wollte?

Es hatte sich furchtbar angefühlt, Marlene wiederzuhaben, im Wissen, dass es sie Paul gekostet hatte. Bedeutete das, dass sie sich inzwischen damit abgefunden hatte, was mit ihrer Tochter geschehen war? Dass ihre Seele langsam heilte, sie sich an den Gedanken gewöhnte, mit ihm zu leben lernte, dass sie zwar Marlene verloren, dafür aber Paul bekommen hatte?

Plötzlich hatte sie das Bedürfnis, ihren Sohn ganz nah bei sich zu spüren, ihn nie wieder loszulassen. Sie stand auf, ging nach nebenan, hob das Kind vorsichtig aus seinem Bettchen, trug es behutsam nach nebenan, legte es neben sich unter die Decke. Eine Zeit lang lauschte sie seinen gleichmäßigen Atemzügen, genoss den süßen Duft nach Baby, Milch und Puder, spürte, wie sie langsam von einer bleiernen Schläfrigkeit eingelullt wurde.

Als sie das nächste Mal erwachte, knallte die Sonne mit all ihrer Kraft ins Zimmer, es war taghell, heiß und stickig, das Schlafshirt klebte feucht an ihrem Körper. Sie fühlte sich zwar ausgeschlafen, doch in ihrem Kopf herrschte eine Art Nebel, der es ihr schier unmöglich machte, einen klaren Gedanken zu fassen.

Dann kam sie langsam. Die Erinnerung an den furchtbaren Albtraum vergangene Nacht. An die Angst, die sie gespürt hatte, als Paul …

Panisch sah sie neben sich. Hob die Decke an, sprang aus dem Bett und sah sich um. Wo war ihr Sohn?

Sie hatte ihn doch …

Ihr Herz raste und hämmerte wie wild gegen ihren Brustkorb, ihre Gedanken wirbelten wild umher.

Sie wusste genau, dass sie Paul in der Nacht zu sich geholt hatte und sie hier in diesem Bett neben ihm eingeschlafen war.

Wo also war er jetzt?

Panisch rannte sie aus dem Zimmer nach nebenan, blieb entsetzt vor dem Kinderbett stehen. Ihr Sohn war wach, lag freudig strahlend in seinem Bettchen, streckte die Arme nach ihr aus. Wie in Trance beugte sie sich zu ihm hinab, hob ihn auf ihre Arme, trug in zu der Kommode gegenüber, die sie zum Wickeltisch umfunktioniert hatte. Nachdem sie ihren Sohn gewickelt hatte, ging sie mit ihm in die Küche, füllte eine Portion seines Milchpulvers in die Flasche, gab abgekochtes Wasser hinzu, schüttelte. Jeder ihrer Bewegungen folgte einem routinierten Schema, doch in ihrem Innern sah es ganz anders aus.

Was ging hier vor?

Was passierte mit ihr?

Wurde sie verrückt oder war sie es längst?

All diese Fragen tobten in ihrem Kopf herum, brachten sie fast um den Verstand.

Als die Milch endlich die gewünschte Temperatur hatte, fütterte sie Paul, dann sorgte sie dafür, dass er ein schönes Bäuerchen machen konnte, und legte ihn zurück ins Bett. Sie ignorierte sein erzürntes Quengeln, ging aus dem Zimmer in den Gang hinaus, zog sich eine Strickjacke über ihr Schlafshirt, trat aus dem Haus in den Garten. Als sie an der Stelle ankam, wo der Garten in die Dünen überging, sackte sie in den Sand, stieß ein lang gezogenes Heulen aus. Ihr Körper zuckte und zitterte inzwischen unkontrolliert, sie schluchzte, japste nach Luft, würgte.

»Kann ich Ihnen helfen?«

Die Stimme des Mannes erschreckte sie, ließ sie zusammenfahren. Mit tränenverschleiertem Blick sah sie auf, erkannte den Mann von gestern, winkte ab. Schließlich schaffte sie es, sich aufzurappeln. Sie schüttelte den Kopf, sah ihn an, bemerkte, dass er sie besorgt musterte.

»Ich bin zwar nur Psychiater und kein Arzt, aber ich habe dennoch ein ausgezeichnetes Medizinstudium hinter mir«, erklärte er sanft. »Wenn Sie mir also sagen, was Ihnen fehlt, kann ich sicherlich helfen.«

Taria sah ihn unschlüssig an, seufzte. Er hielt sie wahrscheinlich sowieso schon für total durchgeknallt.

Erneut schüttelte sie den Kopf. »Es geht schon wieder«, brachte sie hervor und drehte sich weg.

Sie wollte gerade zurück zum Haus gehen, als ihr schwindelig wurde. Sie stolperte, wäre beinahe vornübergekippt, als sie spürte, wie eine Hand ihren Oberarm umklammerte.

»Lassen Sie mich Ihnen helfen«, erklärte der Mann fest und brachte sie ins Haus. In der Küche ließ er sie auf einem der Stühle Platz nehmen, umfasste ihr Handgelenk, um ihren Puls zu messen.

»Ziemlich niedrig«, erklärte er dann und sah sich um. »Ich setze mal eine Kanne Kaffee auf und mache Ihnen eine Kleinigkeit zu essen.« Er hielt in der Bewegung inne, lauschte. »Ihr Baby weint, soll ich es Ihnen holen gehen?«

Taria nickte matt.

Keine fünf Sekunden später war der Mann zurück, drückte ihr Paul in die Arme.

»Bleiben Sie einfach sitzen und versuchen, ruhig zu atmen.«

Taria sah Paul an, fragte sich, ob er es ihr übel nahm, dass sie ihn vorhin einfach allein gelassen hatte. Sie küsste ihren Sohn auf die Stirn, drückte ihn fest an sich, genoss seinen Duft. Als der Mann ihr einen Becher heiß dampfenden Kaffee hinstellte, bedankte sie sich und nippte vorsichtig daran.

»Wollen Sie mir jetzt erzählen, was passiert ist?«

Taria sah ihn an, schluckte.

»Ich weiß gar nicht, wer Sie sind«, sagte sie unschlüssig.

»Mein Name ist Valentin Holthausen«, erklärte er. »Ich wohne im Haus hinter der Düne und gehe meistens in der Nähe Ihres Gartens mit meinem Hund spazieren. Als ich sah, wie Sie zusammengesackt sind, hab ich meinem Hund gesagt, dass er auf mich warten soll, bis ich Ihnen geholfen habe.«

»Dann sitzt der Kleine immer noch da draußen?«

Valentin nickte. »Berti ist ein ganz braver Kerl. Er hört aufs Wort und ist quasi mein bester und einziger Freund hier auf der Insel.«

Taria lächelte. »Ich hab nichts gegen Hunde, wenn Sie mögen, holen Sie ihn gerne rein.«

Er schüttelte den Kopf. »Berti ist lieber draußen, lässt sich die frische Seeluft um die Nase pusten. Ihm geht es gut, machen Sie sich keine Sorgen um ihn.«

»Sie sind auch alleine hier auf Usedom?«, kam es Taria über die Lippen, ehe sie sich bremsen konnte.

Er nickte düster, lächelte dann. »Ich schätze, es ist nur fair, wenn ich Ihnen meine Geschichte erzähle, bevor ich Sie dazu dränge, mir von Ihren Sorgen zu berichten.«

Er räusperte sich. »Meine Frau und ich sind geschieden … ein Schicksalsschlag hat uns auseinandergetrieben.« Er stieß die Luft aus, als müsse er sich erst sammeln, bevor er weitererzählen konnte. »Unser Sohn wäre jetzt neun Jahre alt«, fuhr er fort, »doch eine furchtbare Krankheit hat ihn uns genommen. Er hatte einen Nierentumor, an dem er auch gestorben ist. Ich habe also erst mein Kind verloren, dann meine Frau, weil unsere Ehe diesen Verlust nicht verkraftet hat. Ich war damals als Polizeipsychologe in München tätig, habe mich nach Simons Tod in die Arbeit gestürzt, was meine Frau zum Anlass nahm, mich zuerst monatelang zu betrügen und dann zu verlassen. Sie hat diesen Kerl mittlerweile geheiratet, zwei Kinder von ihm, doch mich …« Er seufzte, sah Taria an. »Ich hielt es dort einfach nicht mehr aus, verstehen Sie?« Er suchte nach Worten. »Das einzige Kind zu verlieren, ist hart. Doch dann noch den Menschen zu verlieren, mit dem man alle Erinnerungen an dieses Kind teilt, Erinnerungen an glückliche Zeiten – das war zu viel für mich. Ich habe damals alle Zelte in Bayern abgebrochen, bin hierher gezogen, ins Haus meines Vaters. Mein alter Herr war nicht mehr besonders gut zu Fuß und auf Hilfe angewiesen, so konnten wir uns quasi gegenseitig helfen.«

»War?«

»Er ist letztes Jahr gestorben.«

»Das tut mir leid«, sagte Taria.

»Danke«, sagte Valentin.

Er sah Taria an, holte tief Luft. »Inzwischen muss ich sagen, dass das Schlimmste nicht etwa ist, dass ich meine Frau auch verloren habe, sondern das Wissen, dass es meine Schuld war«, erklärte er. »Ich hätte nach dem Tod unseres Sohnes für sie da sein müssen, doch das war ich nicht. Ich ließ sie allein, fand Halt im Job und dabei war mir egal, woher sie ihren Halt hätte nehmen können.«

Tarias Innerstes zog sich zusammen, während sie Valentin zuhörte. Als sie sah, wie sich seine Augen mit Tränen füllten, stand sie auf und setzte Paul in seinen Stuhl, ergriff dann die Hände des Mannes. »Was Ihnen passiert ist, tut mir unsagbar leid«, flüsterte sie und ließ ihn wieder los, um sich wieder hinzusetzen. Sie wartete ab, bis er die Kontrolle über seine Emotionen wieder erlangt hatte, dann wappnete sie sich. »Wir haben ein ganz ähnliches Schicksal«, begann sie zu erzählen. »Denn auch ich habe meine Familie verloren.«

Taria wusste nicht, warum und weshalb, doch plötzlich hatte sie das Bedürfnis, diesem fremden Mann in ihrer Küche alles zu erzählen.

Von ihrem toten Mann, ihrer toten Tochter, von Max und Paul und Amelie und davon, dass sie sich weder an den Unfall selbst noch an die Tage zuvor erinnern konnte. Sie ließ auch all diese Merkwürdigkeiten nicht aus, die ihr in den letzten Tagen widerfahren waren und sie glauben ließen, verrückt zu werden.

Anschließend sagte keiner von ihnen mehr etwas, einzig Paul giggelte fröhlich vor sich hin. Es dauerte eine ganze Weile, ehe Valentin endlich das Schweigen brach.

Er sah Taria an, lächelte. »Ich glaube, es ist gut, dass wir einander begegnet sind«, sagte er dann.

Sie nickte.

»Glauben Sie denn, dass ich verrückt werde?«

Er lächelte, schüttelte den Kopf. »Ich denke, dass irgendwo tief in Ihnen etwas schlummert, das sich langsam seinen Weg an die Oberfläche sucht.«

»So was wie ein Trauma?«

Er verneinte. »Dass Sie traumatisiert sind, steht außer Frage, das wissen Sie sicherlich selbst. Aber ich meinte etwas anderes. Etwas wie eine verborgene Erinnerung, die sie zu unterdrücken versuchen. So etwas kann unter Umständen mit Albträumen, Angstzuständen und sogar Halluzinationen einhergehen.« Er sah sie an. »Verstehen Sie, was ich Ihnen sagen will?«

Taria nickte langsam. »Sie sagen mir, dass ich nicht verrückt bin.«

»Genau.« Ein Lächeln umspielte seine Mundwinkel. »Ihre Psyche spielt Ihnen Streiche, weil da etwas in Ihrem Unterbewusstsein ist, das Sie versuchen, mit aller Kraft unter Verschluss zu halten.«

»Vielleicht weil es doch stimmt, was alle sagen, und ich den Unfall absichtlich herbeigeführt und meine Familie so getötet habe.«

»Wenn dem so war, dann waren Sie damals psychisch krank und sind somit unschuldig an dem Unfall. Erinnern Sie sich denn daran, dass Sie damals unter starken Depressionen mit Suizidabsichten gelitten haben?«

Taria verneinte. »Ich erinnere mich, dass ich absolut glücklich war.«

Er sah sie fest an, nickte. »Und was sind Sie jetzt?«

Taria öffnete den Mund, schloss ihn dann wieder. »Ich weiß es nicht«, gab sie zu. »Ich liebe Paul, aber ob ich glücklich bin, das weiß ich nicht. Alles fühlt sich so falsch an, als hätte ich all das gar nicht verdient, als wäre es nur ein geborgtes Glück für den Augenblick.«

Valentin stand auf. »Ich finde es gut, dass Sie hergekommen sind«, sagte er dann. »Auch wenn Sie es aus dem falschen Grund getan haben.«

»Was meinen Sie damit?«, wollte Taria wissen.

Valentin hob die Schultern. »Sie sind hier, um zu vergessen und um Abstand zu gewinnen. Abstand zu dem, was Ihnen passiert ist.«

»Und das ist verkehrt?«

Ein Seufzen. Dann nickte er. »Sie sollten versuchen, sich zu erinnern.

Zulassen, dass am Ende auch eine Wahrheit stehen könnte, die furchtbar wehtut. Erst dann können die alten Wunden abheilen.« Er verzog das Gesicht, ging zur Tür.

»Sie meinen, so wie bei Ihnen, als Ihnen klar wurde, dass die Trennung Ihre Schuld gewesen ist?«

Er nickte traurig. »Vor der Vergebung muss immer zuerst die Erkenntnis stehen. Und ein Schuldeingeständnis – sofern es eine Schuld gibt. Erst dann werden Sie auch wirklich Frieden finden.«

Als sie Paul am Abend ins Bett gebracht hatte, ließ sie sich erschöpft auf das Sofa fallen. Sie hatte nach dem Gespräch mit Valentin beschlossen, sich abzulenken, und war, um auf andere Gedanken zu kommen, nach Ahlbeck gefahren, wo sie sich mit Lebensmittelvorräten eingedeckt hatte und anschließend mit Paul an der Strandpromenade entlangspaziert war.

Ahlbeck war ein imposantes Küstenstädtchen – ein Touristenmagnet –, was wohl an den zahlreichen Jugendstilvillen liegen musste, die die Promenade säumten. Es reihte sich ein Luxushotel an das nächste, ein Nobelrestaurant neben dem anderen. Taria hatte sich in einem hübschen kleinen Café mit dem treffenden Namen »Strandnest« ein Stück Kuchen und eine Portion Tee bestellt, beides mit Blick auf das Meer genossen und gespürt, wie die frische Seeluft die lockere Atmosphäre dieses unbeschwerten Urlaubsortes sie ruhiger werden ließ, und schon bald dachte sie gar nicht mehr daran, was sie heute Morgen so sehr beunruhigt hatte. Nämlich dass Paul, warum auch immer, heute Morgen nicht neben ihr im Bett gelegen hatte. Erst jetzt, in der Stille des Hauses hier in Korswandt, wo der Touristentrubel nur noch eine Illusion war, kamen die Unruhe und die Angst langsam wieder zurück. Draußen war es längst dunkel und trotzdem war Taria weit davon entfernt, wirklich müde zu sein. Sie spürte ein Prickeln auf ihrer Haut, stand auf, starrte durch das Fenster in die Dunkelheit nach draußen. Merkwürdigerweise machte ihr der Gedanke, jemand könne von draußen zu ihr herein sehen, keine Angst mehr. Das mochte an Valentin liegen, der ihr versprochen hatte, ein Auge auf das Haus und auf sie zu haben, sich gelegentlich mal blicken zu lassen, damit sie reden konnten.

Hatte er recht mit dem, was er ihr gesagt hatte?

Dass die Antwort auf alles, was sie umtrieb, in ihr selbst verborgen lag? Sie sie nur endlich zulassen musste?

Sie griff nach dem Glas vor sich auf dem Tisch und nahm einen Schluck des dunkelroten Weins. Plötzlich vernahm sie ein Wimmern.

Sie stellte das Glas zurück, lauschte mit angehaltenem Atem.

Nichts!

Hatte sie sich das nur eingebildet? Sie stand auf, ging in den Gang hinaus, horchte.

Es war absolut still im Haus.

Sie machte es sich auf dem Sofa bequem, trank noch einen Schluck, hing ihren Gedanken nach.

Dann zuckte sie hoch, sprang auf die Füße.

Da war es wieder!

Sie hatte doch gewusst, dass sie sich das nicht nur eingebildet hatte.

Ein leises Wimmern, das sich irgendwie seltsam anhörte, gar nicht nach ihrem Paul, dessen Gebrüll unter Umständen die Wände wackeln lassen konnte.

Sie ging zum Schlafzimmer des Babys, öffnete die Tür, trat auf Pauls Reisebettchen zu.

Als sie ihn friedlich schlummern sah, schluckte sie.

Sie war absolut überzeugt, etwas gehört zu haben.

Ein Wimmern.

Pauls Wimmern?

Doch war sie nicht auch sicher gewesen, ihn neulich in einem von Marlenes Schlafanzügen gesehen zu haben?

Und war sie es nicht gewesen, die ihm den Lieblingsnuckelhasen ihrer Tochter eigenhändig gegeben und sich keine zwei Minuten später nicht mehr daran erinnert hatte?

Leise schlich sie aus dem Zimmer, ging zur Haustür, öffnete diese.

Immerhin bestand noch die vage Möglichkeit, dass das Wimmern von draußen kam.

Doch außer dem sanften Rauschen der Wellen in der Ferne und dem leisen Fauchen des Ostseewindes war nichts zu hören. Frustriert schloss sie die Tür, setzte sich wieder auf das Sofa, trank ihren Wein aus.

Wie es aussah, lag der Ursprung ihrer chaotischen Empfindungen, ihrer Verwirrtheit und ihrer Panik davor, einfach glücklich zu sein, tatsächlich in ihr selbst verborgen. Was ihr Vorhaben, den erdrückenden Erlebnissen in Berlin davonzulaufen, um genau hier, an diesem beschaulichen Ort zur Ruhe zu kommen, ziemlich lächerlich erscheinen ließ.

Beinahe wünschte sie, das Wimmern würde erneut ertönen, nur um sich selbst zu beweisen, dass sie es sich nicht nur eingebildet hatte.

Dass sie nicht verrückt wurde.
Ihr Innerstes ihr keine bösen Streiche spielte, weil sie zutiefst traumatisiert war.
Sie nicht mehr und mehr die Kontrolle über ihr Leben verlor.
Doch so sehr sie es sich auch wünschte, es blieb still im Haus.
Absolut und mucksmäuschenstill.

Kapitel 11

München
2013

Clemens sah Ute an, die unbemerkt in sein Büro gekommen war und sich vor seinem Schreibtisch aufgebaut hatte. »Was treibst du so?«, fragte sie und sah ihn düster an.

»Ich gehe gerade die verschiedenen Betäubungsmittel durch, die sich nicht im Blut nachweisen lassen. Irgendwie geht mir nicht in den Kopf, wie es sein kann, dass all diese Frauen derartig niedergemetzelt werden, ohne dass es irgendwelche Kampfspuren gibt oder zumindest winzige Faserpartikel vom Täter oder der Täterin unter den Fingernägeln der Opfer. Ich meine, es handelt sich um Schwangere, die müssen doch wenigstens versucht haben, ihre Babys und sich selbst vor diesem Monster zu retten.«

Ute schluckte trocken. »Die letzten beiden Leichenfunde setzen dir zu, nicht wahr?«

Er nickte. »Vor allem diese Studentin letztes Jahr. Hätte sie sich nicht auf dieses blödsinnige Projekt eingelassen, könnte sie noch am Leben sein und ihr Kind aufwachsen sehen.«

Utes Blick wurde verschwommen, dann lächelte sie. »Wenigstens ist das Kind nicht zu Schaden gekommen. Es darf bei seinem leiblichen Vater und dessen Familie aufwachsen, das ist doch schon etwas. Es ist zumindest mehr, als dem Baby des letzten Opfers zugestanden wurde.«

Clemens sah Ute an. »Hat die Technik in Bezug auf Maria schon was herausgefunden?«

Sie schüttelte den Kopf. »Wir haben alles untersucht. Laptop und Handy, ihre Onlineaktivitäten – nichts; wie bei den anderen Opfern.«

»Und die Recherche? Sind die mit den Angehörigen durch?«

»Die Stiefmutter des Mädchens hat uns ein paar Telefonnummern von alten Freundinnen gegeben. Allerdings bezweifle ich, dass uns das etwas nützen wird.«

Clemens räusperte sich. »Ich hab heute Nachmittag einen Termin mit dem Chef. Drückst du uns die Daumen, dass er diesmal einwilligt, dass wir die Presse ins Boot holen?«

»Klar«, Ute nickte. »Wobei ich bezweifle, dass uns das als Schutzmaßnahme irgendwie weiterhilft. Ich meine, die Presse hat ja über diese Morde berichtet, nicht groß zwar, aber die Bevölkerung ist über die wichtigsten Fakten informiert worden. Hinzu kommt, dass das letzte Opfer freiwillig obdachlos war, von der Hand in den Mund lebte, mal hier mal dort, meistens jedoch in irgendwelchen Bedürftigen-Unterkünften schlief. Wenn vor ihrem Tod ein großer Bericht in der Tageszeitung gestanden hätte oder in den Nachrichten darüber berichtet worden wäre, glaube ich trotzdem nicht, dass ihr Tod hätte verhindert werden können. Menschen wie sie geben ihre paar Kröten für etwas zu essen aus, aber doch nicht für die aktuelle Zeitung. Und in diesen Unterkünften gibt es nur Gemeinschaftsfernseher, wenn also zum Zeitpunkt der Nachrichten ein Film gelaufen wäre – du verstehst, worauf ich hinauswill?«

»Aber vielleicht hätte sich das anderweitig herumgesprochen. Irgendwas müssen wir doch tun können, um zu verhindern, dass es weitere Opfer gibt.«

Ute verzog das Gesicht. »Ich sag dir, woran das liegt, dass die Leute nicht ausreichend sensibilisiert sind. Wir haben einen Mord 2010, einen 2011 und zwei 2012. Jetzt leben wir in 2013 und haben bislang einen Mord dieser Serie zu verzeichnen und bis jetzt ist davon nicht das Geringste nach außen gedrungen. Niemand weiß davon, bis auf die wenigen Angehörigen des

Opfers und die Freundin, die sie gefunden hat. Unsere gesuchte Person mordet also ein bis zweimal pro Jahr, das ist zu wenig, um eine Hysterie auszulösen, geschweige denn, die Bevölkerung zur Vorsicht anzuhalten. Selbst in unserem Team gibt es ein paar Zweifler, die der Meinung sind, dass es sich auch um eine Angelegenheit innerhalb des Milieus handeln könnte, weil es sich bei allen Opfern, bis auf diese Studentin, um ehemalige Drogenabhängige, Prostituierte oder anderweitig straffällig gewordene Frauen handelt.«

»Und du?«, wollte Clemens wissen, »glaubst du das auch?«

Sie schüttelte den Kopf. »Ich halte mich, bis auf die Geschlechtsspezifizierung, an das Profil von Uhlemann. Inzwischen ist er ja überzeugt, dass eine Frau hinter all dem steckt, doch diese Ansicht teile ich nicht. Ich denke, dass keine Frau einer anderen etwas Derartiges antun könnte. Und falls doch, dann würde eine Frau definitiv versuchen, diese Babys zu retten, sie nicht einfach sterben lassen.«

Clemens grinste. »Da spricht jetzt aber die Frau aus dir, nicht die Polizistin. Ich meine, warum soll es nicht auch weibliche Psychopathen geben?«

»Ich glaube, da hast du jetzt etwas in den falschen Hals gekriegt«, gab Ute zurück. »Ich habe nicht gesagt, dass es keine weiblichen Psychos gibt, sondern, dass es in Bezug auf das Motiv für mich keinerlei Sinn ergibt, weshalb wir eine Frau als Täterin suchen.«

Clemens runzelte die Stirn. »Dem letzten Opfer, Maria, wurde genau wie allen anderen der Bauch aufgeschnitten, wodurch das Kind im Mutterleib quasi gestorben ist, weil man die Leiche der Mutter zu spät gefunden hat. Was genau in Bezug auf diesen Fall lässt dich da an eine männliche Handlungsweise denken?«

Ute hob die Schultern. »Es ist so ein Gefühl«, gab sie schließlich zu. »Der Täter will diese Kinder vor ihren Müttern schützen.

Er folgt dabei einem schlichten Plan, nämlich zu verhindern, dass Frauen, die in seinen Augen nichts wert sind, zu Müttern werden, die ihn an seine eigene Mutter erinnern. Eine Frau mit diesem Gedankenkonstrukt würde zumindest versuchen, die Babys zu retten, dafür Sorge tragen, dass sie eine Chance haben. Ihm ist das egal, weil er über keinerlei Mutterinstinkt verfügt, Gefühle wie dieses sind ihm vollkommen fremd.«

Clemens sah Ute nachdenklich an, runzelte die Stirn. »Wenn ich ehrlich bin, finde ich deinen Gedankengang absolut nachvollziehbar. Eine Frau mit einem Kindheitstrauma, welches solche Aggressionen auslöst, zu derartigen Taten veranlasst, würde wahrscheinlich den Kindern nichts tun, weil da der angeborene Mutterinstinkt ins Spiel kommt. Männer hingegen sind diesbezüglich absolut frei von irgendwelchen Blockaden, was deine These in ein anderes Licht rückt.« Er sah sie an. »Was hältst du davon, wenn ich Uhlemann anrufe und ihm deine Bedenken hinsichtlich seines Profils vor den Latz knalle? Wenn er umschwenkt, dann könnten wir noch heute Abend eine Teamsitzung einberufen und alle Kollegen hinsichtlich des neuen Profils informieren. Im Zuge dessen könnten wir auch gleich die Aufgabenneuverteilung in Angriff nehmen, damit wir endlich mal ein paar Schritte vorwärts kommen.«

Als Clemens am Abend ins Besprechungszimmer kam, sah er auf Anhieb, dass Uhlemann alles andere als begeistert war, hier zu sein. Er wirkte genervt, beinahe gereizt, angesichts der neuesten Entwicklung. »Ich habe mit Ihrer Kollegin bereits ausführlich über ihre These diskutiert und sage gerne auch Ihnen, was ich davon halte – nämlich gar nichts.« Er sah provokativ von Clemens zu Ute, wandte sich dann ans gesamte Team. »Ich möchte kurz dazu Stellung nehmen, was Kollegin Eberhard heute in den Raum gestellt hat.« Er räusperte sich, sah Ute direkt an. »Sie sagen, dass eine Frau nicht als Täter infrage kommt, weil das mit dem Sterben der Babys nicht zusammenpasst.« Er brach ab, suchte nach Worten. »Dazu kann ich nur sagen, dass ich diese Denkweise äußerst unangebracht finde. Meiner Ansicht nach gibt es sehr wohl Frauen da draußen, die über keinerlei Ambitionen verfügen, Kinder zur Welt bringen zu wollen. Frauen, die Kinder sogar ablehnen, sich nicht mit der Rolle als Mutter identifizieren können, schlichtweg also auch keine Muttergefühle besitzen. Im Gegenzug wird es sicherlich Männer geben, die genau dieses Gefühlskonstrukt aufweisen, das Sie speziell dem weiblichen Geschlecht zuschreiben. Demzufolge halte ich mein Profil auch weiterhin für gerechtfertigt – nämlich, dass wir sowohl nach einer Frau als auch nach einem Mann suchen, das Geschlecht der Zielperson schlicht und ergreifend noch immer nicht festgelegt werden kann. Zumindest nicht durch mich.« Er sah sich um, wartete auf erste Reaktionen, doch als sich niemand zu Wort meldete, fuhr er fort. »Ich finde sogar, dass inzwischen viel mehr Anhaltspunkte für eine Täterin sprechen als für einen Täter. Da ist zum ersten die Tat selbst, die genaue Kenntnis über den weiblichen Körper aufweist. Natürlich könnte es sich um einen Mann mit medizinischem Background handeln, aber dafür wurden die Taten viel zu laienhaft durchgeführt.«

»Und wenn er sich verstellt?«, wandte Ute ein. »Was, wenn er es nur so aussehen lassen will? Sie sagten doch selbst, dass unsere Zielperson über ein hohes Maß an Intelligenz verfügt. Wenn es sich also um einen Mann handelt, der es darauf anlegt, seine Taten wie die einer Frau aussehen zu lassen, dann suchen wir mit dem falschen Profil in zehn Jahren immer noch nach ihm!«

Clemens stand auf, sah sich im Kreis seiner Kollegen um. »Ute hat recht. Was, wenn er tatsächlich gute medizinische Fachkenntnisse besitzt? Was, wenn es geplant ist, uns in die Irre zu führen, indem er die Morde wie eine Kombination aus Wissen und Nichtwissen aussehen lässt?«

»Sie glauben, er könnte Arzt sein?« Uhlemann verzog das Gesicht.

»Nicht unbedingt«, gab Clemens zurück. »Aber vielleicht ein Krankenpfleger, jemand, der regelmäßig im OP assistiert, ein Rettungsassistent – es gibt Möglichkeiten wie Sand am Meer, dafür brauchen wir keinen Arzt.«

Ute sah Uhlemann an. »Jemand, der beruflich aus der Medizinbranche kommt, weiß bestimmt, welche Betäubungsmittel sich nicht im Blut nachweisen lassen. Er wüsste auch, wo genau er schneiden muss, wenn er zur Gebärmutter will.«

Uhlemann dachte einen Augenblick nach, schüttelte dann den Kopf. »Ein Arzt fällt meiner Ansicht nach trotzdem aus dem Raster«, erklärte er dann. »Denn der würde nicht ein solches Gemetzel im Körperinneren anstellen, wenn er es denn besser weiß und es vielleicht jahrelang richtig gemacht hat. Das passt für mich einfach nicht.« Er brach ab, suchte nach Worten. »Vielleicht haben Sie aber trotzdem recht. Es könnte sich um eine Krankenschwester handeln, um die Frau eines Arztes mit Zugang zu seinen Unterlagen, um eine OP-Assistentin – oder, wenn Sie Wert darauf legen, auch um einen Mann, auf den all das zuträfe. Ich will mich nicht streiten, jeder hat ein Recht auf seine Meinung, bis diese widerlegt wurde.«

Er sah Clemens an. »Was haben wir in Bezug auf das jüngste Opfer?«

Clemens sah betreten zu Boden. Als er wieder aufsah, bemerkte er das Funkeln in den Augen des Profilers. Augenblicklich schlug der Zorn in seinem Körper Wellen. Dieser aufgeblasene Arsch machte sich einen Spaß daraus, ihnen ihre mangelnden Ergebnisse unter die Nase zu reiben.

»Es handelt sich um Maria Bachmann«, schaltete Ute sich ein und half ihm so aus der Patsche. Seine Kollegin wusste genau, was jetzt gerade in ihm vorging und dass er Gefahr lief, dass Uhlemann die Wut aus seiner Stimme heraushörte.

»Maria ist mit gerade siebzehn Jahren unser jüngstes Opfer und sie war auch erst im vierten Monat schwanger, was darauf schließen lässt, dass sie den Täter oder die Täterin zumindest flüchtig gekannt haben muss, denn rein äußerlich sah man ihr die Schwangerschaft noch nicht an.«

Uhlemann nickte knapp. »Dann gehe ich davon aus, dass sie die Befragungen der Familie und des Umfeldes bereits hinter sich haben und dabei nichts Relevantes herausgekommen ist?«

»Genau«, Ute nickte. »Die Stiefmutter des Mädchens hatte wohl keinen guten Draht zu ihr, denn sie wusste nichts von der Schwangerschaft und wirkte auch nicht sonderlich betroffen, als sie vom Tod ihres Stiefkindes erfuhr. Der Vater selbst ist zusammengebrochen und macht sich schwere Vorwürfe, weil er es war, der seine Tochter nach der letzten Auseinandersetzung mit seiner neuen Frau aus dem Haus warf. Maria kam in einer Unterkunft für schwer erziehbare Jugendliche unter, wo sie ebenfalls aneckte und schließlich abhaute. Sie lebte zum Zeitpunkt ihres Todes bereits seit zwei Monaten auf der Straße, wusste selbst erst seit einigen Tagen von der Schwangerschaft.«

»Woher wissen Sie das so genau?« Uhlemann sah Clemens zweifelnd an.

»Eine junge Frau, die Maria aus einer Obdachlosenunterkunft kannte, hat uns das erzählt. Sie war in diesem Heim für schwer Erziehbare mit einem Jungen zusammen, der sie dann für eine andere Bewohnerin verlassen hat. Das war auch der Grund für ihr Weglaufen. Maria hat in den letzten Wochen immer wieder über Übelkeit geklagt und irgendwann hat sie sich dann einen Test besorgt. Diese Bekannte sagt, dass Maria mit dem Gedanken an eine Abtreibung spielte, sich dann aber herausstellte, dass es dazu schon zu spät war. Deswegen war Maria beim Sozialamt, stellte einen Antrag auf eine kleine Wohnung, doch dort sagte man ihr wohl, dass sie, da noch nicht volljährig, in ihr Elternhaus zurück müsse.«

»Was nicht möglich war, weil sie dazu der bösen Stiefmutter hätte sagen müssen, dass sie schwanger ist«, führte Uhlemann Clemens' Ausführung zu Ende. Eine Weile herrschte Stille im Besprechungszimmer, dann hob sich die Hand eines jungen Mannes aus der Recherche. »Wenn Maria wirklich eine Abtreibung wollte, diese aber nicht möglich war, dann war sie sicherlich ziemlich verzweifelt, gerade auch in Hinsicht auf ihre persönliche Wohnungssituation.«

»Worauf wollen Sie hinaus?«, fragte Clemens ungeduldig.

»Menschen, die verzweifelt sind, neigen dazu, dieses nicht für sich zu behalten. Sie suchen nach einem Ausweg, beziehen andere mit ein, damit sich ihnen neue Möglichkeiten eröffnen. Gerade ein so junges Mädchen in dieser prekären Situation hatte sicher überhaupt keine andere Wahl. Sie musste versuchen, irgendeine Lösung für ihr Dilemma zu finden, dabei ihre Schamgrenze und Hemmschwelle überwinden. Und da kommt unsere Zielperson ins Spiel. Maria muss sich ihr anvertraut und um Hilfe gebeten haben, anders ist es nicht zu erklären, wie der Täter sie in dieser Absteige gefunden hat. Es kann sich bei ihr nun mal nicht um ein Zufallsopfer handeln, da man es Maria ja nicht ansah, dass sie ein Baby erwartete.«

»Diese Bekannte könnte es weitergetratscht haben«, gab Uhlemann zu bedenken. Dann sog er die Luft ein. »Aber ich verstehe, worauf Sie hinauswollen. Unsere Zielperson muss irgendeinen Bezug zu dieser Szene haben, nicht nur eine eventuell ähnliche Vergangenheit oder die Erinnerung an die eigene Mutter.«

Ute räusperte sich. »Wir haben wirklich alles versucht«, sagte sie dann. »Wir haben alle möglichen Zusammenhänge der Opfer überprüft, Unterkünfte, in denen sie früher genächtigt haben, die ehemaligen Dealer ausfindig gemacht und befragt. Die Leute auf der Straße in die Mangel genommen, Überwachungskameras in Wärmestuben und Asylheimen überprüft. Die Mitarbeiter durchleuchtet, selbst die, die nur ab und zu mal aushelfen. Wir haben bei den Tafeln alles umgedreht, bei den zuständigen Ämtern, die Betreuer der Mädchen befragt und die Streetworker in den jeweiligen Bezirken – alles ohne Erfolg. Das Problem ist auch, dass sich die Hilfebedürftigen nirgends ausweisen oder offiziell registrieren müssen, wenn sie zum Essen oder Schlafen in eine der Einrichtungen kommen. Im Prinzip könnte sich dort jeder Zutritt verschaffen, wenn er über ein dementsprechendes Erscheinungsbild verfügt.«

»Und genau da liegt auch unser Problem begraben«, knurrte Clemens. »So oft wir auch die Überwachungskameras der Einrichtungen überprüfen, stellte es sich doch als sehr schwierig heraus, die Leute irgendwie ausfindig zu machen, die dort genächtigt haben. Wir haben ein paar ältere Filme gesehen, auf denen sich zwei der Opfer in den Einrichtungen zum Essen oder Schlafen aufhielten, in einer Filiale der Tafel haben wir Sofia 2010 auf dem Band erkannt, doch brachte uns das auch keinen Schritt weiter, weil wir nicht alle Leute ausfindig machen konnten, zu denen die Frauen Kontakt hatten. Wir könnten zwar die Bevölkerung um Mithilfe bitten, doch würde das vielleicht in einer Hetzjagd ausarten, in die Unschuldige hineingezogen werden könnten.«

Uhlemann seufzte. »Dieser Fall ist derart verfahren«, erklärte er. »Vielleicht sollten wir zu unkonventionellen Mitteln greifen.«

Ute sah ihn misstrauisch an. »Wie meinen Sie das?«

Uhlemann schluckte, dann atmete er tief durch. »Wir wissen, was für einen Typ Frau die oder der Irre bevorzugt. Lassen Sie uns das doch zu unserem Vorteil nutzen.«

Es war schon spätnachts, als Clemens noch immer wach in seinem Bett lag und über die Worte von Dr. Uhlemann nachdachte. Er wusste, was der Spezialist hatte andeuten wollen, hatte aber seine Zweifel, ob ein Plan wie dieser tatsächlich funktionieren konnte. Sollen sie es riskieren und mit einem Lockvogel arbeiten? Als er mit Ute darüber gesprochen hatte, war ihm klar geworden, welche Gefahren ein solches Unterfangen beinhaltete. Sowohl für die Person, die den Täter anlocken sollte, als auch für das gesamte Team der Soko Engelstod.

Wenn es schiefging, würde der Täter fortan nicht nur extrem auf der Hut sein, vielleicht den Ort seiner Taten wechseln, sodass sie Gefahr liefen, ihn oder sie niemals zu schnappen oder am Ende so wütend machen, dass er sich zu einer Kurzschlussreaktion verleiten ließ.

Plötzlich hielt Clemens inne, setzte sich im Bett auf.

Er nahm sein Handy zur Hand, suchte einen Onlinekalender heraus, scrollte einmal durch. Schließlich stand er auf, ging in die Küche, wo sein Notizbuch auf dem Tisch lag. Er blätterte zu dem Fall der Studentin, dann zu dem Fall davor und auch zu denen in 2011 und 2010. Als er die Tatzeitpunkte mit einem Onlinekalender der jeweiligen Jahre verglich, stutzte er.

Warum war ihm das nicht schon viel früher aufgefallen?

Warum war überhaupt keiner aus dem Team auf die Tatsache aufmerksam geworden, dass der Täter oder die Täterin ausschließlich an Wochenenden zuschlug?

Was zur Hölle konnte das bedeuten? Dass er oder sie noch zur Schule ging und nur am Wochenende Ausgang bekam?

Clemens grinste, verwarf diesen dämlichen Gedanken gleich wieder. Jemand, der sich in einer beruflichen Position mit einem hohen Maß an Verantwortung befand, deswegen nur am Wochenende Zeit hatte, seine Abscheulichkeiten zu begehen? Doch welche Berufsgruppe kam da infrage? Oder besser gesagt, wie viele?

Vielleicht hatte der Täter auch eine eigene Familie, musste unter der Woche für die Kinder sorgen, was entweder tatsächlich auf eine Frau, genauer auf eine alleinerziehende Mutter schließen ließ, deren Mann am Wochenende die Kinder hatte. In seinem Kopf drehte sich alles, als ihm bewusst wurde, wie bescheuert seine Gedankengänge doch waren. Der Fall setzte ihm derart zu, dass er nicht mal mehr einen vernünftigen Gedanken fassen konnte.

Er wollte gerade Utes Kontakt suchen, als das Handy in seiner Hand zu summen begann.

Er warf einen Blick aufs Display, sah, dass es Ute war, die um diese Uhrzeit bei ihm anrief. Augenblicklich machte sich ein ungutes Gefühl in seiner Körpermitte breit. Es war wie eine unheilschwangere Verheißung, wie eine Art Vorahnung, die seine Gedärme verkrampfen ließ. Er verzog schmerzerfüllt das Gesicht, sog die Luft zwischen den Zähnen ein, ehe er ranging. »Zwei Dumme, ein Gedanke«, sagte er zur Begrüßung, um seine miese Stimmung zu unterdrücken. »Ich wollte dich nämlich auch gerade anrufen.«

Ute am anderen Ende der Leitung ging nicht auf seine Bemerkung ein, was Clemens bewusst werden ließ, dass ihr Anruf tatsächlich einen wichtigen Grund haben musste und das wiederum alles andere als ein gutes Zeichen war.

Schließlich ertönte ein leises Stöhnen vom anderen Ende der Leitung und augenblicklich wusste er, dass sein Gefühl ihn nicht trog. Ihm war bereits jetzt schon klar, worauf dieses Gespräch hinauslaufen würde. »Schlechte Nachrichten?«, fragte er daher nur.

»Sehr schlechte«, kam es prompt zurück. »Es gibt eine weitere Leiche. Wir treffen uns in zwanzig Minuten am Präsidium und fahren dann gemeinsam zum Tatort, wenn du nichts dagegen hast.«

Kapitel 12

Usedom
Juli 2018

Taria erwachte noch vor dem ersten Sonnenstrahl, trotzdem war es bereits heiß und stickig in dem kleinen Schlafzimmer, das Shirt klebte ihr unangenehm feucht am Rücken.

Da von Paul noch kein Mucks zu hören war, gönnte sie sich zuerst eine kühle Dusche, schlüpfte in frische Klamotten, machte sich dann auf den Weg in die Küche, um Kaffee aufzusetzen. Während sie am Tisch saß und trank, überlegte sie, was sie am heutigen Tag anstellen konnte, um auf andere Gedanken zu kommen. Sie nahm ihr Handy zur Hand, gab in die Suchmaschine *Sehenswürdigkeiten auf Usedom* ein und wartete, bis Ergebnisse ausgespuckt wurden. Sie scrollte sich durch die Vorschläge, entschied sich dann für Heringsdorf, weil es dort sowohl eine wunderschöne Promenade samt Seebrücke als auch ein kleines Wachsfigurenkabinett gab.

Als sie ihren Kaffee ausgetrunken hatte, bereitete sie sich ein kleines Frühstück, bestehend aus Haferbrei mit Blaubeeren, zu und aß in aller Ruhe. Es war kurz nach sieben Uhr, als sie Pauls leises Quengeln aus dem zweiten Schlafzimmer vernahm. Sie stellte ihre leer gegessene Schüssel in die Spüle, bereitete ein Fläschchen für ihn zu, dann machte sie sich auf den Weg zu ihrem Baby. Als sie vor der Tür stand, beschlich sie ein ungutes Gefühl. Sie streckte die Hand nach der Klinke aus, zögerte kurz, dann kämpfte sie gegen ihre Angst an, trat ein. Auf dem Weg zu dem kleinen Reisebettchen hämmerte ihr Herz wie wild gegen ihren Brustkorb, nahm ihr für einige Sekunden den Atem. Als sie zu Paul hinuntersah, zuckte sie zurück. Er lächelte sie an, streckte ihr seine rechte Hand entgegen, in der er Marlenes kleinen Hasen hielt.

Taria spürte, wie die Verzweiflung ihr die Kehle zuschnürte, brennende Tränen in ihr aufstiegen. Sie nahm ihrem Sohn das Spielzeug aus der Hand, vergrub ihr Gesicht darin, saugte den Duft nach Milch und Puder auf, der sich darin festgesetzt hatte. Sie sah das Stofftier an, dann Paul, gab es ihm zurück, als sie sah, dass sich sein Gesichtchen zu einem traurig-wütenden Flunsch verzog.

Sie wusste genau, dass sie das Spielzeug nicht mit hierher genommen hatte. Und noch besser wusste sie, dass sie Paul gestern Abend mit seinem Teddy zu Bett gebracht hatte. Sie hob die leichte Decke an, suchte das gesamte Reisebett ab, doch der kleine braune Stoffbär war nirgends zu sehen.

Kraftlos sank sie vor dem Bett zu Boden, presste die Stirn gegen das Netz des Bettes, versuchte mit aller Kraft, gegen die Hysterie anzukämpfen, die aus ihr hervorzubrechen drohte. Sie verstand einfach nicht, wie es sein konnte, dass ihr Verstand ihr derartige Streiche spielte. Sie Dinge sehen oder vergessen ließ, ihr falsche Realitäten vorgaukelte, in denen sie sich am Ende zu verlieren drohte. Fakt war, dass es definitiv an ihr selbst liegen musste, denn außer ihr war keiner hier.

Max nicht.

Amelie nicht.

Selbst Berlin mit all den damit verbundenen grausamen Erinnerungen war für den Moment in den Hintergrund gerückt.

Das Problem lag also einzig und allein an ihr, genau wie Valentin gestern gesagt hatte. Etwas Düsteres tief in ihrem Innern schien einen einsamen Kampf auszufechten, dem sie machtlos ausgeliefert war. Diese Düsternis vernebelte ihre Sinne, jagte ihr eine Heidenangst ein. Sie rappelte sich auf, nahm Paul aus dem Bett, ging mit ihm in die Küche, um ihn zu füttern. Als sie alle Aufgaben rund um ihr Baby erledigt hatte, überlegte sie, was sie tun konnte. Sollte sie Amelie anrufen? Doch etwas in ihr sehnte sich in genau diesem Augenblick danach, nicht mit ihrer besten Freundin, sondern mit Max zu sprechen. Alles in ihr dürstete danach, seine Stimme zu hören, weil sie es war, die es immer wieder schaffte, ihr die Angst zu nehmen, ihr Zuversicht zu geben.

Jedoch war da noch der andere Teil von ihr, der es gar nicht toll fand, dass sie ihn wieder und wieder für ihre Zwecke missbrauchte, ihm im Gegenzug aber nicht bereit war, alles von sich zu geben. Fast hätte sie den Gedanken an ein Telefonat mit ihm wieder verworfen, bis ihr der Hase einfiel. Und die gestrige Situation, in der Paul plötzlich nicht mehr neben ihr gelegen hatte, obwohl sie absolut sicher war, neben ihm eingeschlafen zu sein.

Sie stand auf, nahm das Handy, wählte seine Nummer. Max ging bereits beim ersten Klingeln dran, schien sich über ihren Anruf zu freuen. »Geht es dir gut?«, wollte er wissen und seine Stimme hatte wie immer eine besänftigende Wirkung auf sie. »Ja«, erklärte sie und verkniff es sich, ihm etwas von den Vorfällen zu erzählen, die sie so sehr beunruhigten. Stattdessen erzählte sie ihm in aufgesetztem Plauderton von ihrem Nachbarn, von dem hübschen Örtchen Ahlbeck, das sie gestern besucht hatte.

Doch Max wäre nicht Max, wenn ihm nicht trotzdem das unterschwellige Zittern in ihrer Stimme aufgefallen wäre. »Sagst du mir jetzt, weshalb du wirklich anrufst?«, fragte er sanft und seine Stimme fühlte sich für Taria an wie eine Umarmung aus der Ferne. Tränen brannten in ihren Augen, als sie ihm erzählte, dass sie glaubte, den Verstand zu verlieren, weil sie sich nicht mehr an Dinge erinnerte, die sie definitiv getan haben musste.

»Soll ich zu dir kommen?«, fragte er sie, als sie ihren Bericht beendet hatte. Er versuchte, sich seine Sorge um sie nicht anmerken zu lassen, doch Taria wusste genau, wie es in ihm aussehen musste.

»Nein«, wehrte sie ab. »Da muss ich jetzt einfach durch. Valentin sagt, dass es mein Unterbewusstsein ist, das mir Streiche spielt, weil ich meine Vergangenheit nicht verarbeitet habe und etwas zu verdrängen versuche. Ich schätze, dass es wichtig ist, dass ich mich mit mir selbst auseinandersetze, mich meinen inneren Dämonen stelle. Vielleicht wird es dann besser. Vielleicht wird dann alles anders ...« Fast hätte Taria sich selbst geglaubt, doch beim Blick auf den Hasen in Pauls Händen krampfte sich ihr Innerstes zusammen. »Ich schaff das schon«, sagte sie abschließend und spürte, dass Max mit sich zu kämpfen schien. »Gut«, knurrte er schließlich widerwillig in den Hörer und seufzte leise. »Wie du willst. Aber sobald du das Gefühl hast, dass du mich brauchst, möchte ich, dass du mich sofort anrufst, hörst du?«

Nachdem Taria aufgelegt hatte, wurde ihr bewusst, dass es ihr anstatt besser jetzt noch mieser ging nach dem Telefonat mit Max.

Lag es daran, weil ihr klar war, dass sie ihn mit runtergezogen hatte? Als sie die Tränen erneut aufsteigen spürte, schob sie diese trüben Gedanken beiseite und machte Paul und sich selbst ausgehfertig. Sie würde ihrem inneren Angsthasen den Kampf ansagen! Und sie würde jetzt damit anfangen, sich abzulenken versuchen, indem sie sich vorspielte, eine unbeschwerte Touristin zu sein, die einfach ein paar schöne Tage mit ihrem Baby auf der Insel verbringen wollte.

In Heringsdorf angekommen, stellte sie mangels Parkgelegenheiten ihren Wagen auf dem Gelände eines Supermarkts ab und machte sich auf den Weg ins Touristenzentrum des idyllischen Seebads. Die Promenade war von Platanen gesäumt und vermittelte ein beinahe karibisches Flair, die kleinen Holzstege, die alle paar hundert Meter durch die Dünen zum Strand führten und von denen aus man den Ozean sehen konnte, luden förmlich dazu ein, barfuß einen Strandspaziergang zu unternehmen. Sie sah sich um, entdeckte ein hübsches Strandbistro, wo sie sich eine Heringsdorfer Spezialität bestellte – eingelegten Matjes in Apfelsahne mit Kartoffeln. Nachdem sie gegessen hatte, bat sie die Kellnerin um einen Gefallen, steckte ihr einen zusammengerollten Zwanzigeuroschein zu. »Wären Sie so nett, eine halbe Stunde auf meinen Kinderwagen aufzupassen? Ich möchte gerne einen Augenblick mit dem Baby zum Wasser hinunter.« Die junge Bedienung schien mit sich zu ringen, dann lehnte sie den Geldschein ab, lächelte. »Gehen Sie nur, ich werde den Wagen auf die Seite stellen und darauf aufpassen. Vielleicht haben Sie ja Lust, nach Ihrem Spaziergang einen unserer berühmten Eisbecher zu bestellen, damit meine Chefin auch zufrieden ist?«

Taria nickte lächelnd und stand auf, hob Paul aus dem Wagen. Dann machte sie sich auf den Weg an den Strand. Nachdem sie den Holzsteg überquert hatte, schob sie Paul auf ihre linke Hüfte, schlüpfte aus ihren Schuhen, hob sie auf. Dann lief sie durch den hellen Sand auf das Ufer zu, genoss die Wärme unter ihren Fußsohlen, quietschte vergnügt, als eiskaltes Ostseewasser ihre Zehen umspülte. Sie warf ihre Schuhe in den Sand, setzte sich daneben, hob Paul mit Blick aufs Meer auf ihren linken Oberschenkel. »Ist dieser Augenblick nicht perfekt«, flüsterte sie ihrem Sohn ins Ohr, lächelte, als er fröhlich zu brabbeln begann.

»Hier könnte ich ewig sitzen bleiben«, stieß sie seufzend hervor, genoss den Wind auf ihrem Gesicht, den salzigen Geschmack des Meeres auf ihrer Zunge. Sie wusste nicht genau, wie lange sie hier gesessen hatte, doch als sie wieder zu sich kam, bemerkte sie, dass der Strand sich geleert hatte. »Mist verdammter«, fluchte sie und machte sich eilig auf den Weg zurück in das Bistro. Die Kellnerin sah sie vorwurfsvoll an, blickte dann demonstrativ auf ihre Armbanduhr. »Sie waren über drei Stunden weg«, sagte sie dann schnippisch und zeigte ihr, wo sie den Wagen hingestellt hatte. »Meine Chefin ist stinksauer auf mich, ich halte es für besser, wenn Sie jetzt gehen.« Wie auf Befehl fing auch Paul an, zu quengeln, denn es war längst Zeit für sein Nachmittagsfläschchen, doch Taria wollte die Geduld der jungen Frau nicht noch mehr strapazieren. »Es tut mir wirklich leid«, murmelte sie verlegen. »Ich hab wohl die Zeit vergessen.«

Sie legte Paul in den Wagen, sah zu, dass sie das Bistro hinter sich ließ, lief einfach weiter und immer weiter, bis sie schließlich vor dem Eingang der Seebrücke stand. So viel sie aus dem Internet wusste, führte die Brücke über fünfhundert Meter auf das Meer hinaus, galt als die größte Seebrücke Deutschlands, doch zuerst musste sie sich durch eine überfüllte Passage kämpfen, wo sie beschloss, sich in eines der Cafés zu setzen, um Paul zu füttern und selbst einen kleinen Snack zu sich zu nehmen. Sie bestellte sich ein Sandwich mit einer Fischbulette und bat den Kellner, ihr etwas abgekochtes Wasser für Paul zu bringen, damit sie sein Fläschchen anrühren konnte.

Während sie ihr Baby fütterte, blickte sie gedankenverloren in sein Gesicht, spürte eine so große Liebe zu dem Kleinen, dass es ihr schier das Herz entzweiriss. Niemals würde sie es verkraften, wenn ihm etwas zustieße. Niemals würde sie darüber hinwegkommen, wenn sie auch ihn verlöre.

Doch wenn sie eine solche Liebe zu Paul verspürte, wie kam es dann, dass sie für seinen Vater, für Max, vollkommen anders empfand? Max war alles, was eine Frau sich von ihrem Mann wünschen konnte. Er war liebevoll und fürsorglich, liebte Paul von ganzem Herzen, vergötterte sie und sah umwerfend aus. Weshalb also brachte sie es nicht fertig, seine Gefühle für sie zu erwidern?

Nachdem Paul mit Trinken fertig war, aß sie ihr Brötchen auf, bezahlte, machte sich auf den Weg zur Brücke. Sie genoss jeden einzelnen Meter auf der stark überlaufenen Touristenattraktion, hielt, als sie am Ende des Stegs angekommen war, ihre Nase in den Wind, spürte die Nässe der Gischt auf ihrem Gesicht, fragte sich, warum sie nicht einfach nur glücklich sein und genießen konnte, was ihr gegeben worden war?

Auf dem Rückweg zum Parkplatz spürte sie, wie die Anspannung langsam zurückkehrte, sich ihr gesamter Körper wieder verspannte, der Zauber dieses Nachmittags langsam verloren ging.

Auf dem Weg zurück nach Korswandt klingelte ihr Handy. Als sie sah, dass es Amelie war, schaltete sie auf die Sprechanlage um, nahm den Anruf ihrer Freundin an.

»Na, wie geht es euch zwei Hübschen?«, drang die fröhliche Stimme der Freundin aus dem Lautsprecher und erfüllte das Wageninnere.

Taria verkniff es sich, von den seltsamen Vorkommnissen zu berichten, erzählte Amelie stattdessen, was sie heute unternommen hatte.

»Ich hab dir doch gesagt, dass die Insel wunderschön ist«, sagte sie leichthin und lachte. »Wie geht es Paul?«

Taria lachte. »Ich glaube, der Tag heute hat ihm genauso gut gefallen wie mir, denn er ist selig eingeschlafen, kaum dass ich ihn in seinen Maxicosi gesetzt habe.«

Sie stockte kurz, dann atmete sie tief durch. »Ich weiß nicht, aber ich glaube, dass ich Paul hier auf der Insel irgendwie nähergekommen bin. Zum ersten Mal spüre ich eine so tiefe Verbundenheit zu dem Kleinen, eine so unerschütterliche Liebe, dass selbst der Gedanke, ihn zu verlieren, richtig wehtut. Nicht, dass ich ihn vorher nicht auch geliebt hätte, aber diese Verbindung zwischen uns, ich glaube, so stark wie jetzt war sie vorher nicht.«

»Das ist doch normal, Süße«, sagte Amelie. »Du bist seine Mutter und er ist dein Baby, ganz gleich, was vorher war. Diese Verbindung zwischen euch, die musste auch erst wachsen, fester werden und jetzt, wo ihr zwei für euch seid, hat sie an Stabilität gewonnen. Vielleicht solltest du in Erwägung ziehen, Max zu bitten, dass er euch besucht.«

Taria zuckte zusammen, dann stieß sie ein leises Stöhnen aus. »Aber genau das ist das Problem«, erklärte sie dann. »Für ihn fühle ich nicht dasselbe. Er bedeutet mir etwas, aber es ist nicht so, dass ich ohne ihn nicht mehr leben könnte, verstehst du?« Taria blinzelte gegen die Tränen an. »Dabei wünsche ich mir so sehr, dass ich für ihn dasselbe empfinden könnte wie er für mich. Ich denke, es wäre sogar heilsam für mich, ihn lieben zu können, doch es geht einfach nicht. Ich mag ihn, aber leider ist das nicht genug.«

»Genug wofür?«, fragte Amelie und klang plötzlich seltsam besorgt.

»Genug für eine feste Bindung. Für eine Ehe, um genau zu sein.«

Amelie stieß ein Seufzen aus und Taria fand, dass es irgendwie … erleichtert klang.

»Aber Süße, du darfst dich nicht selbst so unter Druck setzen. Irgendwann kommt das ganz von selbst. Dann wirst du wissen, dass er der Eine für dich ist, der Richtige, der Mann, an dessen Seite du alt werden willst.«

»Ich wollte an Daniels Seite alt werden«, gab Taria zu bedenken. »Aber der ist tot.«

»Und genau deshalb musst du dir Zeit geben«, beschwor Amelie sie. »Die Beziehung zum eigenen Kind ist etwas ganz anderes als die zu einem Mann. Es ist ganz normal, dass diese Gefühle länger brauchen, dass du Zeit brauchst, bis du für ihn so empfindest wie damals für Daniel. Und selbst wenn das niemals passiert, bedeutet das doch nicht, dass ihr nicht trotzdem eine glückliche Ehe führen könnt.«

»Du denkst, dass es reicht, wenn die Gefühle von einem von uns wahrhaftig sind?«

»Das denke ich nicht nur, das weiß ich«, gab Amelie zurück. »Es steckt ja kein anderer Mann hinter der Mauer, die du um dich herum errichtet hast. Oder besser gesagt kein Mann, mit dem du Max betrügst. Du hast dich noch nicht von deinem toten Mann gelöst, doch wenn das irgendwann passiert, wirst du sehen, dass du Max mit anderen Augen siehst. Dann erkennst auch du, was längst offensichtlich ist.«

Taria stieß die Luft aus. »Und das wäre?«

»Dass ihr beide einfach perfekt füreinander seid. Max ist deine zweite Hälfte. Du kannst es nur noch nicht sehen, weil die Trauer über das, was passiert ist, dich blind gemacht hat.«

Nachdem sie den Anruf mit Amelie beendet hatte, dachte sie über die Worte der Freundin nach. Hatte sie recht mit dem, was sie behauptete? Oder waren diese Worte nur das Resultat ihrer eigenen schlimmen Vergangenheit?

Die Freundin hatte ihr erzählt, dass sie verheiratet gewesen war und absolut glücklich mit diesem Mann. Dann war sie schwanger geworden und beide fieberten der Geburt ihres Kindes entgegen, bis eine furchtbare Diagnose sie beide in den Abgrund riss. Es stellte sich heraus, dass Amelies Mann an Bauchspeicheldrüsenkrebs litt, er zum Zeitpunkt der Diagnose nur noch Wochen hatte. Amelies große Liebe starb noch vor der Geburt des gemeinsamen Kindes, dann kam es zur Fehlgeburt – ausgelöst durch den Schock. Amelie verlor nicht nur ihren Mann und ihren Sohn, sondern – wie es aussah – auch die Fähigkeit, jemals wieder Mutter werden zu können. Trotzdem gab sie der Liebe Jahre später eine zweite Chance, lernte Tom kennen, der ihr schwor, dass es egal sei, dass Amelie ihm niemals würde Kinder schenken können. Am Ende verließ er sie doch für eine jüngere Frau, die bereits im siebten Monat schwanger war, als er Amelie von ihr erzählte. Es brach ihr das Herz, diesen Mann zu verlieren, doch wie sie Taria erzählt hatte, verlor sie auch zu diesem Zeitpunkt nicht den Glauben daran, doch noch die Liebe zu finden. Die wahrhaftige Liebe, der selbst ein Drama wie dieses nichts anhaben konnte.

War es das, was sie umtrieb? Dass sie, Taria, mit Marlenes und Daniels Tod ihren Glauben verloren hatte?

War sie einfach nicht so stark wie Amelie?

Nicht so zuversichtlich?

Oder steckte doch mehr dahinter?

Als sie die Einfahrt zum Haus hinauffuhr, rutschte ihr das Herz in die Hose, als sie sah, dass Max vor der Tür stand, ihr fröhlich entgegenblickte und winkte. Sie stieg aus, ging ihm entgegen, ließ sich von ihm in die Arme nehmen, genoss den Körperkontakt. »Ich hab es einfach nicht mehr ausgehalten«, murmelte er, sein Gesicht in ihrer Halsgrube verborgen, was ihr einen wohligen Schauder über den Rücken jagte. Sie lösten sich voneinander und Taria versuchte, sich nicht anmerken zu lassen, dass es ihr ein wenig gegen den Strich ging, dass er entgegen ihrem Wunsch doch gekommen war. Sie sah zu, wie er Paul aus dem Wagen hob, ihn an sich drückte und liebevoll küsste, für einen Moment die Augen schloss, die Nähe zu seinem Kind voll auszukosten schien.

Taria ging zur Tür und schloss auf, ließ ihn eintreten. Eine Weile sahen sie sich unschlüssig an, dann brach Max das Schweigen. »Ich hab einen Bärenhunger, hast du was zum Essen da?«

Sie nickte, ging ihm voraus in die Küche, öffnete den Kühlschrank, inspizierte dessen Inhalt. »Ich könnte uns ein paar Eier mit Kartoffelpüree und Zwiebelbutter machen, hast du Lust darauf?«

Max' Augen leuchteten hungrig auf, was Taria veranlasste, sich sogleich an die Arbeit zu machen. »Mach es dir mit Paul doch im Wohnzimmer bequem, ich rufe dann, wenn das Essen fertig ist.«

Max zuckte unter ihren Worten leicht zusammen, doch es war Taria trotzdem nicht entgangen. »Es ist nicht so, dass ich dich loswerden will«, sagte sie schnell, »doch beim Kochen brauche ich meine Ruhe. Ganz davon zu schweigen, dass es hier gleich fürchterlich nach Zwiebeln stinken wird.«

Max schienen diese Worte zu beruhigen, denn er stand auf, machte sich auf den Weg nach nebenan, was Taria die Gelegenheit gab, tief durchzuatmen und noch mal über Amelies Worte nachzudenken. Nach dem Essen erklärte er sich bereit, sowohl den Abwasch zu übernehmen als auch Paul bettfertig zu machen, was ihr die Gelegenheit gab, sich mit einem Glas Wein in die Dünen außerhalb des Gartens zu setzen und den Tag ausklingen zu lassen. Sie war so in Gedanken versunken, dass sie Max nicht kommen hörte und zusammenzuckte, als er ihr eine Strickjacke um die Schultern legte und sich neben sie setzte.

»Schläft er?«, fragte Taria überflüssigerweise, denn würde Paul nicht schlafen, säße Max jetzt nicht hier bei ihr. Trotzdem nickte er, rückte näher zu ihr, schlang einen Arm um sie. »Ich kann immer noch nicht fassen, was für ein Glück ich habe«, flüsterte er und sah sie forschend an. »Paul und du, ihr beide seid das Beste, was mir jemals passieren konnte.«

Taria sah ihn erstaunt an, verzog das Gesicht. »Bei Paul verstehe ich das, aber bei mir? Wie kann das sein, dass du so für mich empfindest, nach allem, was ich bin und wie ich mich dir gegenüber verhalte?«

Max lächelte sanft. »Du gehst zu hart mit dir ins Gericht. Du bist eine Wahnsinnsfrau. Und für deine Vergangenheit kannst du nichts. Niemand von uns kann ändern, was passiert ist. Aber wir können zumindest versuchen, das Beste aus dem, was uns bleibt, herauszuholen. Und für mich seid du und Paul es wert, darum zu kämpfen. Wenn es sein muss Tag für Tag, bis an mein Lebensende.«

»Vielleicht wirst du es eines Tages leid sein, eine Frau zu lieben, die dir nicht zurückgeben kann, was du für sie tust.«

Er schüttelte entschlossen den Kopf. »Das wird niemals geschehen«, erklärte er und Taria konnte die Entschlossenheit in seinem Innern beinahe mit Händen greifen.

»Aber ich empfinde nicht dasselbe für dich«, kam es Taria über die Lippen, ehe sie sich bremsen konnte, doch anstatt verletzt zu sein, sah Max sie nur liebevoll an. »Zumindest jetzt noch nicht, doch wer weiß schon so genau, was …« Sie brach ab, als Max ihr einen Finger auf die Lippen drückte, ihr anschließend sanft eine verirrte Strähne aus der Stirn strich. »Das wirst du«, sagte er mit rauer Stimme und beugte sich zu ihr, verschloss ihre Lippen mit einem Kuss. »Eines Tages.«

Sie ließ sich mit ihm in den Sand sinken, genoss seine Zärtlichkeiten, sträubte sich selbst dann nicht, als er eine Hand unter ihr Shirt schob, ihre Brust umfasste, ihr so zu verstehen gab, wonach er sich in diesem Augenblick sehnte. Gemeinsam standen sie auf, gingen ins Haus zurück, fielen noch im Gang übereinander her. Als sie schließlich eng umschlungen auf dem Bett liegend wieder zu sich kam, sah Max sie ernst an, öffnete den Mund, schloss ihn dann wieder. Tarias Magen krampfte sich zusammen, als ihr klar wurde, dass sie diesen Blick kannte. Es war der *»Bitte heirate mich«*-Blick – doch auf eine Diskussion mit Max diesbezüglich hatte sie im Augenblick so gar keine Lust. *Mach diesen Moment bitte nicht kaputt,* dachte sie im Stillen, doch sie sah an seinem Gesichtsausdruck, dass er wild entschlossen war.

»Du musst auch an Paul denken«, sagte er gerade heraus, weil er wusste, dass ihr längst klar war, worauf dieses Gespräch hinauslaufen würde.

»Falls mir etwas passiert, wärt ihr beide abgesichert«, erklärte er. »Und andersherum, wenn dir was passiert, dann bin ich nicht nur Pauls leiblicher Vater, sondern außerdem dein rechtmäßiger

Mann. Es würde keinerlei Zweifel geben, wo Paul hingehört, verstehst du?«

»Du willst aus pragmatischen Gründen heiraten?« Taria verzog das Gesicht.

Max schüttelte den Kopf. »Ich werde aus Liebe heiraten, ich versuche gerade, dir diese Sache schmackhaft zu machen, weil es für unsere Familie das Beste wäre.«

»Und was wäre das Beste für mich?«, rief Taria aus und löste sich aus Max' Umarmung. Sie stand auf, schlüpfte in ihren Morgenmantel, fühlte sich plötzlich in die Enge getrieben.

Dann fielen ihr die Worte der Freundin wieder ein.

Und wenn Amelie tatsächlich recht hatte? Sie Max liebte, es nur nicht wahrhaben wollte? Sollte sie dann das Risiko eingehen, diesen Mann zu verlieren? Denn eines war klar, egal, was er heute sagte, irgendwann würde er des Wartens überdrüssig werden. Sie ging zurück zum Bett, griff nach seiner Hand. »Max … ich«, sie brach ab, senkte den Blick.

Er zog sie zu sich, griff nach ihrem Kinn, zwang sie so, ihn anzusehen. »Wir beide sind einfach perfekt füreinander. Du bist meine fehlende zweite Hälfte, nach der ich so lange gesucht habe.« Er brach ab, suchte nach Worten, sah sie weiter unverwandt an. »Und ich weiß auch, dass du dasselbe empfindest, es nur noch nicht sehen kannst, weil die Trauer über das, was passiert ist, dich blind gemacht hat.«

Taria zuckte zurück, blinzelte verwirrt. Das war beinahe derselbe Wortlaut, den Amelie vorhin verwendet hatte. Sie runzelte die Stirn. Was hatte das zu bedeuten? Aber dann wurde ihr klar, wie blödsinnig ihre Bedenken waren, denn natürlich waren Amelie und Max ebenfalls eng befreundet, sprachen häufig miteinander.

Vielleicht sollte sie das ja als gutes Omen deuten?

Sie sah Max an, wappnete sich innerlich für den wohl schwersten Schritt, den sie innerhalb der letzten Monate gegangen war.

»Ich weiß nicht, ob es am Wein liegt oder an der Insel, vielleicht sogar an beidem, doch irgendwie fühlt sich der Satz – bis dass der Tod uns scheidet, heute nicht ganz so grauenvoll an wie sonst.«

Max riss die Augen auf, sah sie mit offenem Mund an. »Soll das etwa das unromantischste Jawort sein, das die Welt je gehört hat?«

Sie zuckte mit den Schultern, schluckte trocken. »Was du gesagt hast, stimmt ja auch. Es wäre für Paul und unsere Familie tatsächlich besser, wenn wir alles endlich offiziell machen. Und wenn du dir sicher bist, dass du damit leben kannst, dass ich dir im Augenblick noch nicht allzu viel zurückgeben kann, dann bleibt mir nur, deinen Antrag anzunehmen.«

Max starrte sie entgeistert an. »Das ist wirklich dein Ernst?«

Sie nickte grinsend.

Max sprang auf, suchte sein Handy, fing hektisch zu tippen an.

»Was machst du da?«, wollte Taria wissen.

Er hob den Blick, sah sie ernst an. »Ich bin dabei, eine Blitzhochzeit zu organisieren. Denn eins ist klar: Auf keinen Fall lasse ich zu, dass du in ein paar Tagen doch wieder kalte Füße kriegst!«

Kapitel 13

München
2014

»Bist du so weit?«, Ute, seine Kollegin, sah ihn ungeduldig an.

Clemens riss den Blick von der vor ihm liegenden Akte los, runzelte die Stirn. »Was meinst du?«

Ute hob die Augenbrauen empor. »Wir wollten essen gehen, weil Jens aus der Recherche seinen Dreißigsten feiert. Hast du das vergessen?« Sie sah ihn irritiert an. »Letzte Woche sagtest du noch, er soll dir einen Platz reservieren, du würdest gerne kommen …«

Clemens seufzte auf, klatschte sich mit der flachen Hand gegen die Stirn. »Das hab ich total vergessen«, gab er schließlich zu. »Ich hab nicht mal ein Geschenk besorgt, so kann ich wirklich nicht zum Geb…«

»Ist längst erledigt«, unterbrach Ute ihn. »Ich hab jedem Kollegen ein paar Euro abgeknöpft und einen riesigen Präsentkorb machen lassen, den wir ihm nachher gemeinsam überreichen.« Sie sah ihn an, grinste. »Bei der Gelegenheit kannst du gleich mal einen Zehner rausrücken.«

Clemens zog sein Portemonnaie hervor, bezahlte seine Schulden. Dann sah er unschlüssig von der Akte vor sich zu Ute. »Geh du schon mal vor, ich komme eine halbe Stunde später, muss hier noch was fertig machen.«

Ute legte ihren Kopf schief, grinste. »Du denkst wohl, ich lass mich von dir öfter verarschen.« Sie lachte, kam zu seinem Schreibtisch, nahm die Akte, ohne zu sehen, um welche es sich handelte, klappte sie energisch zu. »Jens wird nur einmal dreißig, das wird also bis morgen warten müssen.«

Als Clemens eine knappe viertel Stunde später im *Pecorino* saß, einem noblen Italiener, in dem anstatt Pizza und Pasta hervorragende Steaks und Fisch serviert wurden, wünschte er, letzte Woche nicht gedankenlos seine Anwesenheit zu dieser Farce zugesagt zu haben. Er fühlte sich bei solchen Feierlichkeiten immer fehl am Platz, das lockere Geplapper seiner Kollegen ertrug er nur schwer, doch noch schlimmer war, dass er gezwungen wurde, ein nettes Gesicht zu machen, Fröhlichkeit vorzugaukeln, obwohl es in ihm drinnen ganz anders aussah.

Er warf einen Blick in die edel aufgemachte Karte, entschied sich für ein Steak Mignon mit Pommes und orderte ein Glas Rotwein dazu, obwohl ihm eher nach einem starken Kaffee gewesen wäre. Dann blickte er in die Runde, studierte die Gesichter der Kollegen, beobachtete, wie Ute Jens den Korb überreichte, dieser sich überschwänglich bedankte und ein paar Witze über sein Alter über sich ergehen ließ.

Schließlich starrte Clemens zum Fenster hinaus, betrachtete die Bäume gegenüber dem Restaurant, deren Äste sich im Novemberwind bogen, fragte sich, ob er der Einzige hier am Tisch war, dem der Sinn nicht nach Feiern stand, sondern danach, sich Gedanken zu machen, warum sie es auch in diesem Jahr nicht geschafft hatten, denjenigen ausfindig zu machen, der all diese Frauen auf dem Gewissen hatte. Der letzte Mord lag über ein Jahr zurück und obwohl der Fall noch immer offen war, schien es außer ihn niemanden zu stören, dass der Täter oder die Täterin noch immer auf freiem Fuß war.

Es bestand nach wie vor die Gefahr, dass eine weitere Frau – und deren ungeborenes Kind – ihr Leben verlor, so wie zuletzt die siebzehnjährige Maria und danach die vierundzwanzigjährige Aida.

Sie hatten Aida im Herbst 2013 in der Toilette einer Autobahnraststätte gefunden. Die junge Frau war eine bekannte Erotikdarstellerin gewesen, die ihr Geld mit Onlinesex-Seiten verdiente. Sie hatte sich in den Wochen vor ihrem Tod darauf spezialisiert, Männer mit Vorliebe für Babybäuche im Internet heißzumachen, sodass sie einen Haufen Kohle dafür bezahlten, mit Aida chatten zu dürfen.

Sie war im siebten Monat schwanger gewesen und lebte laut ihrer Freundin und Mitbewohnerin seit zwei Monaten vom Vater des Kindes getrennt, träumte von einer Karriere als Schauspielerin im Erotikbereich. Die Onlinesexgeschichte sollte ein Sprungbrett sein, doch letztendlich hatte es die junge Frau das Leben gekostet. Clemens schätzte, dass die oder der Irre im Internet auf Aida aufmerksam geworden war und ihr schließlich aufgelauert hatte. Aida war, anders als die Opfer zuvor, finanziell extrem gut situiert gewesen, hatte in einem noblen Münchner Viertel gewohnt, sich eine Luxus-Penthouse-Wohnung mit ihrer Freundin Ludmilla – ebenfalls Erotikdarstellerin – geteilt und musste sich um Geld wirklich keine Sorgen mehr machen. Sie hatte noch nie in ihrem Leben mit Drogen zu tun gehabt, rauchte und trank nicht, war bis auf ihren fragwürdigen Job eigentlich eine bodenständige junge Frau gewesen. Deswegen hatte sich das Team nach dem Fund ihrer Leiche auch zunächst in zwei Hälften gespalten. Der eine Teil des Teams glaubte, dass einer ihrer verrückten Fans sie gestalkt und ermordet hatte, während Ute und er von Anfang an sicher waren, dass auch diese Tat dem gesuchten Irren angelastet werden musste.

Es gab Spekulationen darüber, warum der Täter bei ihr anders gehandelt hatte als bei den Opfern davor, doch im Grund war es egal, Clemens wusste auch so, dass auch ihr Tod auf das Konto ihrer gesuchten Person ging.

Aida war anders als die anderen Frauen nicht mit aufgeschnittenem Bauch oder mit einem Drahtbügel im Unterleib gefunden worden, stattdessen hatte man etliche Male auf sie eingestochen, sodass sie auf dem schmutzigen Boden der Raststättentoilette in den Exkrementen fremder Menschen verblutet war.

Clemens konnte nur Mutmaßungen darüber anstellen, weshalb der Täter bei ihr von seiner herkömmlichen Tötungsweise abgekommen war. Vermutlich hatte er oder sie sich unter Zeitdruck befunden, konnte es sich bei Aida nicht erlauben, wie gewohnt bedacht und kontrolliert zu handeln, musste den Überfall auf dieser Toilette so schnell und diskret wie möglich hinter sich bringen.

Fatalerweise gab es für diesen Mord weder Zeugen noch Überwachungsvideos, sodass sie nach wie vor vollkommen im Dunkeln tappten.

»Schmeckt es dir nicht?« Jens sah ihn irritiert an, machte dann eine Kopfbewegung in Richtung Tisch.

Himmel! Clemens hatte gar nicht mitbekommen, dass sein Essen gebracht worden war. Er machte eine wegwerfende Bemerkung zum Thema Alter und dass er ins Bett gehöre, brachte alle damit zum Lachen. Dann verschlang er binnen weniger Minuten sein Essen, achtete dabei weder auf den Geschmack, noch störte es ihn, dass sein Fleisch nur noch lauwarm war. Nachdem er fertig war, ließ er sich vom Kellner einen doppelten Espresso bringen, schüttete ihn auf ex hinunter, ohne darauf zu achten, dass er sich beinahe die Zunge an dem heißen Getränk verbrannte.

»Ob ich dich wohl mal draußen sprechen könnte?«, unterbrach Ute seine beinahe mechanischen Bewegungsabläufe, blitzte ihn wütend an. Sie zog ihre Schachtel Zigaretten hervor, hob sie in die Höhe, machte einen entschuldigenden Gesichtsausdruck in die Runde. Mit einem lapidaren »Die Sucht ruft« stand sie auf, zog Clemens hinter sich her. Als sie vor der Tür standen, steckte Ute sich eine an, hielt auch ihm die Schachtel entgegen, was er jedoch ablehnte, obwohl er gern mal wieder eine geraucht hätte.

»Was zum Geier ist mit dir los?«, fauchte Ute schließlich, nachdem sie den ersten Zug tief inhaliert und wieder ausgestoßen hatte. »Du redest mit keinem, sitzt da wie bestellt und nicht abgeholt, bemerkst nicht einmal, dass das Essen gebracht wurde. Weißt du eigentlich, wie unhöflich das ist? Was soll Jens darüber denken, dass er dich einlädt und du dermaßen … deplatziert herüberkommst?«

Ute sah ihn wütend an, was ihn verwirrte, denn eigentlich war es ihr egal, was die Leute von ihr dachten. Dann dämmerte es ihm. »Du und er – ihr habt was am Laufen?«

Ute lachte bitter, zog ein letztes Mal von ihrem Glimmstängel, warf ihn dann achtlos auf den Fußweg. »Wenn du nicht dermaßen mit dir selbst beschäftigt wärst, wüsstest du das längst!« Sie sah ihn an, forschte in seinem Gesicht nach einer Reaktion.

»Ist er nicht ein wenig zu jung für dich?«, versuchte es Clemens mit einem Scherz, um die Situation zu entschärfen, doch Ute ging gar nicht darauf ein. »Du und ich, wir sind Partner, sagen uns alles, arbeiten eng zusammen.« Sie stockte, schüttelte den Kopf. »Doch in den letzten Wochen hab ich irgendwie das Gefühl, dich gar nicht mehr zu kennen. Es ist, als wärest das gar nicht du, als stünde nur ein Abbild deines früheren Ichs vor mir.«

Clemens spürte, wie die Wut in ihm hochkochte. »Himmel noch mal, dann hab ich eben nicht geschnallt, dass Jens und du ein Paar seid, und hab seinen Geburtstag vergessen, was soll's, es gibt nun wirklich Schlimmeres.«

»Darum geht es gar nicht«, giftete Ute und warf in einer wütenden Geste ihr helles Haar zurück. »Du redest kaum noch mit mir, vergisst Termine, interessierst dich für nichts und niemanden, selbst beim Essen setzt du dich wie ein Eigenbrötler weg von allen anderen, grübelst vor dich hin.«

Clemens stieß die Luft aus, erwiderte Utes Blick. »Entschuldige bitte, dass ich nicht einfach darüber hinwegsehen kann, dass unser Team bislang unfähig war, den Irren zu schnappen, der all diese Frauen auf dem …«

»Ach darum geht's wieder«, unterbrach Ute ihn frustriert. »Du bist eigentlich sauer auf dich selbst, lässt das aber an uns aus, deinen Kollegen.«

Clemens zuckte unter Utes Worten zusammen. Sie hatte den Nagel auf den Kopf getroffen, den Finger genau in die Wunde gelegt.

»Glaubst du, dass es mir am Arsch vorbeigeht, dass es gerade dieser Fall ist, bei dem wir bislang versagt haben?« Utes Augen blitzten, als sie sein Gesicht fixierte. »Egal ob ich schlafe, esse, ficke oder mir einfach nur einen beschissenen Film im Fernsehen ansehe, ich habe auch ständig diese Bilder im Hinterkopf, die mich nicht loslassen.« Ute hatte sich in Rage geredet, gestikulierte wild, zündete sich eine weitere Zigarette an. Nachdem sie ein paar Züge genommen hatte und ruhiger geworden war, verschränkte sie die Arme vor der Brust, sah ihn an. »Aber weißt du, was uns beide voneinander unterscheidet? Ich trage diesen Kampf mit mir selbst aus, ziehe andere nicht mit in die Scheiße. Ich will gar nicht wissen, wenn du hier schon so bist, wie du bist, was deine Frau mit dir alles mitmachen muss.«

»Lass Anne aus dem Spiel!«, knurrte Clemens und wusste augenblicklich, dass er sich mit dieser Reaktion bereits verraten hatte.

»Sie sagt dasselbe wie ich, stimmt's?« Utes Gesichtsausdruck veränderte sich. Sie sah ihn mitleidig an. »Ihr beide seid gut füreinander, fahr das nicht an die Wand, nur weil in einem Bereich deines Lebens nicht alles so läuft, wie du es dir wünschst.«

Clemens zuckte mit den Schultern. »Ich kann eben nicht aus meiner Haut, verdammt noch mal. Dieses Schwein hat etliche Frauen und ihre Babys abgeschlachtet, wie könnte mich das kalt lassen?«

»Mich lässt das auch alles andere als kalt«, erklärte Ute sanft. »Aber es macht all diese Frauen auch nicht wieder lebendig, wenn wir vor die Hunde gehen, verstehst du?«

»Wir hätten mehr tun sollen«, stieß Clemens aus. »Einfach versuchen sollen, unkonventionelle Wege zu gehen.«

»Du weißt, dass die Chefetage diese Sache mit dem Lockvogel untersagt hat. Es wäre zu gefährlich gewesen.«

»Wir hätten es trotzdem machen sollen.«

»Und das Risiko eingehen, eine Kollegin zu verlieren, weil uns die Mittel fehlen?«

»Das hätten wir beide schon hinbekommen.«

Ute schluckte trocken. »Wir haben alles Menschenmögliche getan, haben monatelang sämtliche öffentliche Bedürftigeneinrichtungen überwachen und unzählige Kollegen Streife fahren lassen.«

»Und trotzdem war auch das noch lange nicht genug«, gab er zurück.

»Weil, wer auch immer dahintersteckt, kein Idiot ist«, rief Ute mittlerweile genervt. »Dieser Jemand ist schlau, sehr schlau sogar und zudem extrem vorsichtig. Er oder sie hat diesen mörderischen Trieb absolut unter Kontrolle, was willst du gegen so jemanden ausrichten? Wer auch immer dahintersteckt, macht keine Fehler und handelt absolut überlegt und mit Bedacht.«

»Was mich so fertigmacht, ist, dass wir im Grunde überhaupt nichts über diesen Menschen wissen.«

Ute räusperte sich. »Immerhin wissen wir inzwischen, dass er sich nur ein bis zweimal im Jahr an den Wochenenden bei uns austobt und seiner Mordlust nachkommt. Daraus haben wir geschlussfolgert, dass der Täter oder die Täterin nicht von hier zu stammen scheint. Wir wissen, dass er oder sie wahrscheinlich Verantwortung im Job trägt oder private Verpflichtungen hat und außerdem wissen wir, dass München sein einziges Handlungsumfeld ist. Unsere Ermittlungen diesbezüglich ergaben keinerlei Ähnlichkeiten zu Fällen in anderen Bundesländern bzw. im europäischen Ausland. Wir wissen, dass die Person um die zwanzig bis Mitte dreißig Jahre alt ist und es irgendwie schafft, innerhalb kürzester Zeit Vertrauen zu seinen künftigen Opfern aufzubauen, was wiederum bedeutet, dass er oder sie entweder deutlich jünger aussehen muss oder eine Art Autoritätsperson darstellt.«

»Was Letzteres angeht, haben wir alle Möglichkeiten ausgelotet und nichts Relevantes zutage gefördert«, brummte Clemens. »Selbst der Fall Aida hat uns nicht weitergeholfen. Wir haben ihre Onlinekunden-Datenbank buchstäblich auseinandergenommen, jeden ihrer Kunden ausfindig gemacht und in die Mangel genommen, ohne auch nur einen Schritt weiterzukommen.«

»Uhlemann ist überzeugt davon, dass Aida nur ein Zufallsopfer war. Er hat sie vielleicht zufällig mal im Netz gesehen, sie dann an dem Rastplatz wiedererkannt und kurz entschlossen zugeschlagen.«

Clemens sah Ute zweifelnd an. »Das glaubst du doch selber nicht!«

Ute hob die Schultern. »Warum denn nicht? Sie war bekannt, passte wenigstens ansatzweise in sein oder ihr Beuteschema und dann begegneten sich Opfer und Mörder rein zufällig an dieser Raststätte und peng … das war's.«

Als es zu regnen begann, zog Clemens die Schultern nach oben. »Lass uns wieder reingehen«, sagte er ausweichend und wandte sich zum Gehen, doch Ute hielt ihn am Ärmel seines Pullovers zurück. »Versprichst du, dass du wenigstens versuchst, künftig besser mit dieser Geschichte umzugehen?«, fragte sie.

Er sah sie an, blickte dann zu Boden. »Kann ich nicht versprechen«, gab er schließlich ehrlich zurück.

»Und warum nicht?«

Er schnappte nach Luft. »Weil ich tief in mir spüre, dass das noch lange nicht alles war.« Er schluckte trocken, sah Ute düster an. »Ich hab es im Gefühl, dass wir spätestens Anfang nächsten Jahres wieder zu einem Tatort gerufen werden, bei dem eine Frau und ihr Baby getötet wurden.«

Ute sah ihn mit gerunzelter Stirn an. »Und selbst wenn, geht das nicht auf unsere Kappe, sondern auf die des Täters. Denn am Ende sind auch wir nur Figuren in seinem ziemlich kranken Spiel.«

Als Clemens nicht einmal zwei Wochen später im Schlafzimmer einer jungen Frau stand und auf deren Leiche auf dem Bett hinabsah, erinnerte er sich an den Abend von Jens' Geburtstag und an das Gespräch mit Ute vor dem Restaurant.

Er sah seine Kollegin von der Seite an, schwieg aber.

Schließlich war es Ute, die das Schweigen brach. Allerdings ging sie nicht auf seine nonverbale Stichelei ein, sondern trat näher auf das Bett zu, betrachtete die Wunde am Leib der Frau. »Es war ohne Frage unser gesuchter Täter«, sagte sie. »Wieder ein sehr sauberer Schnitt auf den oberen Haut- und Fettschichten sowie ein Gemetzel im Innern des Körpers.« Sie drehte sich zu ihm um, verzog das Gesicht. »Was wissen wir über das Opfer?«

Clemens biss sich unbehaglich auf der Unterlippe herum. »Nicht viel bis jetzt, nur dass die Kleine eine Ausreißerin ist, die wegen der Schwangerschaft Stress mit ihren Eltern hatte.«

Ein Kollege der Recherche streckte seinen Kopf ins Zimmer. »Die Wohnung gehört einer freien Journalistin, die sie während ihrer Reisen regelmäßig für kleines Geld an Couchsurfer vermietet. Das Opfer heißt Amy Sander, stammt aus Rostock und ist vor ein paar Wochen gerade neunzehn Jahre alt geworden. Der Vater des Babys ist ein 23-jähriger Hilfsarbeiter, ebenfalls aus Rostock, der die Beziehung beendete, nachdem er von der Schwangerschaft erfuhr. Amy wollte das Kind abtreiben, entschied sich dann quasi in letzter Sekunde doch noch dagegen, was den Eltern absolut nicht passte, weil sie sich für ihre einzige Tochter ein anderes Leben erträumt hatten. Das Mädchen sollte nämlich eigentlich die Schule beenden und anschließend studieren und irgendwann die Firma der Eltern übernehmen, hat aber wegen der Schwangerschaft die zwölfte Klasse abgebrochen. Die Eltern wurden wütend, setzten das Mädchen unter Druck. Es kam zum Streit zwischen ihr und den Eltern, deswegen kam sie nach München, weil sie – so der Vater – einfach nur weg wollte.«

Ute sah den jungen Kollegen dankbar an. »Woher weißt du das alles?«, wollte sie dann wissen.

Der junge Mann verzog betreten das Gesicht. »Ich hab das Handy des Opfers überprüft und die ersten paar Nummern abtelefoniert, bis ich bei der Mutter rausgekommen bin. Die Arme ist zusammengebrochen, kurz darauf rief aber der Vater zurück und hat mir sozusagen die Lebensgeschichte der Tochter erzählt. Die Eltern von Amy sind unterwegs, kommen noch heute Abend in München an.«

Ute runzelte die Stirn, sah unschlüssig von Clemens zu dem Kollegen aus der Recherche. »Wenn Amy aus guten familiären Verhältnissen stammte und in einer Wohnung wie dieser unterkam, wie konnte sie dann überhaupt ins Visier des Täters geraten?«

Der junge Mann schüttelte bedauernd den Kopf, warf einen Blick auf die Leiche des jungen Mädchens. »Soweit wir bis jetzt wissen, jobbte Amy in einer Bar als Kellnerin, um sich ihre Schlafplätze und etwas zu essen sichern zu können. Dort lernte sie einen jungen Straßenmusiker kennen, verknallte sich in ihn. Der Typ ist aus Schweden und war nur auf der Durchreise nach Spanien, wollte eigentlich gar nichts von unserem Opfer, doch irgendwie kam es dann doch dazu, dass beide einander näherkamen. Amy hat sich wohl mehr erhofft, dachte sogar, dass er sie mit in den Süden nehmen würde, und ist ihm tagelang nicht von der Pelle gewichen, bis er plötzlich nicht mehr an der Stelle auftauchte, wo er seine Kunst zur Schau stellte. Wahrscheinlich hat er von ihrer Schwangerschaft erfahren und ist abgehauen, doch Amy wollte wohl nicht wahrhaben, dass er weitergezogen ist, kam jeden Tag wieder dorthin zurück, weigerte sich, auf ihre Eltern zu hören und nach Hause zu fahren. Vielleicht hat sie der Täter ja deswegen für eine Obdachlose gehalten.« Er zuckte mit den Schultern, sah erst Clemens und dann Ute noch mal an, verschwand schließlich.

Eine Weile herrschte Schweigen in dem Zimmer und sowohl Ute als auch Clemens selbst starrten mit unheilvollen Mienen auf das tote Mädchen in dem Bett vor ihnen.

Schließlich hielt er es nicht mehr aus, durchbrach die Stille im Raum.

»Ich glaube nicht, dass der Täter sie für eine Obdachlose gehalten hat. Dafür ist ihr Äußeres viel zu gepflegt.«

Er hüstelte leicht. »Was denkst du, im wievielten Monat sie war?«

Ute überlegte kurz. »Vielleicht im fünften?«

Clemens nickte. »Hätte ich jetzt auch gesagt. Auf jeden Fall noch nicht weit genug, als dass man es ihr angesehen hätte.«

Er seufzte tief.

»Also hat der Täter nicht nur von Amys Schwangerschaft gewusst, sondern auch von der etwas verfahrenen, privaten Situation, in der sie sich befand.«

Ute sah ihn an. »Und was schlussfolgerst du daraus?«

Er räusperte sich, streckte den Rücken durch, erwiderte den Blick seiner Kollegin. »Dass unser Täter sie entweder persönlich kannte oder es einen gemeinsamen Bekannten gibt, von dem er alle pikanten Details aus dem Privatleben des Opfers erfuhr.«

Kapitel 14

Berlin / Korswandt
Juli 2018

»Ihr wollt was?« Amelie sah erst Max und dann Taria fassungslos an.

Max grinste übers ganze Gesicht. »Wir werden heiraten«, sagte er dann erneut, sah Taria an, als wolle er sich vergewissern, dass sie es sich von gestern Abend auf heute Vormittag nicht schon anders überlegt hatte. Sie lächelte, griff nach seiner Hand, drückte sie. Dann warf sie einen Blick zu Paul, der in seinem Stuhl saß und mit seinen Händen auf der Ablagefläche herumpatschte. Sie holte tief Luft, sah ihre Freundin an. »Max hat recht, ich hab mich dazu entschieden, Nägel mit Köpfen zu machen, auch wenn ich mich innerlich noch nicht bereit dazu fühle.« Sie sah wieder zu Max, lächelte. »Ich hab einen tollen Partner an der Seite, er soll wissen, dass ich zu schätzen weiß, dass er immer für mich da war, wenn es mir schlecht ging.«

Amelie lächelte. »Ich hab gewusst, dass du irgendwann siehst, was für ein toller Kerl er ist.« Sie lächelte Taria an. »Wie habt ihr euch das denn vorgestellt? Wollt ihr eine Hochzeit mit allem Drum und Dran? Ich könnte euch bei der Planung helfen. Eine Herbsthochzeit wäre sicher richtig toll.« Amelie sah aufgeregt aus, daher verspürte Taria ein schlechtes Gewissen, sie bremsen zu müssen. »Um ehrlich zu sein, wollen wir keine große Sache daraus machen«, erklärte sie. »Wir wollen eine Blitzhochzeit in ein paar Tagen. Es gibt da so einen kleinen Ort in Schwaben, knappe zweihundert Kilometer von hier entfernt, dort kann man an 365 Tagen im Jahr rund um die Uhr und sogar nachts heiraten. Man braucht nur die notwendigen Papiere zusammensuchen, hinfahren und fertig.« Sie brach ab, sah Amelie entschuldigend an. »Ich will es wirklich ganz intim, nur Max und ich. Ohne Trauzeugen und das ganze Gedöhns. Es soll eine sehr private Zeremonie im Standesamt werden, mit einem kleinen Essen im ganz engen Kreis am Abend hier beim Italiener um die Ecke. Um ehrlich zu sein, will ich dabei nicht mal meine Eltern um mich haben, denn das Verhältnis zu meinem Vater ist seit dem Unfall nicht mehr das beste, wie du weißt.«

Amelie sah wie vor den Kopf geschlagen aus, als sie Taria ansah. »Du willst auch mich nicht dabeihaben?«

Taria seufzte. »Bei der Hochzeit selbst nicht, nein.« Sie sah zu Max, dann wieder zu Amelie. »Bitte sei nicht böse deswegen. Es hat nichts mit dir zu tun, es ist nur …« Sie stockte, suchte nach Worten. »Diese Sache mit der Hochzeit ist eine spontane Eingebung gewesen. Ich möchte das einfach nur hinter mich bringen, so blöd und unromantisch sich das auch anhören mag. Ich möchte Max heiraten, allerdings ohne daraus ein Riesending zu machen. Ich wollte dich deswegen auch darum bitten, ob du während der Zeremonie im Standesamt auf Paul aufpassen könntest? Zum Essen am Abend bist du selbstverständlich herzlich eingeladen.«

Amelie sah betreten zu Boden, schien mit sich zu ringen, was sie von all den Neuigkeiten halten sollte. Als sie wieder aufsah, hatte sie sich wohl mit dem Gedanken angefreundet, denn ein Lächeln umspielte ihren Mund.

»Es ist dein großer Tag«, sagte sie. »Du entscheidest also, wie er auszusehen hat. Und da ich deine Freundin bin, werde ich mitziehen und für dich da sein, auf welche Art und Weise auch immer. Vielleicht erlaubst du mir ja, dass ich wenigstens die kleine Feierlichkeit am Abend organisieren darf?« Sie hob beschwichtigend die Hände, als sie Tarias Gesichtsausdruck sah. »Nichts Großes, nur ein paar Blumengestecke und eine kleine, aber feine Hochzeitstorte – das wäre auch gleichzeitig mein Geschenk für euch.«

Taria sah Max schmunzelnd an, hob fragend die Augenbrauen empor. »Irgendwelche Einwände diesbezüglich?«

Max schüttelte grinsend den Kopf.

Taria sah die Freundin lächelnd an. »Dann ist es also beschlossene Sache. Max und ich kümmern uns um die Papiere und sehen zu, dass wir einen Termin innerhalb der nächsten Tage bekommen und du suchst uns eine hübsche Torte aus und kümmerst dich um das Menü.« Sie sah zu Max. »Wäre es okay für dich, wenn wir auch deine Familie, Freunde und Kollegen außen vor lassen?«

Er zog sie an sich, küsste sie. »Von meiner Familie ist eh kaum noch jemand übrig, wie du weißt. Und was meine Freunde und Kollegen angeht, sehe ich das Ganze ähnlich wie du: Alles, was ich mir wünsche, ist, dein Mann zu werden. Der ganze Rest drumherum ist mir vollkommen egal.«

Nicht zwei Tage, aber zumindest vier Tage später hatte Taria es geschafft, alle notwendigen Papiere zu beschaffen. Die Sachlage hatte sich als etwas komplizierter herausgestellt, da es sich bei ihr um die zweite Ehe handelte und sie zudem verwitwet war, sie ihre Unterlagen aus Kartons im Haus der Eltern raussuchen musste, ohne, dass diese etwas davon mitbekamen. Am Ende hatte alles aber doch noch relativ reibungslos geklappt, sodass sie jetzt vor ihrem Schlafzimmerspiegel stand und überlegte, ob sie das neue gelbe Kostüm tragen sollte, das sie eigens zu diesem Anlass gekauft hatte, oder einfach – wonach sie sich tief in ihrem Innern sehnte – ihr rotes Lieblingskleid.

Am Ende entschied sie sich Max zuliebe für das gelbe Kostüm, ging ins Wohnzimmer, um zu sehen, wie ihm ihr Outfit gefiel. Auf dem Weg in die Küche, wo Max gerade dabei war, ein Frühstück für sie beide vorzubereiten, hatte sie plötzlich das Gefühl, dass der Boden unter ihren Füßen zu schwanken begann. Sie schaffte es gerade noch, sich an der Kommode festzuklammern, ließ sich langsam auf die Knie sinken. Um sie herum drehte sich alles, der Schweiß brach ihr aus und ihr wurde speiübel. Sie versuchte, sich auf ihre Atmung zu konzentrieren, doch es war zu spät. Verzweifelt schnappte sie nach Luft, spürte, wie ihr schwarz vor Augen wurde. Alles fühlte sich irgendwie unwirklich an. Der seidige Stoff auf ihrer Haut, ihr luftig lockeres Haar, das sie über Nacht auf Wickler gedreht hatte und das ihr jetzt in sanften Wellen über die Schultern fiel. Selbst Pauls fröhliches Gebrabbel kam ihr heute Morgen irgendwie gekünstelt vor.

Du musst atmen, beschwor sie sich im Stillen, sog konzentriert die Luft in ihre Lungen.

Sie schaffte es gerade noch rechtzeitig, sich an der Kommode hochzuziehen und ins Bad zu rennen, ehe sie vor der Kloschüssel erneut zusammensackte und sich übergab.

Als nur noch bittere Gallenflüssigkeit kam, rappelte sie sich auf, ging zum Waschbecken und putzte sich die Zähne. Anschließend betrachtete sie ihr Spiegelbild im Alibert, fragte sich, wie es sein konnte, dass selbst dieses ihr heute seltsam fremd vorkam.

Wie fremdgesteuert ging sie ins Schlafzimmer, zog sich das Kostüm wieder aus, schlüpfte in einen bequemen Jogginganzug, warf achtlos ein paar Klamotten in eine Reisetasche, betete zu Gott, dass Max noch immer in der Küche war und von all dem hier nichts mitbekam. Als sie fertig war, trat sie in den Gang hinaus und horchte. Der Geruch und das Scheppern einer Pfanne zeugten davon, dass er gerade dabei war, Pfannkuchen zu machen. Erleichtert schulterte sie ihre Tasche, schnappte sich ihr Handy und den Schlüssel von der Kommode im Gang und machte sich, ohne zu überlegen, auf den Weg nach draußen.

Als Taria knappe vier Stunden später das Ortsschild von Korswandt passierte, fuhr sie den Wagen rechts ran, brach in Tränen aus. Die gesamte Fahrt über hatte sie sich dazu gezwungen, an nichts zu denken, einfach nur zu funktionieren, zu fahren, so viele Kilometer wie nur irgend möglich zwischen Max, Amelie, Paul und sich zu bringen. Jetzt, wo sie zurück auf der Insel war, schlugen die Gefühle wie ein Tsunami über ihr zusammen, lähmten sie, schnürten ihr die Luft ab. Es lag klar auf der Hand, wie ihre Flucht auf Max wirken musste. Noch dazu, wo sie so überstürzt weggelaufen war, sogar ihr Baby einfach zurückgelassen hatte.

Rückblickend musste sie zugeben, dass sie die Kontrolle über ihr Handeln und Denken verloren und sich einfach vergessen hatte. Anders war nicht zu erklären, weshalb sie nicht einfach ehrlich gewesen war und Max gesagt hatte, dass sie es doch nicht tun konnte. Noch nicht.

Sie betrachtete ihr Spiegelbild im Rückspiegel, wischte sich die Tränen aus dem Gesicht, fuhr weiter. Als sie die Auffahrt zum Haus hinauffuhr, stutzte sie. Vor dem Haus stand ein Fahrrad, die Haustür war geöffnet. Taria stieg aus dem Auto, lief auf die Tür zu, trat ein. Ein junges Mädchen kam ihr entgegen, einen Eimer mit Wasser in der einen, einen Wischmopp in der anderen Hand. »Kann ich Ihnen helfen?«, fragte sie und sah Taria misstrauisch an. »Ich …«, stammelte sie, sah sich unsicher um. »Das Haus gehört der Familie meiner Freundin Amelie Urban, sie meinte, ich könne es nutzen, um ein wenig Urlaub zu machen. Ich war in der letzten Woche schon für ein paar Tage hier, bin zwischendurch nach Berlin zurück, aber jetzt wollte ich gerne noch etwas bleiben.« Sie brach ab, als sie bemerkte, dass das Mädchen sie irritiert musterte. »Stimmt etwas nicht?« Taria schluckte trocken.

Das Mädchen stellte den Eimer ab, schüttelte den Kopf. »Der Name Urban sagt mir nichts. Das Haus gehört einer Familie

Berger und wird regelmäßig an Urlauber vermietet. Ich weiß das so genau, weil mein Name ebenfalls Berger ist und das Haus meinen Eltern gehört. Ich bin für die Reinigung zuständig und weiß, dass mein Vater das Haus vor etwas mehr als einer Woche kurzfristig an eine Frau aus Berlin vermietet, die sich via Internet dafür interessiert und gleich im Voraus für zwei Wochen bezahlt hat. Vor zwei Tagen rief sie mich an und meinte, dass sich die Reservierung erübrigt habe, weil sie kurzfristig wieder arbeiten müsse. Da sie bereits alles bezahlt hat, war mir eine vorzeitige Stornierung egal, vor allem deswegen, weil die nächsten Urlauber erst in achtzehn Tagen kommen.«

Taria starrte ihr Gegenüber verwirrt an. Dann holte sie tief Luft, sortierte blitzschnell ihre Gedanken. »Also gehört das Haus sozusagen Ihrer Familie?«

Nicken.

»Und Amelie … meine Freundin, hat es lediglich bei Ihnen gemietet?«

»So sieht es aus.« Die junge Frau sah sie ungeduldig an.

»Wenn das Haus für zwei Wochen bezahlt wurde und die nächsten Gäste erst in achtzehn Tagen anreisen, dann könnte ich doch theoretisch noch ein wenig bleiben«, schlussfolgerte Taria.

»Das können Sie gerne tun«, gab das Mädchen zurück, hob die Schultern. »Allerdings bin ich dann für heute erst mal fertig, denn es ist lediglich eine Endreinigung vorgesehen und keine Zwischenreinigung.«

Wieder allein im Haus überlegte Taria, was Amelies Schwindelei bedeuten konnte. Warum gab sie vor, dass das Haus ihr gehörte, wenn sie es doch gemietet hatte? Und warum, um alles in der Welt, mietete Amelie ihr ein Haus auf Usedom? Sie waren zwar befreundet, standen sich aber bei Weitem nicht so nahe, dass ihre Freundschaft ein derartig teures Geschenk rechtfertigte.

Sie suchte ihr Handy in ihrer Handtasche und erschrak, als sie sah, dass über vierzig Anrufe eingegangen waren. Dreiunddreißig davon stammten von Max, vier von ihrer Mutter, der Rest von Amelie. Als Taria bei ihr auf Rückruf tippte, verkrampfte sich ihr Innerstes.

»Bist du von allen guten Geistern verlassen?«, schrie Amelie. Sie musste auf Tarias Anruf gewartet haben, denn sie war bereits nach dem ersten Klingeln rangegangen.

»Ich hatte eine Panikattacke«, erklärte Taria. »Als ich vor dem Spiegel stand und mich fertig machte, wurde mir plötzlich klar, dass ich das nicht tun kann. Ich kann nicht Ja sagen, Max und mich damit selbst belügen, wenn ich doch tief in mir drinnen weiß, wie falsch es ist, ihn zu heiraten.«

»Und das fällt dir am Tag der Hochzeit ein?«, fauchte Amelie.

»Besser davor als danach«, gab Taria bissig zurück.

»Und da haust du einfach ab, lässt uns alle im Ungewissen darüber, was los ist …«

Amelie klang noch immer furchtbar wütend und Taria konnte sich nicht entsinnen, die Freundin jemals so zornig erlebt zu haben. Irgendwas an ihrer Reaktion kam ihr seltsam unangemessen vor.

»Du bist sogar weg, ohne dich von Paul zu verabschieden, ist dir das klar?«

Taria wurde schlecht, als sie sich vorstellte, wie der Kleine sich fühlen musste.

»Aber Max ist ja da, mach dir um den kleinen Fratz also keine Sorgen«, sagte Amelie ein wenig versöhnlicher. »Allerdings …« Sie brach ab, schien plötzlich geknickt. »Ich weiß nicht, ob Max dir das so schnell verzeihen kann. Er ist stinksauer auf dich.«

»Ich hab ihn ja auch quasi vor dem Altar stehen gelassen.«

»Das ist es nicht«, erklärte Amelie mit sanfterer Stimme. »Er ist sauer, weil du nicht ehrlich zu ihm warst und einfach abgehauen bist, anstatt mit ihm zu reden.«

Taria stieß die Luft aus. »Ich bleib noch ein paar Tage hier«, wechselte sie dann das Thema.

»Wo bist du überhaupt?«, wollte Amelie dann wissen. »Max und ich haben alle Leute rebellisch gemacht, deine Eltern, die Polizei, Krankenhäuser. Wir dachten, du seist durchgedreht und hättest vielleicht einen Unfall.«

»Ich bin auf Usedom«, sagte Taria betont gedehnt. »In DEINEM Haus.« Sie machte eine bedeutungsschwangere Pause, seufzte dann. »Warum hast du mich belogen?«

Amelie schwieg, dann sog sie hörbar nervös die Luft ein. »Hättest du denn eine Auszeit in Erwägung gezogen, wenn ich gesagt hätte, dass das Haus teuer bezahlt werden muss?«

Taria verneinte.

»Siehst du. Ich hatte das vorher mit Max besprochen und wir haben zusammengelegt. Wir wollten, dass du dich nicht schuldig fühlst und ganz unvoreingenommen hinfahren kannst, deswegen haben wir das Ganze so dargestellt, als handele es sich lediglich um einen kleinen Gefallen meinerseits, statt eines sündhaft teuren Geschenks.«

»Ihr habt mich also manipuliert«, stellte Taria sachlich fest und spürte plötzlich Wut in sich aufsteigen.

Amelie am anderen Ende der Leitung schwieg. »Wir haben es nur gut gemeint.«

Taria holte tief Luft. »Alle meinen es angeblich immer nur gut mit mir … die Frage ist nur, warum es mir dann trotzdem noch so dermaßen beschissen geht.«

Nachdem sie aufgelegt hatte, haderte sie mit sich, ob sie Max anrufen sollte, entschied sich dann aber für eine WhatsApp-Nachricht. »Es tut mir wahnsinnig leid«, schrieb sie, »lass uns reden, wenn ich zurück bin. Meinst du, dass Paul und du ein paar Tage ohne mich auskommt?«

Die Antwort folgte binnen Sekunden: »Ob du hier bist oder nicht, macht im Moment keinen Unterschied für mich.«

Taria seufzte. Max war zu Recht wütend und verletzt, sie hoffte, dass er mit sich reden ließe, sobald sie sich dazu imstande fühlte. Dann mussten sie gemeinsam einen Weg finden, wie es zwischen ihnen beiden weitergehen konnte, ohne dass Paul darunter leiden würde.

Anschließend schrieb sie auch ihren Eltern eine kurze Nachricht, dass sie okay war, legte dann das Handy beiseite. Eine bleierne Schwere gepaart mit einer entsetzlich lähmenden Traurigkeit ergriff Besitz von ihr, schnürte ihr den Hals zu. Plötzlich sehnte sie sich danach, mit jemandem zu reden. Mit jemandem, der ihr Mut machen konnte, sie verstand und ihr Handeln vielleicht sogar nachvollziehen konnte. Wer lag da näher als Valentin, ihr Nachbar, der zufälligerweise auch ein ehemaliger Psychiater war.

Als sie vor seiner Tür stand und darauf wartete, dass ihr geöffnet wurde, spürte sie, wie heftig ihr Herz von innen gegen ihre Rippen hämmerte. Kurz erwog sie, einfach umzudrehen und zum zweiten Mal an diesem Tag vor etwas davonzulaufen, kämpfte dann gegen diesen Drang an und blieb stehen.

Als Valentin nach einer gefühlten Ewigkeit die Tür öffnete und sie anlächelte, brach etwas in ihr entzwei. »Gott sei Dank sind Sie da«, stammelte sie und warf sich ihm schluchzend entgegen, vollkommen egal, was er davon halten oder wie er deswegen über sie denken mochte. Als sie sich wieder unter Kontrolle hatte, sah sie mit tränenverschleiertem Blick zu ihm auf. »Bitte … Sie müssen mir helfen … Ich habe furchtbare Angst davor, die Kontrolle zu verlieren und etwas schrecklich Dummes zu tun.«

Kapitel 15

München
Juli 2018

Frustriert stieß Clemens die Tür zur Kantine auf, ging zum Tresen, bestellte sich eine Portion Leberkäse mit Kartoffelsalat, obwohl er wusste, dass sein Magen auf das Fett im Fleisch mit heftigen Krämpfen reagieren würde. Nachdem er bezahlt hatte, nahm er sein Tablett, ging zu einem Tisch am Fenster, setzte sich und schaufelte, ohne etwas zu schmecken, sein Essen hinein. Er ignorierte die Blicke seiner Kollegen, insbesondere die von Ute, zog sein Handy hervor und las sich während des Essens einen Artikel über die Symptome von Magenkrebs im Internet durch. Als er registrierte, dass mindestens die Hälfte der beschriebenen Punkte mit seinen Beschwerden übereinstimmten, klickte er die Seite weg und legte seine Gabel beiseite. Ihm war speiübel geworden, deswegen stand er auf und kippte sein nur zur Hälfte aufgegessenes Mittagessen in den Müll, machte sich auf den Weg zurück ins Büro. Wie immer gab es alle Hände voll zu tun. Im Moment hatten sie es mit einer Reihe von Einbrüchen in einer noblen Reihenhaussiedlung zu tun, bei der alles danach aussah, als wüssten die Täter, dass die Bewohner der Häuser sich im Urlaub befanden.

Außerdem war da noch ein Unfall mit Todesfolge und Fahrerflucht, um den sie sich kümmern mussten und einen versuchten Mord bei einer Kneipenschlägerei, bei der der Täter noch immer flüchtig war.

Clemens seufzte. Er wusste, dass sie all diese Fälle in Kürze gelöst haben würden, weil es sich dabei nicht um die Werke von Psychopathen handelte, sondern um die Kurzschlussreaktionen normaler Menschen, die entweder ihre kriminelle Ader entdeckt hatten oder im Falle des Unfalls schlichtweg zu feige waren, die Konsequenzen ihres Handelns zu tragen.

Er wandte seine Aufmerksamkeit der Einbruchserie zu, tippte Utes Durchwahl in das interne Telefon, wartete, bis sie ranging. »Ich brauch dich hier«, knurrte er in den Hörer, legte dann wieder auf. Er wusste selbst, dass er sich wie ein trotziges Kleinkind oder, schlimmer noch, wie ein vollkommener Idiot aufführte, doch er konnte nicht anders. Es war, als sei ihm innerhalb der letzten beiden Jahre alles entglitten, das ihm jemals etwas bedeutet hatte. Sein Ansehen als Polizist, seine Beziehung zu Anne, sein eigentlich guter Draht zu den Kollegen und letztendlich auch noch seine Gesundheit.

Er spürte, wie ihm der Schweiß ausbrach, als er sich daran erinnerte, was er vor wenigen Minuten auf der Seite des Krebsinformationsdienstes gelesen hatte.

Übelkeit und Magenkrämpfe, abwechselnd Durchfall und Verstopfung mit gelegentlichen Blutbeimengungen im Stuhl sowie eine Gewichtsabnahme von mindestens zehn Prozent des Körpergewichts innerhalb kürzester Zeit. Außerdem klagten einige Patienten über eine Abneigung gegenüber Fleisch und litten unter nächtlichen Schweißausbrüchen. All das traf auf ihn zu, was ihn zu der Erkenntnis hatte kommen lassen, dass ein Tumor für seine Zipperlein verantwortlich sein könnte.

»Du siehst kacke aus«, unterbrach Ute seine Gedanken. Sie war zur Tür hereingekommen, ohne dass er es bemerkt hatte.

Konzentrationsstörungen und Aggressivität, setzte er in Gedanken noch auf die Liste seiner Blessuren und sah zu seiner Kollegin auf. Kurz erwog er, ihr den Kopf zu waschen und ihr zu sagen, was er davon hielt, dass sie ihn auf diese Weise herausforderte, doch dann hielt er sich zurück. Es hatte sowieso keinen Sinn, denn Ute begriff einfach nicht, was mit ihm los war, verstand nicht, weshalb es ihm derart beschissen ging, und er vermutete, dass es ihr auch schnurzegal war.

»Wie weit sind deine Leute mit dem Mord an der Rentnerin gekommen?«, fragte er. Clemens hatte ihr die Leitung für diesen Fall übertragen, er selbst kümmerte sich um eine Familientragödie mit Todesfolge.

»Wir wissen inzwischen, dass die anderen Einbrüche nicht von den Hausbesitzern selbst entdeckt wurden, sondern von Außenstehenden. Bei den Larsons war es eine Bekannte, die zur Pflanzenpflege vorbeigekommen war, bei den Alberts die Postbotin und bei den Edelmanns eine Familienangehörige, die nach dem Rechten sehen wollte. Inzwischen haben wir die Geschädigten aus dem Urlaub zurückgerufen und zwei von ihnen befragt, wobei sich herausstellte, dass sie dieselbe Putzfrau beschäftigen – leider Gottes nicht angemeldet, was für beide Parteien einen Rattenschwanz an Konsequenzen nach sich ziehen wird. Im Grunde war Hildegard Bartel die einzige, die bei der Serie an Einbrüchen zu Schaden kam. Sie muss den oder die Täter überrascht und vielleicht sogar erkannt haben.«

Clemens runzelte die Stirn. »Du vermutest, dass die Putze was damit zu tun hat?«

Ute nickte. »Die Diebe wussten, wo die Eigentümer all ihr wertvolles Zeug aufbewahrten. Die Putzfrau ist seit einem knappen Jahr bei den Familien und der alten Dame beschäftigt, nachdem die Vorgängerin wegen ihres Alters aufgehört hatte. Vielleicht wollte Hildegard Bartel ebenfalls verreisen oder aus anderen Gründen nicht im Haus sein, hat es sich dann aber kurzfristig anders überlegt und kam den Tätern in die Quere – das ist eine Spur, der ich nachzugehen gedenke.«

»Hast du die Angehörigen der toten Rentnerin befragt? Oder die Putzfrau selbst?«

Ute schüttelte den Kopf. »Die Familie von Hildegard Bartel lebt überall im Land verstreut, da dauert es ein wenig, bis ich alle erreicht und abtelefoniert habe. Was die Putzfrau angeht – die Gute ist ziemlich krank im Moment und gar nicht abkömmlich. Ihr Lebensgefährte wollte uns nicht mal für eine Sekunde zu ihr lassen.«

»Hat sie ein Attest vom Arzt?«

Ute verneinte.

»Dann organisiert euch einen Durchsuchungsbeschluss der Wohnung dieser Frau – ich wette, dass ihr dort fündig werdet.«

Ute sah ihn beleidigt an. »Für wen hältst du mich denn? Das hab ich längst erledigt.«

Sie seufzte, stemmte die Hände in die Seiten, legte ihren Kopf schief.

In Gedanken stöhnte Clemens auf. Er wusste, was jetzt folgte, denn wenn Ute ihn mit diesem Blick ansah und ihre Körperhaltung auf eine Mischung aus Besorgnis und Zorn hindeutete, dann drohte eines ihrer berühmt-berüchtigten Donnerwetter.

Und dafür hatte Clemens jetzt absolut keinen Nerv.

»Wenn das dann alles wäre …«, murmelte er und sah demonstrativ auf seine Armbanduhr, doch Ute schien dadurch nur noch wütender zu werden. »Du benimmst dich wie das letzte Oberarschloch«, zischte sie und trat näher auf seinen Schreibtisch zu. »Dass du dich zurückgezogen hast und wie ein Einsiedler lebst und dich ebenso benimmst, ist eine Sache. Doch die andere ist, dass du die Menschen in deinem Umfeld beleidigst.«

»Ich hab nichts gesagt«, merkte Clemens an. »Du warst es, die mich als Arschloch betitelt und mir unter die Nase gerieben hat, wie kacke ich doch aussehe.«

»Du beleidigst die Leute ohne Worte. Mit abfälligen Blicken, mit Augenrollen und deinem muffigen Verhalten. Du sagst weder Hallo am Morgen, noch Tschüss am Abend, behandelst deine Mitmenschen, als wären sie in deinen Augen nur unnütze Parasiten. Und das Schlimmste ist …« Sie brach ab, suchte nach Worten. »Wahrscheinlich merkst du es nicht einmal, wie dein

Verhalten auf Außenstehende wirkt. Wie sehr es beispielsweise mich verletzt, wenn ich dir einen Kaffee bringe und du ihn nimmst, ohne Danke zu sagen, und mich dann mit Blicken aufforderst, dein Büro zu verlassen. Du siehst nicht, wie es auf das Team wirkt, wenn du wie ein eitler Gockel durch die Kantine stolzierst und dich dann wortlos weit weg von allen anderen setzt, nicht einmal dankend ablehnst, wenn man dir anbietet, dich doch zu uns zu setzen.« Sie hob die Hände, ließ sie dann frustriert wieder sinken. »Es verletzt mich sehr, wenn du mich behandelst, als sei ich nicht deine Partnerin, sondern eine Auszubildende, die du herumkommandieren kannst. Es verletzt mich, wenn du mich von dir wegstößt, obwohl ich mir Sorgen um dich mache.« Sie stockte kurz, schien mit sich zu ringen, ob sie noch weitergehen durfte. »Anne hat dich nicht einfach so verlassen, Clemens«, sagte sie etwas sanfter. »Sie und ich haben uns vor einigen Wochen zufällig in der Stadt getroffen und einen Kaffee zusammen getrunken. Sie hat mir erzählt, wie du in den Monaten und Wochen, bevor sie ging, zu ihr gewesen bist. Und ich muss sagen, das hat mich erschreckt. Anne ist eine tolle Frau, verständnisvoll, was deinen Job betrifft, liebenswert und wirklich aufopferungsvoll, doch du hast es geschafft, dich auch von ihr zu distanzieren, bis sie es nicht mehr ausgehalten und dich verlassen hat.« Ute holte tief Luft, stützte sich mit den Händen auf seinem Schreibtisch ab, beugte sich zu ihm vor. »Deine Frau leidet, Clemens, denn was passiert ist, wollte sie nicht, genauso wenig wie ich und genauso wenig wie dein Team. Wir alle wollten nicht, dass zwischen uns und dir eine Kluft entsteht, doch du bist für sie verantwortlich. Wir wollten auch nicht, dass du dich von uns entfremdest, wollten nicht, dass du zu jemandem wirst, den man hassen kann. Wir alle mögen dich, Clemens, so wie du früher warst, und ich bin sicher, dass diese Person noch irgendwo da drinnen ist.« Ute hatte bei ihren letzten Worten auf seine Brust getippt und ihn traurig angesehen. Clemens meinte sogar, eine Träne in ihrem Auge glitzern gesehen zu haben, doch er konnte sich auch täuschen. »War es das jetzt endlich?«, stieß er verärgert hervor und stand auf. Er funkelte Ute an, schritt forsch auf sie zu, drängte sie so zum Rückzug. »Ich sag's dir jetzt zum letzten Mal«, brummte er zornig. »Lass verdammt noch mal Anne aus dem Spiel, denn das geht dich nichts an, auch wenn du und sie scheinbar beste Freundinnen geworden seid!«

»Wir sind keine Freundinnen geworden«, herrschte Ute ihn an und stellte sich ihm stur entgegen. »Anne und ich teilen nur ein ähnliches Schicksal. Wir beide sind von unserem Partner schwer enttäuscht, weil der nicht nur ein Esel ist, sondern zudem ein sturer Bock, mit dem man nicht vernünftig reden kann.«

Wieder allein in seinem Büro kam Clemens nicht umhin zuzugeben, dass es ihm jetzt noch mieser ging. Utes Ansprache hatte einen Nerv bei ihm getroffen und das hatte in der Tat vor allem damit zu tun, dass sie in Bezug auf Anne absolut recht hatte.

Er hatte seine Frau tatsächlich in die Flucht geschlagen, weil er sich ihr fast noch schlimmer verhalten hatte als seinen Kollegen gegenüber. Aber vielleicht war es auch so, dass sie es nur als schlimmer empfunden hatte, weil er und sie einander viel näher gewesen waren.

Früher hatte er Anne an seinem Job teilhaben lassen, hatte ihr von seinen Sorgen erzählt, von seinen Erfolgen, aber auch Niederlagen, er hatte ihr das Gefühl gegeben, in allen Bereichen Teil seines Lebens zu sein.

Anne und er waren das perfekte Paar gewesen, denn sie hatte sich darauf verstanden, ihn nach einem langen Arbeitstag auf den Boden zurückzuholen, sodass es ihm möglich gewesen war, auszuspannen, sich gegenseitig zu erholen, runterzukommen. Im Gegenzug hatte er sie quasi auf Händen getragen, war ein aufmerksamer und liebevoller Partner und Liebhaber gewesen, hatte sie immer spüren lassen, dass er sie als etwas Besonderes empfand. Dann war der Irre … oder die Irre aufgetaucht, hatte angefangen, all diese Mädchen und Frauen abzuschlachten, ohne jemals auch nur die kleinste Spur zu hinterlassen. All diese ungeklärten Morde hatten es geschafft, eine Seite von Clemens ans Tageslicht zu befördern, die er bislang selbst nicht an sich gekannt hatte. Clemens war innerlich zu einem Raubtier mutiert, das nur noch ein Ziel kannte: Die Serienmorde aufzuklären und die dafür verantwortliche Person hinter Gitter zu befördern. Er war wie ein Pitbull, der sich in sein Opfer verbissen hatte und unfähig war loszulassen, ganz egal, ob er sich dadurch selbst schadete und nicht nur dem Gebissenen.

Clemens hatte sich nicht nur in den Fall verbissen, sondern sich darin verloren, kämpfte seither damit, nicht vollends unterzugehen und stand inzwischen leider Gottes kurz davor, darin zu ertrinken.

Dabei war er einst ein so guter Polizist gewesen. Warum also war es ihm nie gelungen, diesen Fall zu lösen? Und wieso schaffte er es nicht, das alles ähnlich wie Ute zu sehen?

Seine Kollegin war natürlich auch nicht glücklich darüber, dass sie den Fall bis heute nicht hatten lösen können, doch sie verzweifelte auch nicht daran. Stattdessen hatte sie den Fall nicht nur in der Realität beiseitegelegt, sondern auch emotional, ließ das Versagen nicht an sich heran, konzentrierte sich auf das Hier und Jetzt.

Warum nur gelang ihm das nicht? In seinen Augen war das Versagen an diesem Fall wie eine Schmach, die er kaum ertrug, für die er sich schämte, nicht nur vor den Angehörigen der Opfer und seinem Team, sondern auch vor Anne und vor sich selbst. Es war, als spiegele sich in den Augen seiner Mitmenschen das Abbild seines verkümmerten Selbstwertgefühls. Er sah sich selbst mit ihren Augen als eine gescheiterte Seele, als ein Versager und Nichtsnutz.

Er stützte seinen Kopf auf den Händen auf, schloss die Augen, spürte, wie sein Magen sich wieder und wieder zusammenzog, seine inzwischen alltägliche Begleiterin, die Übelkeit, sich nach oben kämpfte. Er schaffte es gerade noch rechtzeitig, auf das Klo nebenan zu rennen und sich in eine der Schüsseln zu übergeben. Als er sah, dass sein Erbrochenes mit schwarzen Flocken durchsetzt war, stieß er einen Seufzer aus.

Krebs.

Du hast Krebs!, hämmerte es in seinen Gedanken, bis er nicht mehr fähig war, zu atmen, vor lauter Angst, in Bälde sterben zu müssen.

Wie standen noch mal die Heilungschancen bei dieser Art von Krebs?

Clemens erinnerte sich nicht daran, doch was er wusste, war, dass eine der Grundvoraussetzungen bei allen Krebsarten war, dass man ihn rechtzeitig erkannte und bekämpfte.

Er konnte nicht mehr sagen, wie oft sowohl Anne als auch Ute ihn dazu gedrängt hatten, zum Arzt zu gehen, um eine Magenspiegelung machen zu lassen, weil diese Gewissheit bringen würde. Doch auch in dieser Hinsicht hatte er beide mehr als enttäuscht. Er hatte seinen Abwehrmechanismus eingesetzt und war später zur Ignoranz übergegangen, bis beiden der Atem ausgegangen war, sie resigniert und ihn damit in Ruhe gelassen hatten.

Dabei war es keineswegs allein die Angst vor der letztendlichen Diagnose, die er so sehr fürchtete. Vielmehr war es so, dass er Panik hatte, zugeben zu müssen, dass eine weitere Tragödie seine Schuld war. Sein Versagen war schuld, dass der oder die Irre etliche Opfer gefordert hatte. Seine Schuld würde es sein, wenn er an Krebs starb, er Anne, seine Eltern und Geschwister mit seinem Tod mit in den Abgrund riss.

Anne … allein der Gedanke an sie, an ihr wunderschönes Gesicht, an ihre sanften dunkelbraunen Augen zerriss ihm das

Herz, verschlug ihm den Atem, ließ ihm den Schweiß ausbrechen. Er konnte nicht in Worte fassen, wie sehr sie ihm fehlte, und doch vermochte er es nicht, sie anzurufen, geschweige denn auf einen ihrer etlichen Anrufe zu reagieren. Er ging nicht ans Telefon, antwortete nicht auf ihre WhatsApp-Nachrichten, öffnete ihr nicht die Tür, wenn sie davor stand, um mit ihm zu reden.

Dabei wünschte er sich eigentlich genau das: dass sie wieder Teil seines Lebens war, er am Abend neben ihr einschlafen durfte und am Morgen neben ihr erwachte.

Auch das war übrigens laut Internet ein Symptom für eine Krebserkrankung. Die bösartigen Zellen waren irgendwie dazu imstande, einen Menschen emotional so sehr zu verändern, dass er sich am Ende selbst nicht erkannte.

Clemens schüttelte den Kopf. Wenn er wirklich dabei war, in Kürze abzutreten, dann musste er auf jeden Fall verhindern, Anne da mit hineinzuziehen. Er konnte … nein er wollte sie nach allem, was er ihr in der Vergangenheit bereits angetan hatte, nicht noch damit belasten, sie nicht mit in den Abgrund reißen. Stattdessen wünschte er sich für sie, dass sie über ihn hinwegkam, einen Mann fand, der diese wunderbare Frau tatsächlich verdient hatte und sie so sehr liebte, wie er es von ganzem Herzen aus der Ferne tat.

Kurz fragte er sich, ob alles anders gekommen wäre, wenn er diesen gottverdammten Fall um die Morde an den Mädchen hätte aufklären können, doch dann verwarf er den Gedanken wieder. Hätte, hätte, Fahrradkette. Sein Team und er waren erfolglos gewesen und selbst Dr. Uhlemann von der OFA hatte sich bis heute nicht festlegen wollen, ob die Person, nach der sie suchten, weiblichen oder männlichen Geschlechts war.

Sie hatten alles versucht, den Fall zu lösen, wirklich alles, und doch waren sie am Ende ratlos zurückgeblieben mit nichts weiter als der Einsicht, dass alles umsonst gewesen war.

Die große Frage, die Clemens wahrscheinlich sein Leben lang nicht mehr loslassen würde, war, weshalb die Morde vor etwas über vier Jahren einfach aufgehört zu haben schienen?

Sie hatten, nachdem in und um München über zwei Jahre lang kein weiterer dieser Morde stattgefunden hatte, weltweite Ermittlungen angestellt, um herauszufinden, ob die Person ihre Gräueltaten seither anderswo verübte, jedoch keinen Anhaltspunkt dafür gefunden. Anschließend hatte Clemens eine Soko-Sitzung einberufen, bei der sie genau diesen Aspekt analysiert hatten, doch auch da waren die Meinungen der einzelnen Teammitglieder genauso vielfältig ausgefallen, wie die Realität Möglichkeiten bot. Der Täter könnte glauben, die Polizei sei ihm dicht auf den Fersen und deswegen aus Vorsicht pausieren. Oder er hatte die Lust verloren, eventuell endlich sein Trauma verarbeitet oder es könnte eine positive Wendung in seinem Leben gegeben haben, die dazu geführt hatte, dass er nicht mehr morden wollte. Ute hatte angebracht, dass die Person Vater oder Mutter geworden sein könnte oder schlichtweg eine Partnerschaft eingegangen war, durch die sein oder ihr Drang zu töten in den Hintergrund gerückt war.

Doch all diese Punkte hatten Clemens nicht nur nicht überzeugt, sondern immer weiter in die Nähe des eigenen Abgrunds gedrängt.

Er konnte das alles nicht einfach so hinnehmen und als gegeben akzeptieren.

Ein Mörder hörte nicht einfach auf zu töten, nur weil er plötzlich den Mann oder die Frau fürs Leben gefunden hatte. Er hörte auch nicht damit auf, nur weil er plötzlich Verantwortung für ein eigenes Kind übernehmen musste. Und schon gar nicht ließ er sich davon abhalten, seinem Drang nachzugeben, nur weil er die Ursache dafür erkannt und vielleicht sogar verarbeitet hatte. Für Menschen wie den gesuchten Irren war das Töten nicht einfach nur eine Handlung, die er eben getan hatte. Nein, für solche Irre war das Töten wie eine Sucht, wie ein Zwang, ein Teil ihrer bösartigen Persönlichkeit. Und genau eine solche Persönlichkeit ließ sich nicht einfach ausmerzen oder gegen eine neue austauschen. Deswegen war Clemens – entgegen der Meinung vieler Psychiater – auch absolut überzeugt davon, dass Pädophile und Serienmörder nicht therapierbar waren.

Wenn ein Mensch einen anderen im Affekt tötete, war das nämlich etwas ganz anderes, als wenn ein Mensch beziehungsweise ein Psychopath für den Tod vieler anderer Menschen verantwortlich war, er immer wieder nach Opfern eines bestimmten Schemas suchte, sich von seinem inneren Zwang leiten ließ, gar nicht anders konnte, als zu töten.

Und Clemens war davon überzeugt, dass sie es in diesem speziellen Fall mit einem Psychopathen zu tun hatten.

Er zuckte zusammen, als das Handy in seiner Gesäßtasche zu vibrieren begann. Er zog es hervor, warf einen Blick aufs Display, verzog dann verwundert das Gesicht. Valentin Holthausen war ein ehemaliger Kollege von ihm, der als Polizeipsychologe gearbeitet hatte, bis ihm eine Tragödie im Privatleben den Boden unter den Füßen weggerissen hatte. Bis heute unterhielten Valentin und Clemens eine lose Freundschaft, die leider nicht über ein paar unregelmäßige Anrufe pro Jahr hinausging. Dabei hatten sie sich früher einmal wirklich nahegestanden. Im ersten Moment dachte Clemens daran, den Freund einfach wegzudrücken, doch irgendetwas sagte ihm, dass es besser wäre, das Gespräch anzunehmen.

Clemens ging dran, machte einen seiner lapidaren Scherze über das Leben auf der Insel, um sein eigenes Dilemma zu überspielen, doch als er bemerkte, dass Valentin etwas zu bedrücken schien, hielt er inne.

Er hörte schweigend zu, als der Freund ihm die Geschichte einer jungen Frau erzählte, die er auf Usedom kennengelernt hatte. Der Name der Frau lautete Taria Wilhelm und Valentin schien sich, obwohl er sie erst seit wenigen Tagen kannte, große Sorgen um sie zu machen. Zuerst habe er sie für eine Spinnerin gehalten oder vielmehr für eine Frau mit psychischer Störung, doch irgendwas sei ihm an ihren Erzählungen merkwürdig vorgekommen. Und dann sei da noch deren Freundin Amelie Urban sowie Tarias Lebensgefährte Max Vogel, die er zwar nur von ihren Erzählungen her kannte, die ihm dennoch irgendwie merkwürdig und unaufrichtig vorkamen. Hinzu kam, dass sich diese Taria für den Unfalltod ihres Ehemanns und ihrer kleinen Tochter verantwortlich hielt, obwohl sie jede Erinnerung an den Hergang der Katastrophe verdrängt zu haben schien. Als Valentin schilderte, wie er Taria dazu überredet hatte, einer Hypnosesitzung zuzustimmen, und was dabei zutage gekommen sei, horchte Clemens auf.

»Sie hat in Hypnose gesehen, dass ihr Mann ihr ins Lenkrad gegriffen und somit den Unfall selbst verursacht hat?«

Valentin am anderen Ende der Leitung bejahte diese Frage.

»Und das, nachdem ihr gesamtes Umfeld und auch sie selbst davon überzeugt war, dass sie es gewesen ist, die den Unfall absichtlich herbeigeführt hat?«

»Ganz genau.«

»Kann es nicht sein, dass ihr Unterbewusstsein ihr dieses Bild als Wunschrealität vorspielt?«

Valentin stieß einen erbosten Grunzton aus. »Ich hatte ganz vergessen, dass du auch während unserer aktiven Zusammenarbeit einer der ewigen Zweifler warst, wenn es um alternative Behandlungsmethoden ging.« Er seufzte. »Ich bin gut in meiner Arbeit, auch wenn ich sie lange nicht mehr ausgeübt habe«, erklärte er. »In Hypnose sieht man die Vergangenheit wie einen Film ablaufen, erlebt alles noch einmal, ohne sich dessen bewusst zu sein, dass das, was man sieht, nicht gefährlich ist, weil es sich nur um eine verdrängte Erinnerung handelt. Taria Wilhelm war in einem solchen Zustand, als sie mir schilderte, was sie sieht und was damals wirklich passiert ist. Und sie hat in dieser Erinnerung gesehen, dass es ihr Mann war, der ihr ins Lenkrad gegriffen und somit den Unfall verursacht hat.«

Clemens seufzte. Er erinnerte sich im Gegensatz zu dieser Taria noch sehr gut an die Vergangenheit. Vor allem an den Teil, der die Zusammenarbeit mit Valentin beinhaltete. Deswegen war ihm sehr wohl bewusst, dass er machtlos war, wenn es darum ging, Valentin hinsichtlich seiner Behandlungsmethoden zu widersprechen.

»Okay«, seufzte er, »was kann ich für dich tun?«

»Ich bitte dich um zwei Dinge«, antwortete der Freund am anderen Ende der Leitung. »Ich möchte, dass du versuchst, Informationen zum Unfall der Wilhelms im Spätherbst 2014 herauszubekommen. Und ich möchte alles über eine Amelie Urban erfahren. Alles, was ich von über sie von Taria weiß, ist, dass sie irgendwo aus Bayern stammt und sehr zurückgezogen lebt, weil sie in ihrer eigenen Vergangenheit sehr verletzt worden ist. Außerdem kann sie selbst keine Kinder bekommen, weshalb sie wohl gerne auf das von Taria aufpasst.«

»Ich denke, diese Taria hat Mann und Kind bei einem Unfall verloren?«

»Inzwischen hat sie einen Sohn von ihrem neuen Lebensgefährten. Das ist dieser Max, von dem ich dir vorhin erzählt habe. Findest du es nicht auch merkwürdig, dass er Taria seit Monaten dazu drängt, ihn zu heiraten, obwohl sie ihm gegenüber aufrichtig ist und beteuert, dass sie ihn nicht liebt, weil sie noch immer in der Vergangenheit festhängt?«

»Was genau willst du mir damit sagen?«, fragte Clemens verwirrt.

»Ich will sagen, dass mir sowohl dieser Max Vogel als auch ihre sogenannte Freundin Amelie Urban mehr als nur komisch vorkommen. Es ist nur so ein Gefühl, aber irgendwie glaube ich, dass beide was mit dem Unfall der Wilhelms zu tun haben – was auch immer da sein mag. Und da ich nur ein ehemaliger und mittlerweile nicht mehr amtierender Polizeipsychiater bin, bitte ich meinen ehemals besten Kumpel, seine Spürnase ausnahmsweise mal in Dinge zu stecken, die ihn eigentlich gar nichts angehen.« Valentin am anderen Ende der Leitung räusperte sich. »Ich hab da nämlich so ein Gefühl, dass diese Geschichte richtig böse enden könnte, wenn wir diese Taria sich selbst überlassen.«

Kapitel 16

Korswandt / Berlin
Juli 2018

Lächelnd blickte Taria sich über die Schulter um, versuchte, einen Blick auf ihre Tochter zu erhaschen, die hinter dem Sitz ihres Mannes im Maxicosi saß und selig schlummerte.

Sie erwartete bereits die beruhigenden Worte von Daniel, ihrem Mann, der ihren Tick kannte und immer versuchte, sie auf den Boden zurückzuholen, wenn sie sich um das Wohl ihrer Tochter Sorgen machte. Doch heute … kam nichts von ihm. Verwundert blickte sie zur Seite, suchte in seinem Profil nach einer Regung, doch ihr Mann wirkte seltsam verkrampft, hatte seine Hände im Schoß zu Fäusten geballt. Taria begriff, dass etwas ganz und gar nicht in Ordnung war. Sie wollte ihn fragen, was ihn umtrieb, warum er so ernst … beinahe panisch neben ihr saß, was geschehen war, doch sie brachte keinen Ton heraus. Der Schweiß brach ihr aus, lief ihr in Sturzbächen den Rücken hinab, obwohl es draußen eiskalt war, Minusgrade herrschten und selbst das Innere des Wagens nicht richtig warm wurde.

In ihrem Kopf drehte sich alles und plötzlich hatte sie das Gefühl … nein, plötzlich wusste sie, dass gleich etwas Furchtbares geschehen würde. Etwas, das mit Daniels seltsamem Verhalten zu tun hatte. Sie versuchte, sich auf die Straße vor ihr zu konzentrieren, doch etwas an der Haltung ihres Mannes jagte ihr eine Heidenangst ein. Dann begann Marlene, auf dem Rücksitz leise zu wimmern. Spürte die Kleine, dass sich die fröhliche Atmosphäre im Wageninnern gewandelt hatte?

Dass etwas vorging, das keiner von ihnen in Worte fassen konnte?

Taria spürte Daniels Blick auf sich, sah ihn kurz an. »Was ist los?«, brachte sie schließlich mühsam hervor, doch anstelle einer Antwort sah Daniel sie einfach nur an. In seinem Blick lag eine Boshaftigkeit, die sie an ihm nicht kannte. Eine Boshaftigkeit, die sein schönes Gesicht zur Fratze werden, ihr Innerstes vor Angst zu Eis gefrieren ließ, sie lähmte.

»Du hättest nicht herumschnüffeln sollen.« Selbst seine Worte klangen fremd und auf eine Weise emotionslos, die sie erschreckte. Seine Stimme war nicht die ihres über alles geliebten Mannes, sondern die eines Menschen, der keine Seele mehr hatte, verletzen wollte, sogar töten konnte. Taria verkrampfte sich, versuchte, auf dem Fahrersitz ein wenig von ihm abzurücken, weil sie das Gefühl hatte, als ginge von seinem Körper eine Kälte aus, die sie zu verschlingen drohte.

Wieder sah sie zu ihm hinüber, bemerkte das amüsierte Glitzern in seinen Augen. Eigentlich hatten sie die Farbe von flüssigem Bernstein, doch genau in diesem Augenblick sahen sie schwarz aus, leblos, wie finstere Löcher.

Sie schluckte, umklammerte das Lenkrad so fest, dass ihre Knöchel an den Händen weiß hervorstachen. »Du warst keine nette Ehefrau«, säuselte er und schüttelte mitleidig mit dem Kopf, strich ihr mit einer gespielt liebevollen Geste über die Wange.

Als seine Haut die ihre berührte, zuckte sie zusammen. Das hier fühlte sich gar nicht gut *an, dachte sie entsetzt.* Es ist falsch! So falsch!

»Du hättest es einfach gut sein lassen und dein Leben leben sollen«, sagte er und sah sie bedauernd an. »Dann wäre all das nicht passiert.«

»Was meinst du?«, würgte sie krächzend hervor. »Was wäre dann nicht passiert?«

Ein Lachen brach aus seiner Kehle hervor, dann spürte sie einen heftigen Schlag an ihrer rechten Schläfe, spürte, wie ihr zuerst übel und dann schwindelig wurde. Der Wagen begann zu schlingern, sie stand kurz davor, die Kontrolle zu verlieren. Dann spürte sie wieder einen Schmerz an ihrem Kopf. Noch heftiger als der zuvor. Daniel hatte sich zu ihr hinübergebeugt, das Lenkrad übernommen, lächelte, als sie vor Schmerzen zu wimmern begann. »Das ist alles deine Schuld«, flüsterte er ihr zu und klang, als wolle er nur einen seiner Späße machen. Ein Kreischen ertönte. Dann ein so lauter Knall, dass ihre Ohren taub wurden. Sie spürte, wie der Wagen durch die Luft geschleudert wurde, sich mehrmals um die eigene Achse drehte und schließlich liegen blieb. Sie sah Daniel an, der neben ihr in seinem Sitz hockte und dessen Kopf nur mehr eine blutige Masse war. Alles in ihr schrie danach, sich zu ihrem Baby umzusehen, doch sie konnte nicht.

Sie schaffte es einfach nicht.

Dann wurde es dunkel um sie.

Als Taria zu sich kam, war es noch dunkel draußen. Sie sah auf das Display ihres Handys, registrierte, dass es gerade erst kurz nach fünf war. Sie sah an sich hinab, fröstelte, denn das Shirt klebte ihr schweißnass am Körper fest. Sie stand auf, wankte ins Bad, stellte sich unter die eiskalte Dusche. Sie musste etwas Furchtbares geträumt haben, denn anders war nicht zu erklären, weshalb ihr Herzschlag so heftig und unregelmäßig ging, sie gleichzeitig das Gefühl hatte, keine Luft mehr zu bekommen. Als sie fertig war mit Duschen, schlüpfte sie in ihre Klamotten, ging nach nebenan, um nach Paul zu sehen. Als sie vor dem leeren Bett stand, schnappte sie entsetzt nach Luft, doch dann fiel ihr ein, dass sie ja allein auf die Insel gekommen war, Paul sich in Max' Obhut befand.

Ein Ruck ging durch ihren Körper, dann prasselte die Erinnerung auf sie ein. Sie konnte den furchtbaren Albtraum vor ihrem inneren Auge sehen, begriff, dass es dasselbe war, das sie bereits gestern gesehen hatte, als Valentin mit ihr … Sie sank auf die Knie. Was hatte das zu bedeuten? In ihrem Kopf wirbelten die Gedanken wild umher, es fühlte sich an wie ein kochender Brei aus abstrusem Traum und Erinnerungsfetzen.

Sie hatte kalte Füße bekommen, war einfach kurz vor der Hochzeit weggelaufen und hierher gekommen. Auf die Insel. Hatte erfahren, dass Max und Amelie sie belogen und manipuliert hatten.

Alles hatte sich angefühlt, als stünde sie knapp davor, den Verstand zu verlieren, als könne sie niemandem mehr trauen und am allerwenigsten sich selbst. Deswegen war sie zu ihrem Nachbarn gelaufen, um ihn um Hilfe zu bitten. Sie hatte Valentin ihre Geschichte erneut erzählt, doch er hatte sie nicht unterbrochen, sich nicht anmerken lassen, dass es bereits das zweite Mal war, dass sie ihm ihr Herz ausschüttete. Erst als sie fertig war, erinnerte sie sich, dass Valentin bereits einen Teil ihrer Vergangenheit gekannt hatte, er wusste, was er sich ins Haus geholt hatte, als er ihr die Tür öffnete. Doch anstatt vor ihr zurückzuweichen, weil sie im Begriff war, verrückt zu werden, hatte er ihr den Vorschlag unterbreitet, einer Hypnose zuzustimmen.

Als ehemaliger Psychiater hatte er ihr bereits beim ersten Mal gesagt, dass er ihre Beschwerden und ihr Gefühlschaos für die Symptome einer posttraumatischen Belastungsstörung hielt und sicher war, dass sie einen Teil ihrer Erinnerungen verdrängte, diese sich nun einen Weg an die Oberfläche bahnten. Taria hatte zugestimmt, sich hypnotisieren lassen, doch die Sitzung war aus dem Ruder gelaufen und sie erneut geflohen, zum zweiten Mal am gestrigen Tag. Was sie in Hypnose gesehen hatte, war so unvorstellbar gewesen, dass selbst der Gedanke daran sie mit Grauen erfüllte. Sie wusste weder, ob es sich dabei um eine Art Albtraum handelte, noch, ob es wahr sein könnte und es sich dabei um eine Erinnerung handelte, wie Valentin behauptet hatte. Dass sie jetzt auch noch davon geträumt hatte, machte das Ganze noch greifbarer, noch niederschmetternder, sodass sie sich ernsthaft fragen musste, ob es gewesen sein könnte. Hatte Daniel ihr ins Lenkrad gegriffen?

Ihr Innerstes zog sich zusammen.

Doch warum sollte er das getan haben?

Warum sollte ihr Mann den Unfall verursacht haben? Und weshalb hatte er sowohl in Hypnose als auch in ihrem Traum so bedrohlich auf sie gewirkt?

Als Taria spürte, dass ihre Gedanken sie einzulullen begannen, ihr die Fähigkeit nahmen, zu funktionieren und zu atmen, schleppte sie sich in den Gang, griff nach dem Wagenschlüssel und rannte nach draußen.

Als sie wieder zu sich kam, ihr Innerstes wieder im Griff hatte, setzte sie den Warnblinker, fuhr rechts ran, atmete tief durch. Sie sah sich um, erkannte, dass sie auf der Autobahn in Richtung Berlin war, keine 100 Kilometer mehr bis zum Ziel. Ihr fiel ein, dass sie auf der Landstraße, die von der Insel aufs Festland führte, plötzlich das Bedürfnis verspürt hatte, Paul um sich zu haben. Deswegen hatte sie kurzerhand entschieden, dass sie nach Hause fahren würde, um ihn zu sich zu holen. Sie griff nach dem Handy, schrieb Max eine Nachricht.

Dann fuhr sie weiter, schaltete das Radio aus, damit sie den Plington nicht verpasste, der seine Antwort ankündigte. Doch je weiter sie fuhr, desto unruhiger wurde sie. Es war nicht allein der Umstand, dass Max ihr nicht zurückschrieb, denn ihr war klar, dass er noch immer wütend auf sie sein musste. Es war vielmehr eine Art düstere Vorahnung, die sie nicht mehr losließ, seit sie von Usedom weggefahren war.

Sie nahm die Ausfahrt zum nächsten Rastplatz, hielt den Wagen an und stieg aus. Dann sah sie auf ihr Handy, ärgerte sich darüber, dass Max sie zu ignorieren schien, obwohl er die

Nachricht gelesen hatte. Sie wählte seine Nummer und wartete. Sekundenlang, minutenlang. Er hob nicht ab.

Schließlich probierte sie es bei Amelie. Doch auch die ging nicht dran, was vollkommen untypisch für sie war. Taria schrieb auch ihr eine Nachricht, stieg dann wieder in ihren Wagen und fuhr weiter. Sie kümmerte sich nicht um Geschwindigkeitsbegrenzungen, jagte über die Autobahn und danach durch die Berliner City, bis sie knappe sechzig Minuten später endlich vor dem Haus hielt, in der sich ihre Wohnung befand. Sie stellte den Wagen ab, rannte über die Straße auf die Haustür zu, schloss auf und nahm die Treppe nach oben. Ihre Hände zitterten, als sie die Wohnung aufsperrte und in den Gang trat, alle Zimmer nach Max und Paul durchsuchte. Sie waren nicht da. Sie inspizierte jedes Zimmer, stellte fest, dass der Maxicosi ihres Sohnes fehlte und auch der Kinderwagen. War Max mit Paul weggefahren? Doch warum antwortete er ihr dann nicht? Sie lief nach nebenan, hämmerte panisch gegen die Tür der Freundin, doch auch dort schien niemand zu Hause zu sein. Sie blickte auf ihr Handy, sah, dass auch Amelie ihre Nachricht gelesen hatte und nicht antwortete. Schließlich gab sie auf, rannte nach unten, als ihr im Treppenhaus die alte Dame aus dem Erdgeschoss entgegenkam. »Haben Sie zufällig meinen Lebensgefährten gesehen? Oder Frau Urban? Ich muss unbedingt wissen, wo sie sind!«

Die alte Frau schüttelte den Kopf und wich vor ihr zurück, doch Taria war es egal, was die Nachbarin von ihr halten mochte. Sie ließ die alte Frau stehen und rannte weiter nach draußen, setzte sich verschwitzt hinter das Steuer, startete den Wagen. Als sie vorm Haus ihrer Eltern stand, versuchte sie, sich zu beruhigen, klingelte ihre Mutter raus. »Hast du Max gesehen?«, fragte sie und unterdrückte die Panik in ihrer Stimme, doch ihre Mutter war nicht dumm. Die Frau zog die Brauen empor, sah Taria besorgt an. »Was ist hier los?«

»Ich will einfach nur wissen, wann du Max und Paul zuletzt gesehen hast!«, rief Taria und seufzte, als ihr klar wurde, dass sie ihre Mutter mit einem solchen Verhalten nur noch mehr anstachelte, sich Sorgen zu machen. »Komm doch erst mal rein«, sagte sie und wollte Taria am Arm fassen, doch sie entwand sich ihr. »Du hast sie nicht gesehen?«

Kopfschütteln. »Bitte, Kind, sag mir doch einfach, was …«

»Keine Zeit«, unterbrach Taria sie und drehte sich auf dem Absatz um, rannte zum Wagen. Dort zog sie ihr Handy hervor, wählte die Nummer des Polizeinotrufs. »Ich muss mit der Kripo sprechen«, erklärte sie der Telefonistin mit tränenerstickter Stimme und schnappte nach Luft.

Die Frau am anderen Ende der Leitung bestand darauf, dass sie ihr sagte, was passiert sei, doch Taria wollte unbedingt mit einem Beamten sprechen und schwieg beharrlich. Am Ende gab sich die Frau geschlagen und sagte zu Taria, dass sie versuchen werde, sie zu einem Ermittler durchzustellen.

Als kurz darauf die Stimme eines Mannes im mittleren Alter ertönte, fing Taria vor Erleichterung an zu weinen, brachte schließlich stockend hervor, dass sie sich Sorgen um ihren Sohn machte, der nicht aufzufinden sei.

»Aber Sie sagten doch eben, dass Ihr Lebensgefährte das Kind hat und dass er der leibliche Vater ist.«

»Sie verstehen nicht«, begann Taria von Neuem und ratterte alles noch einmal runter. Von der geplatzten Hochzeit, dem Albtraum, der Hypnose. »Ich spüre einfach, dass da etwas nicht stimmt«, beendete sie ihren Bericht und kämpfte verzweifelt mit den Tränen. Der Polizist am anderen Ende der Leitung seufzte vernehmlich. »Ich kann da im Augenblick wirklich nichts machen«, erklärte er schließlich. »Das Kind ist bei seinem Vater und es sieht für mich ganz danach aus, als ginge es Ihnen nicht gut. Vielleicht sollten Sie sich ärztliche Hilfe holen.«

Frustriert beendete Taria das Gespräch. Dann ging ein Ruck

durch ihren Körper. Erst jetzt wurde ihr bewusst, dass in der Wohnung etwas seltsam gewesen war. In Pauls Zimmer fehlte eine Menge seines Spielzeugs, die Türen seines Kleiderschranks waren offen gewesen und sie hatte sehen können, dass auch dort einige Bügel leer waren.

Dann atmete sie tief durch. Warum war ihr das nicht gleich aufgefallen?

Natürlich!

So musste es sein, denn nur das ergab wirklich Sinn.

Max hatte das Wichtigste zusammengepackt – deswegen fehlten auch Maxicosi und Kinderwagen – und sich mit Paul zusammen auf den Weg nach Usedom gemacht, weil er mit ihr reden musste. Er hatte es nicht mehr ausgehalten, wollte wissen, warum sie davongelaufen war.

Die Erleichterung fühlte sich an, als würde in ihrem Innern die Sonne aufgehen und ihre zu Eis erstarrten Organe zum Schmelzen bringen. Sie floss förmlich dahin, als sie aus Berlin hinausfuhr, die Autobahn in Richtung Usedom zurück donnerte. Alles, was sie denken konnte, war, ihren Sohn in wenigen Stunden wieder bei sich zu haben, seinen Duft zu riechen, seine weiche Haut zu spüren.

Als sie am späten Nachmittag auf der Insel ankam, vibrierte ihr gesamter Körper vor Ungeduld. Doch als sie die Auffahrt zu dem Ferienhaus hinauffuhr, verkrampfte sie sich wieder. Max' Wagen war nicht da, was nur bedeuten konnte, dass er …

Sie sprang aus dem Auto, schloss die Tür zum Haus auf, durchsuchte jedes Zimmer.

»Max!«, schrie sie immer wieder, »Paul!«, doch es kam weder eine Antwort noch ein freudiges Brabbeln zurück.

Wieder nahm sie ihr Handy zur Hand. Wählte abwechselnd Max' und Amelies Nummer, doch niemand reagierte darauf.

Schließlich brach sie wimmernd auf dem Küchenfußboden zusammen, rief erneut die Polizei an, doch diesmal blieb die Telefonistin hart, stellte sie nicht zur Kripo durch, vertröstete sie mit vagen Sprüchen. Auch nachdem Taria die Gründe ihrer Besorgnis vorgetragen hatte, wurde die Frau nicht weich. »Es wird alles gut«, sagte sie mit näselnder Stimme und voller Ungeduld und Gereiztheit, schien durchblicken lassen zu wollen, was sie von Tarias Verhalten dachte. Nämlich, dass sie es mit einer Irren zu tun hatte. Mit einer Glucke, die in Panik ausbrach, wenn sie ihr Küken mal eine Minute nicht um sich hatte.

Weinend stand sie wieder auf, lief nach nebenan, klingelte Valentin heraus. Als er ihr öffnete, sackte sie auf der Schwelle seines Hauses zusammen, erzählte ihm schluchzend, dass sie Max und Amelie nicht erreichen konnte und spürte, dass etwas ganz und gar nicht in Ordnung zu sein schien.

»Haben Sie schon die Polizei angerufen?«, wollte er wissen, sah sie mitfühlend an. Taria nickte, als sie zu ihm aufsah. »Zweimal schon, doch die Idioten halten mich für eine hysterische Ziege mit Gluckenkomplex.«

Valentins Lippen umspielte ein Lächeln, dann wurde er schlagartig wieder ernst, zog sie auf die Beine zurück. »Ich mach uns jetzt mal einen Tee und dann werden wir eine Kleinigkeit zusammen essen. Anschließend werde ich Ihnen etwas zum Schlafen geben, damit Sie erst mal wieder zur Ruhe kommen.«

»Aber ich kann nicht«, wehrte Taria ab, doch Valentin ließ nicht locker, zog sie mit sich ins Innere des Hauses. »Nach etwas zu essen und einer Mütze voll Schlaf sieht die Welt gleich freundlicher aus«, erklärte er bestimmt. »Und morgen kümmern wir uns dann zusammen darum, dass Max und Paul gefunden werden, damit Sie sehen, dass alles gut ist, Sie sich keine Sorgen zu machen brauchen.«

Als Taria erwachte, wusste sie im ersten Moment nicht, was passiert war und wo genau sie sich befand, dann fiel ihr alles wieder ein und ihr Magen rebellierte. Sie sprang aus dem Bett, rannte nach nebenan ins Bad, übergab sich über der Kloschüssel. Dann schleppte sich wieder ins Bett zurück, sank erschöpft in die Kissen.

Valentin hatte Wort gehalten und sich den Rest des Tages um sie gekümmert. Er hatte ihr eine Kanne Tee gekocht, einen Gemüseauflauf zubereitet, darauf bestanden, dass sie anständig aß und trank. Anschließend hatte er ihr zwei Tabletten gegeben und sie in ihr Ferienhaus begleitet, damit sie sich ausschlafen konnte. Er hatte ihr versprochen, sich am nächsten Vormittag bei ihr zu melden, ihr im Notfall Beistand zu leisten, während sie weiter versuchte, Max und Paul ausfindig zu machen. Sie drehte sich zur Seite, wollte nach dem Handy auf ihrem Nachttisch greifen, doch es war nicht da. Sie schaltete das Licht an, sah auf ihre Armbanduhr und stöhnte, als sie begriff, dass es erst zwei Uhr nachts war, sie gerade einmal vier Stunden zur Ruhe gekommen war. Sie schaltete das Licht aus, schloss die Augen, versuchte krampfhaft, noch einmal ins Reich der Träume abdriften zu können, weil Schlaf das Einzige war, das sie von ihrer Sorge um Paul abzulenken vermochte. Doch gerade als sie das Gefühl hatte, hinübergleiten zu können, spürte sie Unruhe in sich aufsteigen.

Wo war ihr Handy? Hatte sie es in der Küche liegen gelassen? Doch dann fiel ihr ein, dass Valentin sie unmittelbar ins Bett gebracht und darauf bestanden hatte, dass sie sich hinlegte. Das Handy musste also in ihrer Tasche … Sie seufzte, als ihr einfiel, dass sie es bei Valentin aus der Tasche geholt und vor sich auf dem Küchentisch abgelegt hatte, damit sie mitbekam, wenn Max oder Amelie anriefen. Dann war sie müde von den Tabletten geworden, die er ihr gegeben hatte, und musste es liegen gelassen haben. Sie überlegte kurz, zu ihm rüberzugehen und es zu holen, verwarf den Gedanken aber wieder, als eine erneute Welle der Übelkeit über sie hereinbrach. Sie schloss die Augen, konzentrierte sich aufs Einschlafen, als sie spürte, dass sie nicht allein im Zimmer war.

Ihr Herz hämmerte wie wild in ihrer Brust, doch sie vermochte es weder, die Augen zu öffnen, noch, nach Luft zu ringen. Ein Kichern ertönte. Dann ein belustigtes Prusten. Aus einem Impuls heraus, schaffte es Taria, ihre Schockstarre zu bekämpfen und panisch aus dem Bett hochzustechen. Sie war schon fast aufgestanden, als sie einen scharfen Schmerz in ihrem Hals spürte. Sie riss die Augen auf, sah sich einem Schatten gegenüber, der ihr vage vertraut vorkam. Dann wurde ihr schwindelig und um sie herum drehte sich alles. Sie spürte, wie der Schatten sie zurück in die Laken drückte, sie zudeckte, ihr Hals erneut zu brennen begann.

»Das ist ein Betäubungsmittel«, sagte eine vertraut klingende Stimme, die sie an Amelie erinnerte. Dann wurde es hell um sie und sie war gezwungen, die Augen zu schließen. Als sie es wieder über sich brachte, sie aufzumachen, sah sie sich ihrer Freundin gegenüber. Nur dass die gar nicht mehr wie Amelie aussah.

Ihre Piercings im Gesicht und die Tätowierungen an den Armen waren verschwunden und sie trug auch nicht wie gewohnt schwarze, sondern freundliche helle Kleidung.

»Das waren Tattoo – Ärmel, die kann man im Internet bestellen. Sahen täuschend echt aus, nicht wahr?« Amelie grinste. »Du weißt immer noch nicht, wer ich bin, nicht wahr?« Sie schüttelte missbilligend den Kopf. Dann seufzte sie, beugte sich zu Taria hinunter, fühlte ihren Puls.

»Dir wird zuerst übel und schwindelig, dann verlierst du die Kontrolle über deine Extremitäten und Körperfunktionen. Wenn du Pech hast, setzt deine Lungenfunktion zuerst aus und du erstickst jämmerlich. Aber wir wollen ja nicht den Teufel an die Wand malen«, sagte Amelie vergnügt. »Vielleicht hast du ja auch Glück und stirbst an Herzversagen.« Sie stieß ein Lachen aus, musterte Taria. »Du bist übrigens selbst schuld«, erklärte sie dann lapidar. »Du hättest einfach nur tun sollen, was wir von dir erwartet haben, dann wäre dir gar nichts passiert.«

»Ich verstehe das alles nicht«, wisperte Taria und kämpfte gegen den Brechreiz an.

Amelie griff zu ihren Haaren und riss daran. Kurz dachte Taria, dass die Freundin dabei war, ebenfalls den Verstand zu verlieren, doch dann rutschte der schwarze Schopf nach hinten weg und hervor quoll eine blonde Pracht an glatten, halblangen Haaren. Für den Bruchteil einer Sekunde starrte Taria die vertraute und doch so fremde Person vor sich an, dann begann etwas in ihr zu bröckeln.

Ihr Körper spannte sich an, verkrampfte sich, doch das waren keine Symptome des Mittels, das ihr gespritzt worden war. Taria begann zu zittern. Dann bäumte sie sich auf, versuchte verzweifelt, die auf sie einströmende Flut an Erinnerungen zu stoppen.

»Dein Name ist nicht Amelie Urban«, presste sie mühsam hervor. Dann schüttelte sie verwirrt den Kopf. »Aber warum … woher …« Sie brach ab, rang um Fassung.

Die Frau schüttelte belustigt den Kopf.

»Da hast du recht«, sagte sie schließlich. »Mein Name ist nicht Amelie. Und dein Lebensgefährte Max ist auch nicht der, für den er sich ausgab.« Sie lachte bitter, verzog dann das Gesicht. »Also sein Name stimmt natürlich, denn wir wollten kein Risiko im Falle einer Hochzeit eingehen, aber der Rest war alles gelogen. Es war kein Zufall, dass er in der Klinik angefangen hat, in der du damals untergebracht warst. Und er hat sich auch nicht hoffnungslos in dich verliebt. Zumindest nicht am Anfang. Stattdessen hatte er die Aufgabe, dich erst um den Finger zu wickeln und dann in den Wahnsinn zu treiben.« Plötzlich sah sie böse aus, baute sich bedrohlich vor Taria auf. »Der Plan war, dich einzulullen, dich glauben zu machen, er würde dich lieben, damit du mit ihm schläfst und schwanger wirst. Anschließend solltest du ihn heiraten, damit er im Falle deines Suizides automatisch und ohne großes Hin und Her das offizielle Sorgerecht zugesprochen bekommt. Doch dann …« Sie sah Taria hart an, stieß die Luft aus. »Du solltest dich in ihn verlieben und nicht er sich in dich. Das war auch der Grund, warum er sich weigerte, mir bei diesem letzten Schritt zu helfen.«

Taria schüttelte den Kopf. »Wo ist Max jetzt? Und wo ist mein Sohn?«

Die Frau presste ihre Lippen fest aufeinander, schien mit sich zu ringen. »Max ist tot. Er liegt in meiner Wohnung und wird so lange dort bleiben, bis er zu stinken anfängt und die Nachbarn deswegen misstrauisch werden und die Bullen rufen. Doch bis dahin bin ich mit meinem Sohn schon über alle Berge.«

Taria hatte das Gefühl, als würde ihr das Herz aus der Brust gerissen und alle Luft aus den Lungen gepresst. »Mit deinem Sohn?«, brachte sie entsetzt hervor.

Die Frau legte den Kopf in den Nacken und seufzte erleichtert. »Na endlich hast du es begriffen«, sagte sie dann. »Deine Einfältigkeit ist ja nicht auszuhalten. Max hat sich also vollkommen umsonst Sorgen gemacht, dass du unsere Spielchen mit den Klamotten deiner Tochter und ihrem alten Spielzeug durchschauen könntest.« Sie lachte auf, stoppte dann abrupt. »Du hast ja noch nicht mal hinterfragt, weshalb Paul neulich morgens nicht mehr in deinem Bett lag, sondern in seinem eigenen.« Sie schüttelte den Kopf und grinste boshaft. »Und jetzt will ich, dass du es sagst!« Eine Weile sahen sich beide Frauen einfach nur schweigend an, dann wagte es Taria, nachzufragen. »Was soll ich sagen?«

Die Frau starrte zornig auf sie hernieder, ballte die Hände zu Fäusten. »Ich will, dass du aussprichst, wer ich bin und warum Paul mein Sohn sein sollte und nicht deiner.«

Taria zuckte zusammen, schüttelte verzweifelt den Kopf.

»Es tut mir so leid«, stieß sie schließlich hervor und brach in Tränen aus. »Ich wusste es doch nicht, hatte nichts damit zu tun.«

»Ich will, dass du es sagst!«

Die Frau starrte sie weiterhin unnachgiebig an, schien kurz davor zu stehen, auf Taria einzuschlagen.

Ergeben nickte sie.

Holte tief Luft.

»Du bist Nina Lindemann. Mein Mann Daniel und du wart früher in derselben Pflegefamilie untergebracht.«

Die Frau nickte zufrieden, stemmte ihre Fäuste in die Hüften. »Und wer GENAU war dein verdammter Ehemann?«

»Bitte«, stammelte Taria erneut, kämpfte gegen den Nebel in ihrem Kopf an.

»WER WAR DEIN MANN?« Die Stimme der Frau klang laut und schrill, ihr Gesicht war zur Fratze verzerrt.

Das Mittel begann zu wirken und Tarias Brust verkrampfte sich. Vergebens öffnete sie den Mund, um nach Luft zu schnappen, doch ihre Lunge streikte, versagte ihr den Dienst.

»Er war ein Monster«, brachte Taria schließlich röchelnd und aus letzter Kraft hervor. Dann hüllte sie die Finsternis ein, lockte sie damit, vergessen zu können, was damals wirklich geschehen war, riss sie mit sich fort, ins tröstende Nichts.

Kapitel 17

München / Berlin / Greifswald
Juli 2018

Clemens umklammerte das Lenkrad fest, warf Ute, die neben ihm saß und schlief, einen Blick zu. Inzwischen waren sie beide seit zwei Tagen auf den Beinen, genauer gesagt, seit Valentin bei ihm angerufen und um einen Gefallen gebeten hatte. Der gestrige Tag war deswegen extrem turbulent und anstrengend gewesen, hatte Clemens aber im Gegensatz zu seiner Kollegin in einen Zustand der Euphorie versetzt.

Er hatte Wort gehalten und seinem alten Kumpel die Unterlagen des Unfalls der Wilhelms von den Berliner Kollegen besorgt und auch selbst einen Blick in die Akten hineingeworfen. Er hatte sich die Fotos des total demolierten Wagens angesehen, die Fotos der Toten und auch das Foto von Taria, der einzigen Überlebenden dieser schrecklichen Tragödie. Seither ließ ihn der Umstand, dass man sie dafür verantwortlich gemacht und in Sicherheitsverwahrung gesteckt hatte, nicht mehr los. Clemens war für die Fähigkeit bekannt, in den Gesichtern von Menschen wie in einem Buch lesen zu können, und sein erster Eindruck von Taria Wilhelm war vollkommen anders ausgefallen als der seiner Berliner Kollegen.

Stattdessen hatte ihn das Bild von Daniel Wilhelm nicht mehr losgelassen, sodass er sich weitere Informationen über diesen Mann eingeholt hatte. Übrigens ohne dies mit seiner Kollegin zu besprechen. Clemens hatte sich den gesamten gestrigen Rest des Tages in die Abgeschiedenheit seines Büros zurückgezogen und das Internet über den Arzt umgekrempelt, war so dahintergekommen, dass er sich in der Zeit von 2010 bis 2014 mehrmals im Jahr in München aufgehalten hatte, wegen seiner Teilnahme an medizinischen Kongressen, bei denen er meist als prominenter Sprecher fungiert hatte. Daniel Wilhelm galt als Koryphäe auf seinem Gebiet, er war finanziell unabhängig gewesen, hatte sich seit seinem Studium stetig ganz nach oben gearbeitet, unter Kollegen tuschelte man, dass er ein sogenanntes Wunderkind sei, mit einer Begabung, die ihm bereits in die Wiege gelegt worden sei.

Seither ließ ihn der Gedanke nicht mehr los, ob es sein könnte, dass Daniel Wilhelm der Mann war, den sie seit Jahren suchten. Dafür sprachen die Punkte, dass er über Fachkenntnisse verfügte, Zugang zu Betäubungsmitteln hatte und deren Eigenschaften kannte und sowohl vom Alter als auch vom Erscheinungsbild her ins Profil passte. Dagegen sprachen, dass ein bekannter Arzt wie er sicherlich irgendjemandem aufgefallen wäre, wenn er sich in den Gegenden aufgehalten hätte, in denen er an seine Opfer gekommen war.

»Was überlegst du?«, wollte Ute wissen und gähnte ausgiebig.

Clemens schüttelte abweisend den Kopf.

»Nicht jetzt, Ute.«

»Es wäre aber echt nett, wenn du mir mal sagen würdest, warum uns der Mord an einem Mann in Berlin etwas angeht und weshalb wir jetzt auch noch nach Greifswald fahren. Seit wir in München weggefahren sind, bist du wie weggetreten und sagst keinen Ton. Nicht, dass ich daran nicht gewöhnt wäre … Allerdings finde ich dein Verhalten erstens ziemlich nervig und zweitens total einschläfernd.«

Clemens konnte sich ein Grinsen nicht verkneifen, als er Ute ansah. »Bevor ich es dir erkläre, musst du mir eine Frage beantworten.« Sie sah ihn an, zog die Augenbrauen empor.

»Hab ich mich in den letzten Jahre wirklich so sehr verändert, dass ihr alle mich für das letzte Arschloch haltet?«

Utes Mund klappte auf, dann schloss sie ihn wieder. Als Clemens bemerkte, dass ihre Augen plötzlich feucht schimmerten, zog sich sein Magen zusammen.

»Meinst du mit ›alle‹ auch Anne?«

Er hob die Schultern, blieb ihr eine Antwort darauf schuldig.

Ute seufzte leise. »Wir alle machen uns furchtbare Sorgen um dich, verdammte Scheiße noch mal!« Sie stieß die Luft aus, rieb sich die Augen trocken, sah ihn dann an. »Dein Team, ich, Anne – wir alle haben in den letzten Monaten mit ansehen müssen, wie du dir buchstäblich dein eigenes Grab geschaufelt hast. Du bist spindeldürr geworden, hast mindestens fünfundzwanzig Kilo abgenommen, dein Gesicht sieht grau und eingefallen aus, du schläfst kaum noch, isst wenn, dann nur ungesundes Zeug.« Sie brach ab, schüttelte den Kopf. »Was du für Abneigung hältst, war in Wahrheit nur große Sorge, Clemens. Wir alle haben Angst um dich, doch bevor du uns mit ins Verderben reißt, haben wir dich eben losgelassen. Alle, bis auf Anne und ich.«

»Ich hab mir doch nicht mein eigenes Grab geschaufelt«, wehrte er sich und zog einen Flunsch.

»Anne hat mir erzählt, dass du Blut erbrochen hast, unter heftigen Krämpfen leidest, dich aber weigerst, zum Arzt zu gehen. Du bist aggressiv geworden, wenn sie dich dazu bewegen wollte, besser auf dich zu achten, hast ihr das Gefühl gegeben, dass es sie nichts anginge, was mit dir geschieht, dabei ist sie doch deine Frau.«

»Ich hab Angst«, sagte er schließlich nur und schluckte trocken. »Ich hab die Symptome gegoogelt und herausgefunden, dass Krebs dahinterstecken kann.«

»Natürlich könnte es das«, gab Ute zurück. »Doch du könntest auch einfach nur eine Magenschleimhautentzündung haben, ein Geschwür oder etwas anderes, Harmloseres. Gewissheit kann dir nur eine Untersuchung geben und im schlimmsten Fall machst du dann eben eine Chemotherapie und rettest damit dein Leben, um Anne ihren größten Wunsch erfüllen zu können.«

»Ihren größten Wunsch?« Clemens sah seine Kollegin irritiert an. »Woher weißt du, was Anne sich wünscht?«

Ute lächelte. »Weil sie es mir erzählt hat, Clemens, sie wollte ein Baby von dir und du hast sie immer vertröstet, von Monat zu Monat, dabei seid ihr beide keine zwanzig mehr und langsam wird es Zeit, wenn ihr nicht als Rentner einen Kinderwagen durch München schieben wollt.«

Er verzog das Gesicht. »Ich bin Mitte vierzig und noch lange kein Großvater«, konterte er. »Und Anne ist erst Ende dreißig, wir haben also noch alle Zeit der Welt.«

»Wichtig ist aber auch, wie sie diese Sache empfindet«, sagte Ute sanft. »Und soweit ich weiß, hört Anne ihre Uhr schon länger ticken.«

Er seufzte, nickte dann. »Sobald wir diesen Tag hinter uns haben, rufe ich sie an«, erklärte er. »Und danach nehme ich mir eine Woche frei, um mich gründlich durchchecken zu lassen.«

»Wie kommst du auf einmal darauf?«

Clemens sah zu Ute, grinste und wollte schon eine seiner flapsigen Bemerkungen machen, verkniff es sich dann aber. Stattdessen entschied er sich diesmal, absolut ehrlich zu sein. Vor allem zu sich selbst. »Ich liebe Anne«, sagte er daher nur. »Und ich will sie wieder in meinem Leben haben.«

Eine Weile fuhren sie schweigend die Autobahn entlang, dann räusperte Clemens sich. »Es könnte sein, dass unser alter Kollege und Kumpel Valentin unseren gesuchten Killer gefunden hat. Besser gesagt, dass er den entscheidenden Hinweis gab, dank dem ich den Killer gefunden habe.«

Ute schnappte nach Luft, riss den Kopf herum, sah Clemens entgeistert an. »Dann sind wir deswegen auf dem Weg an die See?«

Clemens nickte und berichtete von Valentins gestrigem Anruf.

»Ich verstehe nicht«, unterbrach Ute ihn. »Er hat dich gebeten, ihm die Unterlagen zu einem Verkehrsunfall zu beschaffen, der 2014 in Berlin passiert ist und bei dem ein Baby und dessen Vater starben?«

Clemens nickte. »Der Vater war ein bekannter Chirurg und Kinderarzt, der sich zu Kongressen regelmäßig in München aufgehalten hat.«

»Und das allein bringt dich zu der Annahme, dass er der gesuchte Killer war?«

Clemens sah sie lächelnd an. »Da ist noch mehr.« Er machte eine bedeutungsschwangere Pause. »Zum Ersten müssen wir berücksichtigen, dass der Mann 2014 bei dem Unfall starb, die Mordserie seither ruht. Es gab seit 2014 kein weiteres Opfer mehr.«

Ute nickte, sah ihn an. »Du hast mein Interesse, argumentiere weiter.«

Clemens grinste noch breiter. »Seine Witwe, Taria Wilhelm, ist die Frau, wegen der wir jetzt nach Greifswald fahren.«

Ute schluckte. »Was ist mit ihr?«

»Sie liegt im Krankenhaus.«

»Und warum? Ihr Ehemann kann ihr ja nichts angetan haben, denn er liegt seit vier Jahren unter der Erde.«

Clemens lachte. »Er nicht, aber eines seiner Opfer – falls er tatsächlich der Mann war, nachdem wir schon so lange suchen.«

Ute starrte ihn verwirrt an. »Das einzige Opfer des Killers, das überlebt hat, ist ein Kleinkind.«

Er schüttelte den Kopf. »Es deutet alles darauf hin, als gäbe es noch ein weiteres überlebendes Opfer.«

Er erzählte ihr davon, dass Valentin ihn außerdem gebeten hatte, etwas über Tarias Lebensgefährten herauszufinden und über ihre angebliche Nachbarin und Freundin Amelie Urban.

»Taria Wilhelms neuen Lebensgefährten habe ich über die Personensuchmaschine gefunden. Er ist sauber, hat als Pfleger in der Psychiatrie gearbeitet, stammt ursprünglich aus München, lebte zuletzt mit Taria in Berlin.«

»Lebte?« Ute sah ihn entgeistert an. »Ist er etwa auch tot?«

Clemens verzog betreten das Gesicht, konnte aber nicht verhindern, dass seine Körperhaltung freudige Erregung ausdrückte. »Seinetwegen waren wir eben in Berlin.«

Ute sog die Luft scharf ein.

»Max Vogel, der tote Mann aus Berlin, ist also der neue Lebensgefährte dieser Taria, deren Mann 2014 bei dem Unfall ums Leben kam?«

Clemens nickte und sah seine Kollegin überlegen an. »Kannst du mir noch folgen?«

Ute rutschte unruhig auf ihrem Sitz herum. »Quatsch nicht blöd, erzähl weiter!«

Clemens nickte. »Diese Amelie Urban, nach der ich mich für Valentin noch erkundigen sollte, hab ich nirgends im System gefunden, deswegen hab ich ihn angerufen und ihm gesagt, dass eine Amelie Urban nicht existiert. Das kam Valentin seltsam vor, deswegen hat er spätabends noch ein Foto von ihr geschickt, das er von Tarias Handy abfotografiert hat.«

Ute riss die Augen auf. »Und als du das Foto durch die Suche gejagt hast, hat sie ein Ergebnis ausgespuckt?« Clemens nickte euphorisch. »Nicht nur irgendein Ergebnis, verehrte Frau Kollegin, sondern DAS Ergebnis.« Er machte eine rhetorische Pause, holte tief Luft, wartete, bis Utes Körper vor Aufregung vollkommen angespannt war. »Amelie Urban heißt in Wahrheit Nina Lindemann und hat 2005 nur ganz knapp einen Überfall überlebt. Der Täter hat sie zuerst mit dem Auto angefahren und ihr anschließend mehrmals mit dem Messer in den Bauch gestochen.« Clemens brach ab, sah Ute an. »Kannst du dir denken, worauf ich hinauswill?«

Ute nickte nachdenklich. »Diese Nina war damals schwanger?«

Clemens nickte aufgeregt. »Und sie passt ganz genau ins Schema aller anderen Opfer. Du siehst also, dass all diese Leute miteinander zu tun haben. Der tote Max Vogel als neuer Lebensgefährte von Taria, der tote Ehemann von ihr, Amelie alias Nina … Alles hat also miteinander zu tun.«

»Du hast mir noch nicht gesagt, was genau mit Taria passiert ist, weshalb sie im Krankenhaus liegt?«

Clemens holte tief Luft. »Nina hat ihr ganz genau dasselbe gespritzt wie Max in Berlin. Nur hatte der Ärmste nicht das Glück wie Taria, rechtzeitig gefunden worden zu sein. Er ist erstickt, weil seine Lungen wegen des Betäubungsmittels gestreikt haben.«

»Und warum das alles?«

»Sie wollte Taria töten und mit ihrem Kind abhauen.«

Ute schüttelte den Kopf. »Taria hat ein Kind?«

»Ein Baby, um genau zu sein. Von Max.«

Ute starrte ihn wie vom Donner gerührt an. »Tu mir den Gefallen und fahr bei der nächsten Ausfahrt raus, ich muss mir mal kurz die Beine vertreten.«

Als Clemens zehn Minuten später auf dem Parkplatz einer Raststätte anhielt, sprang Ute raus, lief aufgeregt um den Wagen herum. »Um alles noch mal auf den Punkt zu bringen: Daniel Wilhelm war der Serienkiller und Taria, seine Frau, könnte es herausgefunden haben, weshalb letztendlich er und nicht sie den Unfall herbeiführte, den nur die Ehefrau überlebte. Und diese Nina Lindemann ist quasi sein erstes Opfer, hat den Angriff überlebt, und weil sie seither selbst keine Kinder mehr bekommen konnte, wollte sie Taria und Max töten, um an deren Kind zu kommen?«

Clemens räusperte sich. »Fast richtig, aber laut den Kollegen, die sich mit Nina bereits vor Ort befasst haben, waren in Wahrheit Max und Nina ein Team und auch heimlich hinter Tarias Rücken ein Paar. Sie hatten das alles gemeinsam geplant.«

»Max war eigentlich Ninas Freund?«

Clemens nickte.

»Und trotzdem hat er Taria geschwängert?«

»Die ganz genauen Zusammenhänge kenne ich noch nicht, aber wie es aussieht, hat Nina irgendwie rausgekriegt, dass der Mann, der ihr Leben zerstört hat, Daniel Wilhelm war. Sie wollte sich an ihm rächen und da nur noch seine Frau am Leben war, heckten Max und sie einen teuflischen Plan aus.«

»Das gibt es doch nicht«, rief Ute und klatschte sich mit der Hand an die Stirn. »Nina hat Max dazu gebracht, die Frau ihres Beinahe-Mörders um den Finger zu wickeln und zu schwängern, damit sie an ein Baby kommt? Und dafür hat sie ihren Lebensgefährten am Ende auch noch umgebracht? Wie krank ist das denn?«

Clemens sah Ute ernst an. »Wie krank ist es, die Frau zu vertreiben, die man aufrichtig liebt?« Er brach ab, suchte nach Worten. »Was ich damit sagen will, ist, dass Trauer, Wut und Angst einen Menschen komplett verändern können.«

Als sie endlich in der Klinik in Greifswald ankamen, erkannte Clemens seinen alten Freund Valentin schon von Weitem. Er sah gut aus, das Leben auf der Insel schien ihm zu bekommen, doch die Sorge um Taria Wilhelm schien ihm zu schaffen zu machen. Beide Männer begrüßten sich mit Handschlag und dann stellte Clemens Ute und Valentin einander vor.

»Wie geht es ihr, kann sie mit uns sprechen?«

Valentin verzog das Gesicht. »Die Ärzte haben ihr das Gift aus den Adern gespült, doch so richtig fit ist sie noch nicht.« Er räusperte sich. »Bist du sicher, dass Tarias verstorbener Mann der Irre gewesen ist?«

Clemens überlegte kurz, dann nickte er. »Hundertprozentige Gewissheit bekommen wir erst, wenn ich mit seiner Frau gesprochen habe, aber für den Moment würde ich zumindest schon mal meinen knochigen Arsch darauf verwetten.«

Der Freund sah ihn abschätzend an, nickte dann. »Du hast recht, ein bisschen mehr Sonne und was Gutes zu Essen würden dir wirklich nicht schaden.« Er lächelte, legte den Kopf schief. »Vielleicht solltest du mich mal auf der Insel besuchen kommen? Würde dir sicher guttun.«

Clemens grinste. »Vielleicht komme ich sogar auf dein Angebot zurück. Sagst du uns Bescheid, wenn wir zu ihr dürfen?«

Valentin sah Clemens erstaunt an. »Ihr wollt so lange hierbleiben?«

Clemens blickte Ute an. Die nickte knapp. »Wir bewegen uns keinen Millimeter weg, bevor wir diesen verdammten Fall nicht endlich abgeschlossen haben.«

Kapitel 18

Greifswald / Klinik
Juli 2018

Als Taria zu sich kam, blickte sie in die verweinten Augen ihrer Eltern. Sie fragte sich im ersten Augenblick, ob sie tot war und das alles nur träumte, denn der Ausdruck auf dem Gesicht ihres Vaters hatte nichts mehr mit der Härte gemein, die er ihr innerhalb der letzten vier Jahre entgegengebracht hatte.

»Wo bin ich?«, fragte sie mühsam und schluckte trocken. »Und wo ist mein Baby?«

»Im Krankenhaus«, sagte ihre Mutter und setzte ihr eine Art Schnabeltasse an die Lippen, damit sie einen Schluck trinken konnte. »Du hattest großes Glück«, erklärte ihr Vater. »Valentin Holthausen hat uns erzählt, dass es diese Verrückte beinahe geschafft hätte, dich zu töten. Er konnte sie gerade noch rechtzeitig überwältigen und Hilfe holen.«

Taria spürte, wie ihr der Schweiß ausbrach. »Wo ist Paul?« Wieder schoss ein glühend heißer Blitz durch ihre Eingeweide und ließ sie erzittern. »Hat Nina ihm etwas angetan?«

Ihr Vater schüttelte den Kopf. »Paul geht es gut, er ist noch auf der Kinderstation, wo die Ärzte nachgesehen haben, ob er in Ordnung ist. Wir nehmen ihn später mit zu uns nach Hause und kümmern uns um ihn, bis du wieder gesund bist.«

Taria nickte. »Sie wollte mich wirklich umbringen«, stieß sie schließlich hervor und spürte, wie ihr Herz zu flattern begann. Keine Nanosekunde später piepte auch der Apparat, an den sie angeschlossen war. Augenblicklich kam eine Schwester ins Zimmer, sah auf das Gerät, lächelte Taria beruhigend an. »Das ist ganz normal, dass ihr Kreislauf noch ein wenig verrückt spielt. Dieses Mittel muss erst vollends aus ihrem Blutkreislauf raus, dann wird es aufwärtsgehen.« Sie sah Taria unschlüssig an, sah dann über ihre Schulter zur Tür. »Da draußen warten zwei Polizisten aus München, die dringend mit Ihnen sprechen wollen, wäre es okay, wenn ich sie zu Ihnen hereinschicke? Ich glaube, dass es wichtig ist, sonst hätten sie den weiten Weg nicht auf sich genommen.«

Taria sah ihre Eltern an, nickte schwach. »Bist du sicher?«, fragte ihr Vater, dann nahm er seine Frau am Arm und führte sie nach draußen.

Kurz darauf klopfte es, dann traten eine adrett gekleidete Frau um die dreißig sowie ein Mann, der etwas älter zu sein schien und ziemlich erschöpft wirkte, ein.

»Ich bin Ute Eberhardt von der Kripo München«, stellte sich die Frau vor. »Und ich bin Hauptkommissar Clemens Gottlieb.« Der Mann sah sie mitfühlend an. »Geht es Ihnen denn besser?«, fragte er.

Sie nickte. Dann räusperte sie sich. »Da Sie aus München sind, gehe ich davon aus, dass Sie nicht wegen Max und Nina hier sind, sondern wegen dem, was Daniel getan hat?«

Clemens trat näher an ihr Bett, griff nach ihrer Hand, drückte sie sanft. »Wir sind wegen allem hier, denn wie es aussieht, hängen diese Fälle zusammen.«

Taria seufzte. Dann nickte sie. »Ja, Nina ist eines von Daniels Opfern. Sie wollte sich an mir rächen, weil es mein Mann war, der für ihre Kinderlosigkeit und für ihr Leid, das sie erfahren musste, verantwortlich ist.«

Taria bemerkte, dass Clemens Gottlieb seine Kollegin triumphierend ansah, diese daraufhin das Gesicht verzog.

»Frau Wilhelm«, sagte er dann ernst und sah wieder zu ihr,

»ich muss Sie jetzt darum bitten, uns ganz klar zu sagen, dass es absolut sicher ist, dass es Ihr toter Ehemann war, der all diese schwangeren Frauen in München umbrachte und auch für das verantwortlich ist, was Nina Lindemann geschah.«

Taria schluckte angestrengt, dann nickte sie ergeben. »Genauso ist es. Mein Mann Daniel war ein Serienmörder, der viele Menschenleben ausgelöscht hat.«

Taria stieß die Luft aus, schloss für einen Augenblick die Augen. Plötzlich schämte sie sich für das, was Daniel getan hatte, wünschte, dass sich unter ihrem Bett ein Spalt auftun und sie verschlingen möge.

»Es war nicht Ihre Schuld«, sagte die Polizistin und lächelte sie aufmunternd an. »Sie wussten es nicht. Und als Sie es herausfanden, sorgte Ihr Mann dafür, dass Sie es niemandem mehr sagen können.«

Taria räusperte sich. »Nur, dass er anstelle von mir meine Tochter getötet hat. Er war es, der den Unfall verursacht hat, und nicht ich.« Es fühlte sich gut an, dies laut auszusprechen, und doch war es, als zerrisse es dabei einen Teil ihres Herzens. »Ich hätte es früher merken müssen, vielleicht hätte ich dann einige der Frauen …«

»Tun Sie das nicht«, unterbrach der Polizist sie. »Ziehen Sie sich bitte nicht diesen Schuh an, denn er ist nicht für Sie bestimmt. Sie sind an allem absolut unschuldig, haben sich lediglich zweimal in den falschen Mann verliebt.«

Beim Gedanken an Max hatte Taria das Gefühl, ihr Hals verenge sich.

»Ist Max wirklich tot?«, fragte sie kläglich.

Kommissar Gottlieb nickte. Dann fixierte er ihr Gesicht mit seinem Blick. »Bitte erzählen Sie uns, wie Sie dahintergekommen sind, wer Ihr Mann Daniel in Wahrheit war.«

Taria schnappte nach Luft, setzte sich dann ein wenig im Bett auf, um freier atmen zu können.

»Daniel hat etliche schwangere Frauen getötet, doch ich wusste von alldem nichts, das schwöre ich. Alles fing damit an, dass ich einige alte Fotos von Nina und ihm sowie ihre Kontaktdaten versteckt zwischen seinen Fachbüchern fand. Ich hab ihn gefragt, wer dieses Mädchen ist, doch er wich mir aus, behauptete, es handele sich auf dem Foto um eine alte Freundin. Doch irgendwas an seiner Reaktion ließ mich misstrauisch werden, deswegen recherchierte ich weiter, stellte fest, dass Daniel mich tatsächlich über seine Vergangenheit belogen hat, er gar nicht in einer liebevollen Familie, sondern im Heim und bei Pflegefamilien aufgewachsen ist, wo er Nina kennengelernt hat. Durch seine Lügen vertraute ich ihm nicht mehr, fing an, ihm nachzuspionieren, schaffte es, an seinen Schlüssel zu kommen, und fand in einem Bankschließfach Artikel über all diese Morde sowie Fotos seiner leiblichen Eltern – einem Junkiepaar. All diese Frauen glichen sowohl optisch als auch vom sozialen Aspekt aus gesehen seiner leiblichen Mutter, deswegen musste ich nur eins und eins zusammenzählen. Ich hab Marlene geschnappt, bin nach München gefahren, um mit dieser Nina zu sprechen, weil ich nicht einfach den Vater meines Kindes mit einer solch ungeheuerlichen Anschuldigung konfrontieren wollte, ohne absolut sicher zu sein. Nina hat mich reingelassen und mir erzählt, wie nahe Daniel und sie sich früher standen und dass sie ihn schon länger nicht gesehen hat, sie ihn furchtbar vermisst. Bei dem Gespräch mit Nina fiel mir auf, dass sie meine kleine Tochter so sehnsüchtig ansah, deswegen bot ich ihr an, sie einmal halten zu dürfen. Nina ist daraufhin in Tränen ausgebrochen und hat mir erzählt, dass sie 2005 von einem Irren angegriffen wurde, diesen Überfall nur knapp überlebte, seither keine Kinder mehr bekommen kann. Mir war auf Anhieb klar, dass auch das auf Daniels Konto geht, deswegen hab ich Marlene geschnappt und bin ziemlich überstürzt aufgebrochen. Ich bin nach Berlin zurück, habe meinen Mann von unterwegs angerufen, wollte mich mit ihm irgendwo an einem öffentlichen Ort treffen und ihn dort konfrontieren, unsere Tochter vorher zu meinen Eltern bringen, doch als ich vor ihrem Haus ankam, hat er schon auf mich gewartet. Er stieg ins Auto und sagte, ich solle losfahren, weil er mit mir reden wolle, dann kam es zum Streit zwischen uns. Er hatte das Fehlen seines Schlüssels bemerkt und wusste außerdem, dass ich in München gewesen bin, wahrscheinlich, weil er mich über mein Handy geortet hat, reimte sich wohl alles zusammen. Auf meine Frage, warum er all diese Frauen getötet habe, sagte er, dass sie es verdient hatten, zu sterben, und dass er ihren Babys ein Schicksal wie das seine ersparen wollte. Dadurch, dass er aus ähnlichen sozialen Verhältnissen kam, fiel es ihm auch nicht schwer, in die Rolle einer verlorenen Seele zu schlüpfen und sich seinen Opfern anzunähern. All diese Frauen hielten ihn für harmlos, weil er ihnen, genau wie mir, etwas vorspielte. Daniel war überzeugt, dass ich mit meiner Schnüffelei alles zerstört habe und dass wir alle jetzt die Konsequenzen dafür tragen müssten. Er schlug mich, ließ mich die Kontrolle über den Wagen verlieren, dann griff er mir ins Steuer und erledigte den Rest. Er dachte wohl, dass wir alle sterben, doch letztendlich hat es nur ihn und unsere Tochter erwischt.« Sie hielt inne, barg ihr Gesicht in den Händen, fing an zu weinen. »Dass meine Tochter tot ist«, schluchzte sie, »war meine Schuld. Ich hätte sofort zur Polizei gehen sollen, anstatt ihn zur Rede zu stellen.«

»Sie konnten nicht wissen, wie gefährlich er tatsächlich ist. Sie dachten, dass er Ihnen nichts antun würde, dass er Sie liebt.«

Taria nickte schniefend. Als sie sich wieder unter Kontrolle hatte, sah sie Clemens an. »Es ist aber meine Schuld, dass Max jetzt tot ist. Nina fand wegen meines Besuchs bei ihr heraus, dass Daniel für ihr Elend verantwortlich ist und dass er auch all diese anderen Frauen getötet hat.«

Er sah sie an, zog die Augenbrauen empor. »Sie erinnern sich wieder an alles?«

Taria seufzte. »So langsam wird meine Erinnerung viel klarer. Ich bin überstürzt aufgebrochen, hab meine Tochter geschnappt, dabei ist meine Tasche runtergefallen. Der Umschlag mit Daniels Unterlagen, die ich in dem Schließfach gefunden habe, müssen rausgefallen sein. Ich hatte die Hälfte der Strecke schon hinter mir, als ich bemerkte, dass sie nicht mehr da sind, doch ich wollte nicht mehr zurückfahren, hatte nur noch eins vor Augen – mit Daniel zu sprechen und dann die Polizei rufen, bevor es Nina tut.«

Clemens sah sie mitfühlend an. »Doch Nina hat nicht die Polizei gerufen. Und sie hat auch sonst nichts getan. Sie wollte sich selbst an Daniel rächen, doch der war ja bei dem Unfall gestorben, für den man Sie verantwortlich machte, weswegen sich all ihre Wut jetzt gegen Sie richtete.«

Taria nickte. »Das ergibt Sinn. Und nachdem ich bei dem Unfall eine Amnesie erlitten hatte und außerdem an einer posttraumatischen Belastungsstörung mit Gedächtnislücken erkrankt war, hatte sie genügend Zeit, sich ihren perfiden Plan auszudenken.«

Clemens räusperte sich. »Ich weiß, es ist nur ein schwacher Trost, nach allem, was Sie durchmachen mussten, aber vielleicht hilft es Ihnen, wenn ich sage, dass ich Gott danke, dass Sie noch am Leben sind. Denn nur dank Ihnen können wir die schlimmste Mordserie seit Langem endlich aufklären und den Angehörigen der Opfer sagen, dass der Verantwortliche nicht mehr am Leben ist.« Er holte tief Luft, sah sie lächelnd an. »Die Bevölkerung von München kann aufatmen – und das ist allein Ihr Verdienst, weil Sie noch am Leben sind und sich doch noch erinnert haben.«

»Was passiert jetzt mit Nina?«

»Sie wird sich für den Mord an Max Vogel und für den versuchten Mord an Ihnen verantworten müssen. Im schlimmsten Fall kommt sie viele Jahre in den Knast, wenn sie Glück hat nur in die Sicherheitsverwahrung.«

»Und Sie?«, schaltete Ute Eberhard sich ein. »Was haben Sie jetzt vor?«

Taria überlegte kurz, dann sah sie von ihr zu Clemens Gottlieb. »Das Erste, das ich mache, ist, meine Tochter exhumieren zu lassen. Ich will nicht, dass sie weiterhin an der Seite eines Monsters ruhen muss. Auch wenn dieses Monster ihr eigener Vater war.«

Epilog

Dezember 2018
Berlin

Clemens

»Hast du Lust, ein wenig auszugehen?« Anne sah ihn an, legte den Kopf schief. »Wir könnten uns ins Getümmel des Christkindlesmarktes stürzen, eine Bratwurstsemmel essen.«

Clemens schüttelte lächelnd den Kopf, rieb sich den Bauch. »Es ist besser, wenn ich nicht in Versuchung gerate und meinen Magen noch nicht überfordere.«

Er stand vom Sofa auf, lief zu Anne hinüber, die es sich im Sessel bequem gemacht hatte, ging vor ihr in die Hocke, legte seinen Kopf auf ihren Bauch. Sie war zwar erst im vierten Monat schwanger, doch Clemens bildete sich ein, die Anwesenheit des Lebens darin, sein Kind, bereits jetzt spüren zu können. Er strich mit seinen Händen darüber, dann stand er auf, beugte sich zum Gesicht seiner geliebten Frau hinunter, küsste sie.

Er hatte es ihr zu verdanken, dass er sich letztendlich doch zum Spezialisten gewagt und eine Magenspiegelung hatte durchführen lassen, bei der die Ärzte sein Magengeschwür entdeckt hatten, bevor alles noch viel schlimmer geworden wäre. Anschließend hatte Anne ihn zum Psychologen geschleppt, der ein Burn-out-Syndrom mit leichten Depressionen diagnostiziert und ihn für ein halbes Jahr krankgeschrieben hatte. Nach Neujahr sollte seine Therapie in einer Klinik in den Bergen beginnen, was Clemens zuerst abgelehnt hatte, nachdem er erfahren hatte, dass Anne schwanger von ihm war. Seine Frau hatte darauf bestanden, die Therapie und den Klinikaufenthalt durchzuziehen und ihm im Gegenzug versprochen, auf sich und das Baby aufzupassen und ihn regelmäßig zu besuchen, damit er während der sechswöchigen Kur nicht vereinsamte oder sich, wie er scherzhaft angemerkt hatte, einen Kurschatten anlachte.

Seit er sich ein Herz gefasst und sie zurückgerufen, sich mit ihr ausgesprochen und versöhnt hatte, war zwischen ihnen beiden soweit alles wieder in bester Ordnung, wenngleich Anne auch – noch schlimmer als früher – sehr um ihn und seinen Gemüts- und Gesundheitszustand besorgt war. Nachdem er sie angerufen und an seinem Seelenchaos hatte teilhaben lassen, war ihr wohl klar geworden, dass sein Rückzug nichts mit ihr zu tun gehabt hatte, sondern Teil der bereits vermuteten psychischen Störung war. Clemens war sicher, dass Daniel Wilhelm die Hauptursache seines persönlichen Desasters darstellte, doch seine Kollegin Ute hatte ihm nach einem intensiven Gespräch bewiesen, dass auch schon zuvor erste Anzeichen da gewesen waren, dieser Fall also nur der Tropfen war, der das Fass zum Überlaufen gebracht hatte.

Deswegen hatte Clemens sich letztendlich dazu entschieden, künftig kürzerzutreten und Ute als Ersatz vorgeschlagen, nachdem er sich für eine Stelle im Innendienst beworben hatte. Allerdings würde es weit länger als nur ein halbes Jahr dauern, ehe Clemens wieder fester Teil der Belegschaft des Präsidiums München wurde, denn Anne und er hatten nach sorgsamer Überlegung beschlossen, dass er die drei Jahre während des Erziehungsurlaubs bei ihrem gemeinsamen Kind zu Hause bleiben würde. Er freute sich auf diese Zeit schon sehr, sah sie als Teil seiner Therapie sowie als Chance, seinem Leben eine neue Richtung zu geben. Anne verdiente als Inhaberin einer gut laufenden Werbeagentur Geld genug für sie beide, sodass sie sich zumindest finanziell keine Sorgen zu machen brauchten. Und was seine Gesundheit anging, würde die Zeit wohl helfen, auch damit fertigzuwerden.

Er sah sie an, lächelte. »Weißt du eigentlich, wie sehr ich dich liebe?«

Sie legte den Kopf schief, dann schüttelte sie den Kopf, sah ihn auf ihre spezielle Anne-Art an, die sein Innerstes zum Kochen brachte. Sie stand auf, schmiegte sich an ihn, presste ihren Unterleib gegen den seinen. »Ich schätze, du wirst es mir jetzt sofort zeigen müssen, damit ich es nicht wieder vergesse …«

Koserow auf Usedom
Taria

Der Regen prasselte von außen ans Fenster, doch anders als noch vor ein paar Wochen machte ihr das Wetter nichts mehr aus, zog sie nicht runter, machte sie nicht traurig.

Sie sah neben sich auf den Boden, wo Paul auf dem Bauch lag und mit seinen Händen auf eine knisternde Stelle seiner Spieldecke klatschte, dabei sichtlich Spaß zu haben schien.

Der Kleine hatte in den letzten Monaten einen Wachstumsschub gemacht und war aus all seinen Sachen herausgewachsen, sodass Taria erst neulich nach Wolgast hatte fahren müssen, um im Shoppingcenter neue Kleidung für ihn einzukaufen. Sie stand auf, sah aus dem Fenster ihres kleinen Häuschens, das sie im letzten Monat für günstiges Geld erworben hatte, weil es extrem renovierungsbedürftig war und schon seit Längerem leer stand. Valentin hatte ihr dabei geholfen, für den Anfang wenigstens das Dach zu flicken sowie die Heizung wieder in Gang zu bringen, sodass Paul und sie den ersten Winter in ihrem neuen Zuhause ohne großartige Blessuren hinter sich bringen konnten. Im Frühjahr würden dann die Handwerker anrücken und das kleine Haus Stück für Stück wieder in die Perle verwandeln, die es laut alter Fotos einst gewesen war. Taria hatte sich bei einem ihrer Spaziergänge hier auf der Insel auf Anhieb in dieses Haus und in den Ort Koserow verliebt und deswegen spontan beschlossen, ihre Mietwohnung aufzugeben und sich stattdessen ein Eigenheim zu kaufen. Sie hatte dafür einen Teil von Daniels Vermögen genutzt, weil sie sich sagte, dass er es ihr schuldig war, dass sie etwas davon für Paul und sich ausgab, nach allem, was sie seinetwegen durchgemacht hatten. Paul sollte, wenn er schon ohne Vater aufwachsen musste, wenigstens in einem schönen Haus und in einer tollen Umgebung groß werden dürfen. Und auch ihr selbst tat es gut, Berlin für immer hinter sich zu lassen, um endlich ganz von vorn anfangen zu können. Am Anfang war es nicht einfach gewesen, damit klarzukommen, dass sie sich endlich wieder erinnerte, was für ein Mensch ihr Mann gewesen war und was für Unheil er über so viele Leben gebracht hatte. Doch irgendwann hatte die Erleichterung Oberhand gewonnen: Die Erleichterung darüber, dass es nicht ihre Schuld gewesen war, dass ihre Tochter und ihr Mann gestorben waren. Nicht, dass diese Gewissheit den Tod ihrer Tochter besser machte, doch ließ sie ihn wenigstens erträglich erscheinen, zumindest insofern, als dass Taria sicher war, irgendwann mit dem Schmerz leben zu lernen. Vielleicht half ihr dabei auch die Tatsache, dass sie die Urne ihrer Tochter tatsächlich hatte exhumieren und hier auf Usedom bestatten lassen. Sie spürte eine Hand auf ihrer Schulter, drehte sich um, sah in die Augen ihres Vaters, die sie liebevoll musterten. »Geht es dir gut?«, fragte er und sofort zog sich ihr Innerstes zusammen. Er litt unsagbar darunter, dass er seinem einzigen Kind viele Jahre unrecht getan, es ignoriert und sogar abgelehnt hatte. Seit sie im Juli im Krankenhaus wieder zu sich gekommen war, wich er ihr kaum mehr von der Seite, besuchte sie so oft es ging hier auf der Insel, hatte es sich in den Kopf gesetzt, seiner Tochter von jetzt an ein besserer Vater zu sein und seinem Enkelkind ein unvergessliches Weihnachtsfest zu ermöglichen.

Taria umarmte ihn kurz, sah ihn dann an. »Ich hab dich lieb, Papa«, sagte sie schließlich und schluckte, als sie sah, wie sehr ihre Worte ihn berührten. Er kämpfte sichtlich mit den Tränen. Als es an der Tür klingelte und ihr Vater sich umdrehte, um dem Besuch zu öffnen, atmete Taria innerlich auf. In der ersten Zeit hatte sie es buchstäblich genossen, ihren Vater sich in seinen Schuldgefühlen winden zu sehen, doch inzwischen tat er ihr einfach nur leid und sie wünschte sich nichts mehr, als dass es zwischen ihnen wieder wie früher werden würde. Wie zu der Zeit, bevor Daniel in ihrer aller Leben getreten war und sie alle mit sich in den Abgrund gerissen hatte.

Daniel!

Beim Gedanken an ihren Mann musste sie unweigerlich an Nina denken, die seit Monaten in Sicherheitsverwahrung saß und sich in Kürze für den Mord an Max verantworten musste. Auch diese beiden armen Seelen hatte ihr toter Mann auf dem Gewissen.

Als sie spürte, dass die Gedanken an dieses Monster an ihr zerrten, zwang sie sich, an etwas Schöneres zu denken.

Zum Beispiel an ihre Zukunft mit Paul.

An den Hausumbau nächstes Jahr.

An … Das glockenhelle Lachen und Geplapper ihrer Mutter riss sie aus ihren Gedanken. Dann vernahm sie Valentins Stimme aus dem Gang, wie er zuerst ihre Mutter und dann ihren Vater begrüßte. Ihre Eltern und Valentin verstanden sich prächtig, doch Taria hoffte, dass sie nicht allzu viel hineininterpretierten, denn noch wusste sie nicht, ob aus dem, was sich zwischen Valentin und ihr langsam anbahnte, etwas Dauerhaftes werden konnte. Denn schließlich hatten sowohl er als auch sie selbst wahnsinnig viel Schmerz in der Vergangenheit erdulden müssen, sodass sie beide sich viel Zeit lassen und sich nicht kopfüber in eine Affäre stürzen wollten. Als er ins Wohnzimmer trat, ging er zuerst neben Paul in die Hocke, streichelte dem Baby sanft über die Wange, dann kam er zu ihr, zog sie in seine Arme, küsste sie sanft auf die Wange. »Ist es wirklich okay, wenn ich den Heiligen Abend mit dir und deiner wundervollen Familie verbringe?«

Sie nickte. »Meine Mutter würde mich wahrscheinlich übers Knie legen, wenn ich meinen Lebensretter an einem Tag wie heute nicht eingeladen hätte.«

Als Taria bemerkte, wie Valentin unter ihren Worten zusammenzuckte, nahm sie seine Hand, drückte sie fest. »Das war ein Scherz«, raunte sie. Die Wahrheit war, dass sie ihn gerne um sich hatte und das nicht nur, weil er gerade noch rechtzeitig gekommen war, Nina überwältigt und den Rettungsdienst gerufen hatte, bevor die Medikamente Taria hatten töten können. Sie holte tief Luft, sah ihn fest an, lächelte.

»Ich bin wirklich glücklich darüber, dass du hier bist.«

Danksagungen

Ein Buch zu beenden, ist harte Arbeit. Glücklicherweise hatte ich Menschen um mich herum, die für mich da waren, mich unterstützt haben.

Herzlichen Dank an:
Claudia Heinen von SKS Heinen für das tolle Korrektorat und vor allem für das Verständnis wegen meiner zahllosen Anrufe, in denen ich Rat brauchte!

Meinen Kolleginnen und Kollegen, die mich während meiner Arbeit unterstützt haben, indem sie mir mit Rat und Tat zur Seite standen.

Heike Fröhling (fürs Plotten am Telefon :-). Du bist die ALLERBESTE!!!

Simon Geraedts für die Hilfe am Klappentext.

Des Weiteren danke ich meiner Coveragentur Zero aus München für die grandiose Arbeit, die sie am Cover für »DORNENBRUT« vollbracht hat.

Ein besonderer Dank gebührt dabei Kristin Pang für ihren Ideenreichtum und die Art und Weise, wie sie meine Vorstellungen so umsetzte, dass mir am Ende vor Staunen der Mund offen stand! Ich bin absolut BEGEISTERT! So stelle ich mir eine tolle Zusammenarbeit vor. Vielen, vielen Dank. :-)

Meinen Leserinnen und Bloggerinnen: Susanne Barlang und Emi Emilia für ihre nette Unterstützung in Bezug auf die Titel- und Cover-Motivwahl und für ALLES andere – ihr glaubt ja gar nicht, WIE SEHR ihr mir geholfen habt!

Bei Silvia Lehmann vom Blog »Unter die Haut«.

Bei der Pressestelle der Polizei Augsburg, insbesondere Herrn

Siegfried Hartmann, der mich mit allen wichtigen Informationen rund um das Thema Polizeiarbeit versorgte.

Sämtliche Abweichungen von der Realität bezüglich der Ermittlungsarbeit der Polizei gehen einzig und allein auf mein Konto.

Auch möchte ich anmerken, dass ich mir einige künstlerische Freiheiten genommen habe. Welche das sind, wird selbstverständlich nicht verraten. ;-)

Meinem Mann, der, wann immer möglich, mit anpackte, um mich während der intensiven Schreibphase zu unterstützen. Danke auch für all die Leckereien (den Prosecco und die Schokolade), mit denen du mich quasi gefüttert hast, wenn ich den Weg in die Küche im Schreibrausch mal wieder nicht gefunden habe.

Meinem Sohn Tim, der mich aufbaute und anspornte, weiterzuschreiben, als ich davor stand, alles hinzuschmeißen. Du bist das Wertvollste, das ich auf dieser Welt habe, ich kann es nicht oft genug sagen!

Zu guter Letzt danke ich Ihnen, liebe Leser, dass Sie dieses Buch gekauft haben. Ich hoffe von Herzen, dass Sie beim Lesen genauso viel Spaß hatten wie ich (fast immer) beim Schreiben.

Über Mails mit Anregungen und Kritik freue ich mich unter:
autorin@daniela-arnold.com.

Ihre Daniela Arnold

Leseproben
weiterer Romane

Narbenschwester

von
Daniela Arnold

Thriller

Über das Buch

Das Team um Hauptkommissar Mats Sahler ist ratlos, als es zu einem Tatort auf der Insel Sylt gerufen wird. Es sieht alles danach aus, als hätte eine Zwölfjährige ihre Eltern kaltblütig ermordet und ihre kleine Schwester verschwinden lassen. Das Team bittet die Polizeipsychologin Liv Schürmann sich des Falles anzunehmen, um das vermisste kleine Mädchen schnellstmöglich und unversehrt wiederzufinden. Doch je tiefer Liv in die Seele der minderjährigen Täterin vordringt, desto klarer wird, dass die Wahrheit um dieses furchtbare Verbrechen tief in ihr selbst und in ihrer eigenen, düsteren Vergangenheit verborgen liegt.
Als Liv schließlich die Verbindung zu einer Reihe an Vermisstenfällen erkennt und kurz darauf die brutal zugerichtete Leiche eines jungen Mädchens auftaucht, beginnt für sie ein erbarmungsloser Kampf um Leben und Tod. Denn jemand will um jeden Preis verhindern, dass die grausame Wahrheit dieser beiden Fälle ans Licht kommt.

Prolog

»Diese gottverdammte Hure«, stieß er aus und zuckte zusammen. Leise fluchend ging er in die Hocke, quetschte sich in einen Busch wilder Heckenrosen hinter ihm, hielt den Atem an und horchte. Nach einer Weile stieß er erleichtert die Luft aus, kroch wieder aus seinem unbequemen Versteck hervor, sah sich um. Außer ihm war niemand hier. Er schluckte angestrengt, konzentrierte sich auf seinen Atemfluss, versuchte, sich zu beruhigen. Er musste leise sein, durfte keinen Mucks von sich geben, ganz egal, was diese Schlampe ihm antat, ansonsten lief er Gefahr, dass man ihn entdeckte. Und das konnte unter Umständen ziemlich peinlich werden. Er zog die Schultern nach oben, biss die Zähne aufeinander, wappnete sich gegen die aufsteigende Kälte. Der Nachrichtensprecher hatte vorhin etwas davon gefaselt, dass es sich um den heißesten Frühling seit Jahren handelte, und trotzdem fror er sich hier draußen den Arsch ab. Es dauerte eine Weile, ehe ihm klar wurde, dass dieses lähmende Gefühl, zu erfrieren, aus seinem Innern kam. Er ging ein kleines Stück auf das Haus vor ihm zu, um noch näher an jenem Fenster zu sein, durch das er die größte Katastrophe seines bisherigen Lebens betrachtete. Er verzog angewidert das Gesicht, als er sah, wie sie sich von der Rückenlage in eine aufrechte Position brachte und sich dann rittlings auf den Penis des Mannes gleiten ließ, mit dem sie heute das Bett teilte, während …

Er schüttelte den Kopf.

Du darfst das nicht so nah an dich heran lassen, beschwor er sich selbst, doch es war vergeblich. Sein Blick hatte sich an den zwei verschmelzenden Körpern festgesaugt und während er sich anstrengen musste, um nicht an Ort und Stelle loszukotzen, legte die Frau ihren Kopf in den Nacken und stieß einen spitzen Schrei aus. Keine Sekunde später sackte sie mit verzücktem Gesichtsausdruck auf der Brust des Mannes unter ihr zusammen, ließ dabei unaufhörlich ihr Becken weiterkreisen, bis das Objekt ihrer Begierde ebenfalls zu zucken und zu kreischen begann.

Er ballte seine Hände zu Fäusten. Der Hass schnürte ihm die Kehle zu. Wie gerne wäre er jetzt einfach um das Haus herum gegangen, hätte die Klinke hinuntergedrückt und die beiden Turteltäubchen mitten in ihrer wilden Bumserei überrascht.

Und dann plötzlich sah er sie.

All diese wunderschönen Bilder von Verderben und Blut.

Sie – mit aufgeschlitzter Kehle, unzähligen Schnitten und Stichen auf ihrem jugendlich schönen Körper, der nicht so recht zu ihrem tatsächlichen Alter passen wollte.

Und ihn.

IHN!

Mit amputiertem Schwanz und tiefblauen Eiern, um Gnade winselnd wie ein dreckiger Wurm. Allein die Vorstellung, beide leiden zu lassen, gab ihm in dieser Situation den nötigen Halt, den er brauchte, um weiterzumachen. Weiterzuleben.

Denn mal ehrlich …

Ein heiseres Lachen bahnte sich den Weg aus seiner Kehle.

Er wusste natürlich, dass diese Bilder in seinem Kopf nur Wunschdenken waren, er es niemals fertig brächte, sie real werden zu lassen.

Er trat noch näher an das Fenster heran, glaubte beinahe, den Atem der Frau auf seinem Gesicht spüren zu können.

Als der Mann die Frau auf den Bauch warf und sich erneut über sie hermachte, schmeckte er bittere Galle in seinem Mund.

Dann war da auf einmal dieses Rauschen in seinem Kopf.

Nein!

Selbst wenn sie es verdient hatten, qualvoll zu sterben, würde er es dennoch nicht schaffen, sie zu töten.

Ein Rascheln hinter ihm ließ ihn zusammenzucken. Er drehte sich um, stieß ein leises Seufzen aus, als er die kleine Göre in ihrem gelben Kleid sah.

»Was machst du da?«, fragte das Mädchen und verzog abschätzig das Gesicht.

Unschlüssig wandte er seinen Blick von dem Kind ab und sah wieder zum Fenster. Das Rauschen in seinem Kopf wurde lauter. Schließlich drehte er sich zu der Kleinen um, die all das verkörperte, was er so sehr hasste.

Das Mädchen starrte zurück, lächelte ihn arglos an.

»Gegenfrage – was machst du so spät noch hier draußen? Müsstest du nicht längst im Bett liegen?«

»Ich bin doch kein Baby mehr«, empörte sich die Kleine. Dann grinste sie abenteuerlustig. »Hast du Lust, mit mir verstecken zu spielen? Im Dunkeln macht es am meisten Spaß.«

Eine Idee fraß sich durch seine Gehirnwindungen.

Unvorstellbar grausam und eiskalt.

Nein!

Niemals würde er es schaffen, einem anderen Menschen einen solch furchtbaren Schmerz zuzufügen.

Und wenn er es auch noch so sehr verdient hatte.

Oder etwa doch?

Kapitel 1

Mai 2018
Hamburg

»Darf ich reinkommen?« Kriminalhauptkommissar Mats Sahler sah von der vor ihm liegenden Akte auf und lächelte die alte Dame an. »Gern, setzen Sie sich.« Er wies mit dem Kopf auf den Stuhl am anderen Ende seines Schreibtisches und legte den Stift beiseite, um der Frau seine volle Aufmerksamkeit zu schenken. »Wie kann ich Ihnen helfen?« Erst jetzt bemerkte Mats, dass das Lächeln seines Gegenübers aufgesetzt wirkte, der Gesichtsausdruck der Frau Angst und Sorgen ausstrahlte.

Sie räusperte sich, zupfte einige imaginäre Fusseln von ihrem hellbraunen Blazer, seufzte leise. »Es geht um Sina, meine Enkelin. Sie ist gestern Abend nicht nach Hause gekommen und ich mache mir deswegen furchtbare Sorgen.« Sie hüstelte nervös. »Sina ist zwar schon siebzehn Jahre alt und sehr erwachsen für ihr Alter, doch so etwas passt einfach nicht zu ihr und ist auch noch niemals vorgekommen.«

Mats runzelte die Stirn. »Und warum kommen Sie zu mir? Als ihre Großmutter? Warum nicht Sinas Eltern?«

Das Gesicht der Frau verdüsterte sich. »Ihre Eltern sind vor sieben Jahren tödlich verunglückt. Seither lebt Sina bei mir. Ich habe das Sorgerecht, bin für sie verantwortlich.«

»Ihr Verlust tut mir sehr leid«, sagte Mats schnell. »Und entschuldigen Sie bitte, dass ich ...« Er brach ab. »Sie sagen also, dass Sina noch niemals zuvor einfach über Nacht von zu Hause wegblieb?«

Nicken. »Sie ist ein liebes Mädchen. Sehr verantwortungsbewusst und zuverlässig. Als sie gestern Nachmittag das Haus

verließ, sagte sie noch zu mir, dass sie spätestens gegen einundzwanzig Uhr zurück sein wollte.«

»Und wo ist sie überhaupt hingegangen?«

»Sie wollte zu einer Freundin, um gemeinsam mit ihr zu lernen. Für die heutige Matheschulaufgabe. Sina ist eine gute Schülerin, nur Mathematik bereitet ihr Schwierigkeiten.«

Mats runzelte die Stirn. »Und warum sind Sie dann nicht bereits gestern Abend zu uns gekommen?«

Das Gesicht der Frau begann zu glühen. »Ich leide an Migräne-Anfällen, muss im Akutfall starke Medikamente einnehmen, um die Schmerzen aushalten zu können.« Sie hielt inne, faltete nervös die Hände, doch Mats wusste auch so, wie diese Geschichte enden würde. Die Frau hatte gestern Abend eine der Tabletten genommen und war daraufhin eingeschlafen und erst heute Morgen aufgewacht.

»Ich bin eingenickt«, sagte sie dann nur und blickte betreten zu Boden. »Wenn ihr etwas zugestoßen ist, könnte ich mir das niemals verzeihen.«

»Sie können nichts dafür«, sagte Mats sanft und griff über den Tisch nach der Hand der Frau. »Ich hab es mit dem Rücken und weiß nur zu gut, was diese Monsterpillen aus einem machen können.« Das stimmte sogar, doch in diesem Augenblick hatte er dies nur gesagt, um die vollkommen in sich zusammengesunkene Frau etwas aufzurichten.

Die Dame hob den Kopf und sah Mats an. »Als ich heute Morgen dann nach ihr sehen und sie wecken wollte, bemerkte ich, dass ihr Bett unbenutzt war. Ihre Schuhe waren nicht da, ihre Jacke ebenfalls nicht, doch ihre Schultasche steht in ihrem Zimmer.«

Mats warf einen Blick auf die Uhr, schluckte. Mittlerweile war es kurz nach halb neun, Schulzeit quasi, das alles hörte sich daher äußerst beunruhigend an. »Was haben Sie bislang alles unternommen, um Ihre Enkelin zu finden?«

Die Frau räusperte sich, rang sichtlich um Fassung. »Ich hab unzählige Male bei Sina selbst und bei Merle auf dem Handy angerufen. Merle, das ist das Mädchen, mit dem Sina gestern gelernt hat, aber von ihrem Haus ist sie gestern Abend pünktlich um zehn Minuten vor neun Uhr weggegangen. Ich hab es dann noch bei all ihren anderen Freundinnen versucht. Da gibt es, wie Sie sich sicher vorstellen können, etliche. Doch sie alle haben Sina nicht gesehen, geschweige denn etwas von ihr gehört.«

»Gibt es einen Freund? Einen Verehrer vielleicht?«

Die Frau öffnete ihre Handtasche, legte ihm das Foto einer wunderschönen jungen Frau mit strahlend blauen Augen und hellblondem gelocktem Haar auf den Tisch. »Das ist sie. Meine Sina. Sie sehen, was für eine kleine Schönheit sie ist, also gibt es selbstverständlich auch jede Menge Verehrer. Einen festen Freund hat sie meines Wissens aber nicht.«

Mats griff nach dem Bild, betrachtete das lachende junge Mädchen nachdenklich, spürte ein unheilverkündendes Kribbeln in seinem Innern. Das alles sah gar nicht gut aus, musste er zugeben. Überhaupt nicht gut.

»Ich habe solche Angst«, unterbrach die Frau seine Gedanken. »Wegen all dieser anderen vermissten Mädchen. Denken Sie, dass meiner Enkelin dasselbe zugestoßen sein könnte?«

In Mats' Kopf wirbelten die Gedanken wild herum. Was zum Henker sollte er auf die Frage der Frau nur erwidern?

Er stieß die Luft aus, sah sie offen an. »Ich will ehrlich mit Ihnen sein«, erklärte er. »In Anbetracht der Tatsache, dass Sie von den anderen Vermisstenfällen gehört haben, wissen Sie sicher auch, dass diese verschwundenen Mädchen Ähnlichkeit mit Sina haben.«

Nicken. »Und auch die beiden toten Mädchen sahen aus wie meine Enkeltochter.«

Mats nickte betreten. »In der Schule haben Sie nachgefragt?«

»Ja, sie ist nicht da.«

»Hat Sina jemals unentschuldigt gefehlt?«

»Seit sie bei mir lebt nicht.«

Mats seufzte. Das sah wirklich alles andere als gut aus.

»Gibt es außer Ihnen noch andere Bezugspersonen?«

Kopfschütteln. »Sinas Eltern sind wie gesagt verstorben, Onkel und Tanten wohnen viel zu weit weg, um regelmäßigen Kontakt zu dem Mädchen pflegen zu können. Und die Mutter meiner Schwiegertochter verstarb schon vor Jahrzehnten an inflammatorischem Brustkrebs.«

»Also ist es im Grunde so, dass Sie bereits alle Möglichkeiten ausgeschöpft haben, wo Sina sich aufhalten könnte?«

Die Frau nickte. »Ich hab alle Krankenhäuser abtelefoniert, bei den Nachbarn gefragt – sie ist wie vom Erdboden verschluckt.«

Mats seufzte innerlich. Dann stand er unschlüssig auf, blieb neben dem Stuhl der Frau stehen, schüttelte entschlossen den Kopf. »Lassen Sie uns dennoch nicht schon jetzt den Teufel an die Wand malen«, erklärte er. »Ihre Enkeltochter ist ein Teenager und denen fällt manchmal echter Blödsinn ein. Ich spreche da aus Erfahrung. Der Sohn meiner Schwester ist im selben Alter …« Er stieß ein erzwungenes Lachen aus. »Nur Ärger mit dem Kerl.«

Er sah die Frau mitfühlend an. »Ich weiß, wie groß Ihre Sorge ist, Sina könne etwas passiert sein. Aber ich sage Ihnen etwas … vielleicht hat sie ja doch einen Freund, von dem nicht einmal ihre beste Freundin etwas weiß. Verliebte Mädchen haben manchmal die abenteuerlichsten Ideen, denken nicht darüber nach, was ihr Handeln für ihr Umfeld bedeutet. Verliebte junge Leute handeln oftmals vollkommen aus dem Bauch heraus, denken nicht mit – es liegt also definitiv im Bereich des Möglichen, dass Sina die letzte Nacht zusammen mit einem Jungen verbracht hat und dass beide heute Morgen verschlafen haben.«

Die Frau presste ihre Lippen fest aufeinander. Dann nickte sie zögerlich. »Zwar würde ein solches Verhalten überhaupt nicht zu meiner Enkeltochter passen, aber wer von uns weiß schon zu einhundert Prozent, wie genau die Menschen ticken, mit denen wir tagtäglich zusammenleben.«

»Das wollte ich damit andeuten«, erklärte Mats. »Anstatt uns verrückt zu machen und an das Schlimmste zu denken, sollten wir zunächst versuchen, Sinas gestrigen Abend zu rekonstruieren. Dazu benötige ich Ihre Hilfe.« Er holte Luft, räusperte sich. Es fühlte sich mies an, der alten Dame etwas vorzumachen, ihre Hoffnung zu neuem Leben zu erwecken. Denn wenn er ehrlich war, glaubte er selbst nicht an das, was er soeben von sich gegeben hatte.

Trotzdem mussten sie es zumindest versuchen, zudem war es in einem solchen Falle der offizielle Weg der Ermittlungen. »Ich muss genau wissen, was Sina für Kleidung trug, als sie gestern aus dem Haus ging, ich brauche die Kontaktdaten all ihrer Freunde und Klassenkameraden, die Adresse der Schule, die sie besucht.«

Die Frau nickte eifrig, kramte einen Packen Zettel aus ihrer Handtasche hervor. »Ich habe mir schon gedacht, dass die Polizei eine Menge an Informationen rund um meine Kleine benötigt«, erklärte sie. »Deswegen hab ich schon mal etwas für Sie vorbereitet.«

Er griff danach, blätterte sich durch die Telefonnummern und Adressdaten, bedankte sich bei ihr. »Ich schicke Ihnen noch heute Vormittag ein Team vorbei, das sich in Sinas Zimmer mal umsehen soll und ihren Laptop und dergleichen überprüft. In vielen Fällen bringt allein das schon etwas mehr Licht ins Dunkel.«

»Sie meinen, falls sie übers Internet jemanden kennengelernt hat?«

Mats nickte. »Aber nicht nur das«, erklärte er dann. »Oft schreiben junge Menschen online viel mehr und über viel intimere Dinge, als sie in der Realität mit ihren nahen Angehörigen besprechen würden.«

»Dann wollen Sie versuchen, über die Online-Aktivitäten meiner Enkelin herauszufinden, ob es in ihrem Leben etwas gab, von dem niemand, vor allem aber ich nichts wusste?«

Mats nickte. »Außerdem setzen wir uns mit dem Handynetzbetreiber in Verbindung. Vielleicht bekommen wir auf diese Weise heraus, wo Sina sich zuletzt aufgehalten hat, von wo genau sie verschwunden ist.«

Er sah die Frau aufmunternd an. »Sie gehen jetzt nach Hause und halten dort die Stellung«, wies er sie freundlich, aber bestimmt an. »Falls Sina zwischenzeitlich aufgetaucht ist, melden Sie sich bitte umgehend bei uns, ansonsten unterstützen Sie meine Kollegen bitte in allen Belangen ihrer Ermittlungsarbeiten, einverstanden?«

Sie nickte. »Und was ist mit der Presse? Haben Sie vor, eine Vermisstenmeldung rauszugeben? Vielleicht hat jemand etwas gesehen oder gehört.«

Mats sah sie mitfühlend an. »Geht in spätestens zwölf Stunden – sofern sie bis dahin nicht aufgetaucht ist – an alle Zeitungen, Radiosender und ans Fernsehen raus«, erklärte er zustimmend. »So lange heißt es nun, abzuwarten.«

Sie schluckte, sah Mats hoffnungsvoll an. »Dann denken Sie, dass alles wieder gut wird? Dass Sina bald wieder bei mir ist?«

Mats ließ sich für seine Antwort einen Ticken zu viel Zeit, denn das Gesicht der Frau fiel innerhalb von Sekundenbruchteilen buchstäblich in sich zusammen. »Oder haben Sie mich nur beruhigen wollen, als Sie sagten, dass …« Die alte Dame brach in Tränen aus. »Sie glauben, dass meiner süßen Kleinen etwas Schlimmes zugestoßen ist, nicht wahr? Dass irgend so ein Wahnsinniger da draußen herumläuft, der junge Mädchen entführt, sie anschließend tötet … und dass er auch meiner Sina etwas angetan hat.«

Kapitel 2

Mai 2018
Hamburg

Sie saß im Sand und lauschte dem Rauschen der Wellen, die sanft und kühl ihre Füße umschmeichelten. Es war ein beruhigendes Gefühl, einfach nur hier zu sitzen, auf das glitzernde Schwarz vor ihr zu starren, in dem sich das Mondlicht spiegelte und ihren Gedanken freien Lauf zu lassen. In der Ferne nahm sie das Lachen eines kleinen Mädchens wahr, lächelte versonnen. Dann ein Gedankenblitz. Es war weit nach Mitternacht, warum also hielten sich Kinder dieses Alters um diese Zeit noch draußen auf?

Das Lachen wurde heller, kam näher, schmerzte in ihren Ohren. Erst jetzt wurde ihr bewusst, dass das Lachen aus ihr selbst kam. Aus ihrem Kopf.

Sie!

Liv hielt sich die Ohren zu, als könne diese Geste sie vor dem beschützen, was sie quälte. Ihren inneren Dämonen.

»Warum hast du nicht aufgepasst?« Das Wispern in ihrem Kopf brachte sie beinahe um den Verstand. »Warum hast du mich sterben lassen?«

»Still!«, befahl sie ihrer inneren Stimme. »Du weißt genau, dass es so nicht gewesen ist.«

Und dennoch. Tief in ihrem Innern war es wieder da. Dieses bohrende Gefühl der Schuld, vor dem nichts und niemand sie jemals hätte schützen können. Das sie seit Jahrzehnten an jedem Tag und in jeder gottverdammten Nacht heimsuchte, an ihr zerrte, an ihr fraß, sie zu verschlingen drohte.

Dann vernahm sie das leise Blubbern ein paar Meter vom Ufer entfernt. Erkannte einen hellen Fleck, der das Dunkel der Was-

seroberfläche durchbrach. Schwankend und mit hämmerndem Herzen stand sie auf, ging tiefer ins Wasser hinein, erschrak, als eine Welle sie bis fast zum Bauchnabel durchnässte. Die Angst lähmte sie, schnürte ihr die Luft ab. Als sie an der Stelle ankam und erkannte, was da vor ihr im Wasser trieb, schnappte sie verzweifelt nach Luft, kämpfte gegen die Eiseskälte in ihrem Innern an, die sie mehr und mehr lahmlegte und drohte, sie hinfortzureißen. Langsam streckte sie ihre Hand aus, berührte den hellen Stoff, zupfte daran. Er fühlte sich so echt an.

Sie schluckte. Spürte, wie ihr schwindelig wurde.

Trotzdem umfasste sie den kleinen, blassen und glitschigen Arm, wappnete sich gegen den Anblick, der sich ihr sogleich bieten würde. Sie drehte den leblosen kleinen Körper herum, bis sie in das aufgedunsene Gesicht ihrer kleinen Schwester blicken konnte. In ihre leeren Augenhöhlen, die durch sie hindurchzustarren schienen, auf den weit aufgerissenen Schlund, der ein bisschen so aussah, als würde ihre tote Schwester sie verhöhnen.

»Es tut mir so leid«, stammelte Liv und wich zurück, bis sie mit dem Rücken an etwas Hartes prallte. Sie stieß einen entsetzten Schrei aus, wirbelte herum, sah ins hassverzerrte Gesicht ihrer Mutter. »Du bist schuld«, spie die Frau ihr entgegen und packte sie fest am Nacken, drückte sie unter Wasser. Liv versuchte mit aller Kraft, sich aus dem Klammergriff ihrer Mutter zu befreien, doch vergebens. Erst als sie kurz davor stand, das Bewusstsein zu verlieren, ließen die Hände sie plötzlich los. Keuchend stach sie aus dem Wasser hoch, starrte panisch ins Gesicht der Frau, die vergessen zu haben schien, dass sie sie einst zur Welt gebracht hatte.

»Was passiert ist, war nicht meine Schuld«, stammelte Liv und wünschte sich in diesem Augenblick nichts mehr, als dass ihre Mutter sie nach all den Jahren endlich wieder in ihre Arme nehmen, sie in ihr Herz lassen würde.

Doch der Gesichtsausdruck ihres Gegenübers blieb unerbittlich hart.

Dann schüttelte die Frau langsam mit dem Kopf.

»Du hast meine Liebe nicht verdient«, sagte sie voller Abscheu und wandte sich zum Gehen. »Am besten wäre es gewesen, wenn damals du gestorben wärst.«

Hat Ihnen diese Leseprobe gefallen?
Sie erhalten »Frostseele« bei Amazon
als Taschenbuch oder E-Book!

39770294R00132

Printed in Poland
by Amazon Fulfillment
Poland Sp. z o.o., Wrocław